Arena-Taschenbuch
Band 50853

Weitere Bücher von Brigitte Blobel im Arena Verlag:

Heart Crash
Blind Date. Wenn Liebe sehen lässt
Jeansgröße 0. Kein Gramm zu viel
Drama Princess. Topmodel – um jeden Preis
Eine Mutter zu viel. Adoptiert wider Wissen
Herzsprung. Wenn Liebe missbraucht wird
Alessas Schuld. Die Geschichte eines Amoklaufs
Rote Linien. Ritzen bis aufs Blut
Liebe wie die Hölle. Bedroht von einem Stalker
Meine schöne Schwester. Der Weg in die Magersucht
Die Clique. Wenn die Gruppe Druck macht
Party Girl
Liebe passiert
Shoppingfalle
Mensch, Pia!
Einfach nur glücklich

Brigitte Blobel,
1942 geboren, studierte Politik und Theaterwissenschaft.
Heute arbeitet sie als erfolgreiche Journalistin und schreibt Drehbücher für Film und Fernsehen sowie Romane für Erwachsene und Jugendliche, für die sie bereits mehrfach ausgezeichnet wurde. Sie ist eine der beliebtesten deutschen Autorinnen.
www.blobel-lesen.de

Brigitte Blobel

Feuerprüfung

Roman

Arena

FSC
www.fsc.org
MIX
Papier aus verantwortungsvollen Quellen
FSC® C110508

1. Auflage als Arena-Taschenbuch 2016

Umschlaggestaltung: knaus. büro für konzeptionelle und visuelle identitäten, Würzburg, unter Verwendung eines Fotos von © mauritus images
Umschlagtypografie: KCS GmbH · Verlagsservice & Medienproduktion, Stelle/Hamburg
Gesamtherstellung: Westermann Druck Zwickau GmbH
ISSN: 0518-4002
ISBN 978-3-401-50853-5

Besuche uns unter:
www.arena-verlag.de
www.twitter.com/arenaverlag
www.facebook.com/arenaverlagfans

Für Hilde

Teil I

Coco

Prolog

Obwohl Coco es längst raushat, wie sie mit dem Fahrrad die meisten roten Ampeln umfahren kann, klappt es nicht immer. Dann zieht sie automatisch ihr Smartphone aus der Tasche und checkt ihre Nachrichten. Oder schickt eine SMS, meistens an Tomke. So wie jetzt. Dabei haben sie sich eben erst vor der Schule verabschiedet. Heute sogar mit einem Kuss! Und zwar vor Damian und Jorek, die auf Tomke gewartet haben. Die drei ziehen fast jeden Tag nach der Schule zusammen los.

Hi, alles klar? A. organisiert! Miss u! :-x

Als Coco auch an der nächsten Ampel halten muss, stellt sie enttäuscht fest, dass Tomke ihr nicht geantwortet hat. Dabei weiß sie, dass er nach der Schule praktisch nie auf ihre Nachrichten reagiert. Entschlossen schreibt sie eine neue SMS, diesmal an Jorek.

Hi, steh im Stau – was macht ihr gerade? :-)

Sie schickt die Nachricht vorsichtshalber auch noch an Damian, falls Jorek sein Handy mal wieder nicht hört.

Doch ihr Handy bleibt stumm, selbst als Coco an der nächsten Straßenkreuzung landet. Oh, wie sie diesen Freitagnachmittagsverkehr hasst. Und dass Tomke sich nicht meldet, bringt sie auch auf die Palme.

Was geht eigentlich nach der Schule immer so ab? Etwa Geheimnisse vor mir? Die krieg ich raus! >:)

Zufrieden steckt Coco das Smartphone wieder ein und radelt nach Hause.

1.
Das Opfer

Jetzt sitzt er tatsächlich schon wieder unten im Keller und heult. Weint seinem geklauten Fahrrad nach. Seit zwei Wochen geht das schon so. Fast jedes Mal, wenn Coco ihr Rad in den Keller trägt, hockt Rolli in der Ecke und schmollt. Unglaublich! Coco wäre jedenfalls früher nie auf die Idee gekommen, sich mit ihrer Trauer oder ihrem Schmerz in den muffigen Keller zu verziehen – zumal es da unten Mäuse gibt. Doch das, was andere ekelt, scheint den Nachbarsjungen nicht zu stören.

»Mensch, Rolli!«, ruft Coco, als sie das Fahrrad absetzt und die Kellertür aufdrückt. »Was ist denn nur los mit dir?«

Coco verharrt in der Bewegung und lauscht. Das Weinen klingt jetzt so nah, als brauchte sie nur die Hand auszustrecken, um Rolli zu trösten. Aber sie zögert. Soll sie sich wirklich den schönen Tag vermiesen lassen? Wo doch heute alles so entspannt und superschön war: eine Drei plus für die komplizierte Aufgabe, die sie in Algebra an der Tafel lösen musste, und dann ein langer Kuss von Tomke in der großen Pause. Nicht heimlich, sondern richtig so, dass alle es sehen konnten – genau wie vorhin am Fahrradständer. Bei dem Gedanken daran spürt Coco ein warmes Ziehen im Bauch. Ja, sie ist ganz schön verliebt. Eigentlich war sie in den letzten Wochen jeden Tag ein bisschen mehr verliebt, sodass es an diesem Freitagmorgen, als sie aufgewacht ist, kaum noch auszuhalten war, weil es richtig wehtat.

Es ist Ende August und die erste Schulwoche nach den Sommerferien liegt hinter ihr. Jetzt ist endlich Wochenende und über der Kellertreppe, jenseits des Wellblechdaches, lockt ein wunderbar warmer Spätsommertag. Ein Tag wie aus dem Bilderbuch, an dem man zwangsläufig gut drauf sein sollte. Ein Tag, der Lust auf Schwimmbad macht, auf Party. Auf Spaß und Knutschen. Und am Abend ist sie mit Tomke und der Clique verabredet. Tomke hat ihr zum Abschied noch ins Ohr gehaucht: »Ich freu mich auf heute Abend.«

Ich mich auch! Ich mich auch!, hat sie gedacht.

An so einem Tag darf in ihrer Gegenwart einfach niemand traurig sein!

»Hallo?«, ruft Coco erneut. »Rolli?«

Ob er sich auch heute einfach wieder aus dem Staub machen würde, wie die letzten Male? Dabei kennt sie ihn doch schon, seit er auf der Welt ist. Sie wohnen im selben Mietshaus: drei Stockwerke mit je zwei Parteien. Rolli und seine Eltern wohnen unten rechts, Coco lebt mit ihren Eltern und ihrer kleinen Schwester Nelly im ersten Stock links.

Das Weinen hat aufgehört. Coco lauscht in den dämmrigen Keller, aber sie hört weder ein heftiges Atmen noch davonhuschende Schuhsohlen. Sie hört einfach gar nichts.

Da nur die Notfunzel zum Aufgang ins Treppenhaus rötlich flimmert, tastet Coco nach dem Lichtschalter. Doch die Neonröhre scheint endgültig ihren Geist aufgegeben zu haben.

»Ich bin's nur, Coco«, sagt sie vorsichtig. »Mensch, Rolli, jetzt mach mir keine Angst!«

Der Kellerflur ist vielleicht zehn Meter lang. Rechts und links neben der Tür zum Hof befindet sich jeweils eine Nische, in der man sein Rad abstellen kann. Sonst nichts als nackte Betonwände. Eigentlich alles so wie immer. Wenn nur diese plötzliche Stille nicht so irritierend wäre.

Coco lehnt ihr Fahrrad an die Wand und tastet sich langsam vorwärts. Sie versucht, mit ihren Flipflops nicht dieses klatschende Geräusch zu machen, das ihrer Mutter immer so auf die Nerven geht. Es ist totenstill und Coco kann nicht verhindern, dass sich die Härchen auf ihren nackten Unterarmen aufrichten.

Und plötzlich hört sie Rolli doch. Erst zieht er scharf die Luft ein, dann folgt ein explosionsartiges Niesen und schließlich ein leise gestöhntes »Oh, Mann!«.

»Rolli!«, ruft Coco. »Mensch, hast du mich erschreckt!«

Robert, genannt Rolli, kauert in der linken Nische, wo bis vor Kurzem immer sein Rex Bike stand. Das Geschenk zu seinem zehnten Geburtstag war sein ganzer Stolz. Aber als er das Rad vor zwei Wochen am Eingang vor dem Kiosk abgestellt hat, wo er seine tägliche Ration Gummibärchen kauft, wurde es ihm geklaut.

Coco kann in dem dämmrigen Licht nicht viel erkennen, doch sie sieht, dass Roberts Gesicht tränenüberströmt ist und sein weiches Kinn bebt. Verlegen fährt er sich mit dem Sweatshirtärmel über die Augen.

»Hau ab!«, faucht er, ohne zu ihr hochzusehen. Neben ihm liegt sein offener Schulrucksack, der eher wie ein überquellender Müllbeutel aussieht.

Coco kennt Robert gut: ein übergewichtiger Junge, der von allen nur Rolli genannt wird – Rolli wie Rollmops. Sie weiß, dass Robert schon zweimal eine Fastenkur gemacht hat, aber wenige Wochen später hatte er den verlorenen Speck bereits wieder auf den Hüften. Er stopft einfach alles, was er kriegen kann, in sich hinein. Seit diesem Jahr besucht er dieselbe Schule wie Coco: das Goethe-Gymnasium. Doch während Coco eigentlich in keinem Fach wirklich gut ist, ist Robert in seiner Klasse der Beste, obwohl er erst im Frühjahr von der Grundschule auf das Gymnasium gewechselt ist. Robert konnte eine Klasse überspringen und jetzt ist er in seiner Klasse der Jüngste – und leider auch der Dickste.

Coco hat Robert einmal in der Turnhalle gesehen: Da hing er am Reck wie ein nasser Sack. Er tat ihr so leid, weil alle anderen Schüler grinsten und über ihn herzogen, so laut, dass er es hören musste. Wenig später war ihr dann aufgefallen, dass Robert sich in den Pausen gar nicht mehr auf dem Schulhof blicken ließ, sondern sich in der Bibliothek versteckte. Und dann war am Ende der Sommerferien das mit dem Fahrrad passiert.

Coco kniet sich neben den Jungen, der sich wütend die Spuren seiner Verzweiflung aus dem Gesicht zu wischen versucht. »Mensch, du Armer«, sagt sie mitfühlend, »weinst du immer noch wegen deinem Fahrrad?«

Robert starrt sie an und zerrt wortlos den schweren Schulrucksack auf seinen Schoß. »Geh weg!«

Aber Coco bricht es das Herz, den Kleinen so unglücklich zu sehen. Sie will ihn umarmen, doch er schiebt sie widerwillig beiseite.

»Hörst du nicht? Du sollst abhauen!«

So schnell gibt Coco allerdings nicht auf. »Es geht also nicht um dein Fahrrad?«, bohrt sie nach.

Schweigen. Schmollen. Schniefen.

»Was hast du dann? Mir kannst du's doch sagen.«

»Ich will aber nicht!«

»Tut dir was weh?«

»Nein!«

»Soll ich bei deinen Eltern klingeln?«

»Die arbeiten doch.«

»Ach ja. Willst du vielleicht mit zu uns hochkommen? Nelly hat eine neue Spielkonsole«, versucht sie, ihn zu locken.

Doch Robert schüttelt nur beharrlich den Kopf, den Blick starr auf den Boden gerichtet. Er schnieft und zieht den Schnodder hoch. Lässt die Schultern hängen. Ein rundes Häufchen Elend. Wenn Nelly früher so unglücklich war, hat Coco immer den

Clown gegeben, um ihre Schwester aufzuheitern. Aber allmählich ist sie hier mit ihrem Latein am Ende.

»Es tut mir leid, dass du so traurig bist«, sagt sie schließlich, als sie sich wieder aufrichtet. »Dabei ist heute so ein schöner Tag.« Sie blickt sehnsüchtig den dunklen Kellergang entlang.

»Das ist ein Scheißtag!«, stößt Rolli hervor. »Jeder verdammte Tag, den ich zur Schule muss, ist ein Scheißtag.«

Plötzlich kommt Coco eine Idee. »Hast du eine Klassenarbeit verhauen?«, fragt sie mitfühlend.

Robert stößt ein verächtliches Schnauben aus. »Ich verhaue keine Arbeiten. Und jetzt lass mich endlich in Ruhe!«

Coco weiß, sie sollte aufstehen und gehen. Er will sich nicht helfen lassen, also ist ihm auch nicht zu helfen.

Aber sie mag Rolli. Deshalb nimmt sie einen letzten Anlauf, hockt sich neben ihn auf den kalten Betonboden und legt ihren Arm um seine Schultern. »Also, ich hör dir zu. Was ist passiert?«

»Nichts.«

»Du lügst doch.«

Robert versucht, sie wegzuschieben. »Na und? Lügen ist lange nicht so schlimm wie das, was du machst.«

Coco starrt ihn an. »Was? Ich?«

»Ja, du und die anderen! Die ganzen Wichser!«

»Wie bitte? Wie redest du denn? Welche anderen?« Coco spürt, wie ihr Mitleid mit Robert schmilzt wie Eis in der Sonne.

»Ihr seid doch alle Scheißtypen, ihr wollt die Kleinen doch nur abziehen und fertigmachen ... Und ihr findet das auch noch geil!«

»Hey, tickst du noch richtig? Von wem redest du eigentlich?«

»Ich hasse euch!«, stößt Rolli zitternd hervor.

Coco holt tief Luft. Okay, noch mal von vorn, denkt sie. Sie muss rauskriegen, wovon Rolli da spricht.

»Sag mal, hast du eben gesagt, dass du mich hasst? Rolli? Schau mich an!«

Rolli schaut nicht auf. Aber er schnieft und nickt. »Ja! Dich und die anderen.«

Fassungslos mustert Coco den Nachbarsjungen, als würde sie ihn gerade zum ersten Mal sehen. Dann nimmt sie einen neuen Anlauf. »Ich glaube, du bringst da was durcheinander. Meinst du, mir tut das nicht leid, was dir passiert ist? Ich finde es auch total ätzend, dass irgendwelche Idioten dein Rad geklaut haben.«

»Ach ja?«, sagt Rolli. »Glaub ich dir nicht. Du gehörst doch auch zu denen, Mann! Denkst du, ich bin blöd? Denkst du, ich check das nicht?« Er stößt Coco mit aller Kraft, die in seinen dicken Armen steckt, heftig von sich. Dann rappelt er sich wortlos auf und schnappt sich seinen Rucksack. Doch Coco ist schneller auf den Beinen und versperrt ihm den Weg.

»So nicht, Robert! Ich will jetzt verdammt noch mal wissen, was los ist! Vorher kommst du hier nicht raus.«

Als sie Rolli an den Schultern packt, sieht Coco in seinen Augen die blanke Angst. Da ist kein Trotz mehr, keine Wut. Nur noch Angst. Er weicht vor ihr zurück.

Erschrocken lässt sie ihn los. Hebt ihre Arme über den Kopf. »Sag mal, glaubst du etwa, ich würde dir was tun?«, fragt sie fassungslos.

»Ne, du vielleicht nicht«, murmelt Rolli trotzig, »aber die anderen.«

»Welche anderen?«

»Sag ich doch die ganze Zeit! Tu nicht so, als würdest du das nicht kapieren!« Rolli wirft ihr noch einen bösen Blick zu, dann schiebt er sich an ihr vorbei und steigt die Stufen zum Hausflur hoch.

Ratlos läuft Coco ihm hinterher und wartet neben seiner Wohnungstür, während er in seinem chaotischen Rucksack nach dem Haustürschlüssel kramt.

Sie schaut zu, wie er mit zitternden Fingern den Schlüssel in das Sicherheitsschloss steckt. Trotzig dreht er sich zu ihr um. »Was willst du noch?«

»Sag mir bitte endlich, was los ist. Ich kann mit deinen Andeutungen nichts anfangen. Hat es was mit unserer Schule zu tun?«

Robert holt tief Luft, nickt. »Ich dachte, nach den Sommerferien würdet ihr aufhören. Ich dachte, ihr sucht euch vielleicht endlich mal ein neues Opfer. Aber ihr hört ja nie auf!«

Coco hat auf einmal genug von dem Spiel. Irgendetwas in Roberts Art, immer *ihr* zu sagen, macht sie richtig wütend.

»Drehst du jetzt völlig durch? Ich bin doch nicht die ganze Schule!« Ihre Stimme überschlägt sich. »Ich kann nichts dafür, dass da ein paar Idioten rumlaufen, die euch Kleine mobben!«

Robert brüllt zurück, mit hochrotem Kopf: »Und was ist mit meinem iPod, den ihr mir weggenommen habt? Mann, der war erst eine Woche alt! Und ich Idiot hab ihn dir vorgestern auch noch gezeigt.«

Verständnislos sieht sie ihn an. Sie begreift nicht, was er sagt. Oder sagen will.

»Woher wussten die anderen denn, dass ich einen funkelnagelneuen iPod habe? Weil du es ihnen gesagt hast!«

Robert schleudert seinen Rucksack durch den Türspalt in den Wohnungsflur. Er keucht, er ist außer Atem. Aber er schaut ihr jetzt fest in die Augen.

»So, jetzt mal langsam«, sagt Coco nach zehn Sekunden, in denen sie seinem Blick standgehalten hat. »Jemand hat dir also heute deinen iPod geklaut.«

»Ja, Mann!«, schreit Robert.

»Und du weißt, wer es getan hat.«

Robert nickt. Streicht sich mürrisch die Haare aus der nassen Stirn.

»Wer? Wer war es?«, fragt Coco. »Sag mir den Namen, dann geh ich mit dir zur Schulleitung und wir –«

»Du?«, sagt Robert völlig verdutzt. »Ausgerechnet du willst mit mir zur Schulleitung gehen? Das glaub ich dir nicht! Du verpetzt doch nicht deine Freunde. Kein Mensch tut so was. Ne, ich weiß, dass es immer so weitergehen wird.« Seine Stimme bekommt auf einmal wieder etwas Weinerliches, Hilfloses. »Aber wieso immer ich? Kannst du mir das mal sagen? Ihr wollt immer bloß mich fertigmachen. Immer mich. Aber warum? Was hab ich euch denn getan?«

»Rolli! Hör gut zu. Sag nicht immer *du* und *ihr!* Ich hab damit nichts zu tun.«

Rolli überhört ihren Einwurf. »Ihr zockt immer dieselben ab. Jonas und Jennifer und die Zwillinge aus der Fünften ... Das ist so fies! So gemein!«

Coco reißt die Augen weit auf. »Was sagst du da?« Ihre Stimme klingt plötzlich heiser.

»Sie wissen genau, mit wem sie es machen können. Die belauern mich! Egal, welche neuen Sachen ich habe, sie wissen es und dann lauern sie mir auf und zwingen mich, es herauszugeben.«

»Wer? Wer lauert dir auf?« Cocos Stimme klingt fast flehend.

»Ich muss denen mein Taschengeld geben. Und wenn ich nichts mehr habe, dann drohen sie ...« Er kann nicht mehr weitersprechen. Tränenüberströmt schaut er sie an.

»Und was habe ich damit zu tun, Rolli? Was?«, fragt Coco.

Robert starrt sie an. Lange. Fassungslos. »Hör endlich auf, mich für blöd zu verkaufen. Das sind doch alles deine Freunde«, schluchzt er.

»Meine Freunde? Welche Freunde?«

»Mit denen du immer in den Pausen zusammen abhängst. Auf dem Schulhof.« Robert schluckt seine Tränen herunter und blickt

Coco trotzig an. »Oder ist das etwa nicht dein Freund? Dieser Typ mit dem Skateboard unter dem Arm.«

»Meinst du Darian? Den mit der Gelfrisur?«

»Ja, der Affe. Wie der mich schon angrinst. Keine Ahnung, wie der heißt. Und dieser andere, der in die Zwölfte geht und immer so obercool tut mit dieser Zigarette, die ihm an der Lippe klebt.«

»Jorek?«, fragt Coco vorsichtig.

»Ja, genau der. Und dann diese Barbie mit den roten Haaren.«

»Eylin?« Cocos Herz hat angefangen, in einem seltsamen Rhythmus gegen ihre Brust zu hämmern. »Und Miriam? Die immer mit Highheels herumläuft?«

»Was ist das?«

»Stöckelschuhe.«

»Ja, kann sein.«

Robert ist mit einem Mal viel ruhiger. Aber Coco fühlt sich, als wäre sie kurz vor dem Erstickungstod. Eine Frage hat sie noch. Eine Frage, die ihr auf der Seele brennt.

»Kennst du auch Tomke?«

Robert nickt. »Das ist der mit dem roten Roller, oder?«

Coco hat das Gefühl, als hätte sie sich ein übergroßes Stück Käse in den Mund gestopft. Sie bekommt kaum noch Luft, aber diese Frage muss sie einfach stellen: »War Tomke auch dabei, als sie ... als sie das mit dir gemacht haben?«

Robert starrt sie an, als wäre sie nicht bei Verstand. »Der ist doch der Boss«, sagt er. »Die anderen gehorchen doch nur.« Und so fix, wie Coco es ihm niemals zugetraut hätte, springt Robert plötzlich an ihr vorbei und knallt ihr die Wohnungstür direkt vor der Nase zu.

Wie versteinert bleibt Coco stehen. »Ich glaub dir nicht!«, schreit sie schließlich. »Du lügst!«

Ihr Herz wummert und sie beginnt, am ganzen Körper zu zittern, als sie mit den Fäusten auf die Tür einhämmert, hinter der Robert sich verschanzt hat. »Rolli? Mach sofort auf!«

Sie wartet. In ihren Ohren rauscht das Blut. Was denkt Rolli sich eigentlich dabei, sie hier einfach so stehen zu lassen? Coco hämmert weiter gegen die Wohnungstür.

»So geht das nicht, Rolli. Du kannst nicht einfach irgendwelche Anschuldigungen in die Welt setzen über Leute, mit denen ich befreundet bin!«

»Selber schuld, wenn du dich mit solchen Scheißtypen abgibst.«

Roberts Stimme ist so nah, dass Coco sich vorstellt, wie er an der Innenseite der Tür lehnt. Wie sie nur durch eine dünne Holzwand getrennt sind ...

Ich muss es anders machen, denkt sie, ich darf ihn nicht so unter Druck setzen. Sanft kratzt Coco mit ihren Fingernägeln über die glatte Türfläche. Das macht ein interessantes, fast zärtliches Geräusch.

»Hör mal, du kannst nicht einfach so was Abartiges über meine Clique behaupten. Ich kenne die alle. Ich würde für jeden Einzelnen meine Hand ins Feuer legen!«

»Dann sind deine Hände aber gleich verkohlt.«

»Komm mal langsam wieder runter. Du bist im Augenblick ganz durcheinander, das versteh ich ja.«

»Du verstehst gar nichts.«

»Also, wenn es an der Schule wirklich solche Typen gibt, die mit euch Kleinen so umgehen, dann helfe ich dir, versprochen, Rolli.«

Statt einer Antwort tritt Robert wütend gegen die Tür. »Ich. Heiße. Robert!«

»Ja, gut, 'tschuldigung, Robert. Mann, ich kenne dich, seit du auf der Welt bist. Ich war dein Babysitter, wenn deine Eltern aus waren. Ich hab mit dir Playmobil gespielt. Wir haben zusammen auf eurem Sofa das *Dschungelbuch* geguckt und Gummibärchen gefuttert. Hast du das alles vergessen?«

Aus der Wohnung kommt kein Laut. Coco lehnt erschöpft den Kopf gegen die Tür. Sie schließt die Augen. Noch vor einer Stunde war sie so gut drauf gewesen, so glücklich. Noch vor einer Stunde war die Welt in Ordnung gewesen.

»Ist das wahr, was du da gesagt hast?«, fragt Coco ganz ruhig. »Über Tomke, Jorek, Darian und die anderen?«

»Jaha.«

»Setzt du auch keine Gerüchte in die Welt?«

»Nein.«

»Das ist für mich ganz, ganz wichtig, verstehst du? Kannst du es schwören?«

»Ich schwöre!« Coco hört, wie Robert seinen Hinterkopf mehrmals gegen die Tür schlägt. Sie zuckt bei jedem Schlag zusammen. »Von mir aus kannst du deinen tollen Freunden ruhig erzählen, dass ich geflennt hab. Dass ich eine fette, heulende Memme bin. Ihr könnt euch gern über mich totlachen, ist mir jetzt auch egal. Heute haben sie gesagt, dass sie mich abstechen wollen wie einen Luftballon. Ja, das haben sie gesagt!«

»Ich ... Mensch, ich kann einfach nicht glauben –«

Plötzlich reißt Robert die Tür auf. Sein Gesicht ist krebsrot vor Wut. »Dann frag sie doch, falls du dich traust! Frag sie, ob sie mein Rex Bike geklaut haben und meinen iPod, und frag sie auch, was sie mit dem neuen Jack-Wolfskin-Rucksack von Sandor gemacht haben! Und woher die ganze Kohle kommt, mit der sie in der Schule angeben, wenn sie mit einem fetten Schein in der Cafeteria ihre Kaugummis bezahlen!«

Mit einem Knall geht die Tür wieder zu.

»Okay.« Coco atmet tief durch. »Okay. Gut. Ich tu es. Ich frag sie. Heute noch. Versprochen. Also wenn das wahr ist ... wenn es tatsächlich stimmen sollte, dann ...« Sie stockt.

»Was ist dann?«

Coco atmet tief durch. »Dann ... dann sind sie nicht mehr meine Freunde.« Als Coco das sagt, spürt sie auf einmal einen Stich im Herz. Sie will nicht, dass es wahr ist! Es darf nicht wahr sein. Doch sie zwingt sich, ihre Freunde mit Roberts Augen zu sehen. Wie er sie sieht. Wie er sie erlebt hat: als eine Gruppe von brutalen Typen. Hat er womöglich recht? Sind diese Leute, die – wenn auch erst seit Kurzem – ihre Freunde sind, im Grunde ganz anders, als sie glaubt? Hat sie tatsächlich so wenig Menschenkenntnis, so wenig Gespür? »Wenn du mit denen rumhängen willst, dann ohne uns«, haben ihre Freunde von früher zu ihr gesagt. Coco hat es als Neid abgetan. Denn Tomkes Clique ist die coolste an der ganzen Schule. Wenn sie zusammen über den Schulhof schlendern, dann folgen der Clique sehnsüchtige Blicke, und auf den Fluren wird über sie geflüstert. Ein paar Mädchen ahmen sogar Eylins ausgefallenen Modestil nach oder staksen wie Miriam auf hochhackigen Schuhen herum.

Ist es tatsächlich möglich, dass es diese Clique ist, die das Goethe-Gymnasium terrorisiert? Ihre Clique, auf die sie so stolz ist? Seit mehr als einem Jahr gibt es diese Gerüchte, dass Fünft- und Sechstklässler auf dem Schulweg von den Älteren drangsaliert und abgezockt werden. Dass einzelne Schüler gemobbt und gequält werden. Es fanden bereits mehrere Elternabende statt, bei denen hitzig über die Sicherheit an der Schule debattiert wurde. Eltern berichteten davon, dass ihre Kinder morgens nicht aus dem Bett wollten, weil sie Angst vor dem neuen Schultag hatten. Vor jedem Schultag. Cocos Eltern haben ihr davon erzählt. »Könnt ihr euch so was vorstellen?«, hat Cocos Mutter fassungslos gefragt. Coco hat Nein gesagt und Nelly hat nur mit dem Kopf geschüttelt.

Seit dem letzten Schuljahr bietet ein Schulpsychologe regelmäßig Sprechstunden für Betroffene an. Aber angeblich hat nie jemand Gesprächsbedarf. Es gibt nie etwas Konkretes. Keine Anhaltspunkte, keine Anzeigen, keine Schulverweise. Es kursieren immer nur Gerüchte, die sich mal verdichten und dann wieder weggelacht werden. »Hey, an unserer Schule ist doch alles in bester Ordnung!«, heißt es dann nur.

Ist es wirklich möglich, dass ausgerechnet Tomke und seine Freunde hinter alldem stecken? Können Menschen sich so verstellen? Natürlich, wenn Coco es sich genau überlegt ... Irgendjemand von ihnen hat immer Geld. Irgendjemand von ihnen ist immer etwas zu aufgedreht, zu kumpelhaft, zu geheimniskrämerisch. Wie Darian zum Beispiel. Oder euphorisch, wie Eylin, die manchmal Lachanfälle bekommt, als würde sie gleich ersticken.

Es kam auch schon vor, dass ein Gespräch abrupt unterbrochen wurde, wenn Coco zur Gruppe stieß. Oder dass die anderen über irgendwelche »Aktionen« kicherten, bei denen sie nicht dabei gewesen war. Und als Tomke auf einmal stolz mit seinem neuen Roller ankam und sie ihn fragte, woher er das Geld hatte, da hatte er nur gelacht ...

Aber wie kann es sein, dass sie sich in Tomke verliebt hat? Wie kann es sein, dass sie diese Gerüchte nie mit ihm in Verbindung gebracht hat? Andererseits: Woher sollte sie wissen, ob Robert das nicht alles nur erfand?

»Tomke auch? Wirklich?«, fragt sie leise und denkt: Nicht Tomke, bitte nicht er! Ausgerechnet Tomke, der alles von ihr weiß, mehr als ihre eigene Familie! Und die Clique, die jetzt auch ihre Clique ist. Die Leute, mit denen sie am liebsten abhängt. Mit denen sie gerade die coolste Zeit ihres Lebens hat. Diese Clique ist jetzt ihr Zuhause, ihre Welt. Das kann nicht sein!

Doch Robert kennt Tomke genau. Er muss ihm in der letzten Zeit hier im Treppenhaus öfter mal begegnet sein. Denn seit zehn Wochen sind Tomke und sie ein Paar. Wie sie innerlich gejubelt hat, als Tomke zu ihr gesagt hat: »Jetzt gehörst du nicht nur zu mir, sondern auch zur Clique.« Es war der glücklichste Moment in ihrem Leben.

»Tomke war nicht dabei, oder?«, flüstert sie.

Sie will hören, dass Robert sagt: »Nein, der nicht. Tomke war nie dabei. Nur die anderen ...«

Aber Robert sagt die erlösenden Worte nicht. Er sagt jetzt gar nichts mehr. Er schweigt so beharrlich, dass Coco schließlich »Dann Tschüss, Robert« murmelt und sich die Treppe hoch in ihre Wohnung schleppt.

Niemand ist da. Ihre Eltern sind noch in der Firma, Nelly hat Gitarrenunterricht.

Coco schlurft in ihr Zimmer und wirft sich auf ihr Bett.

Und da bleibt sie liegen, die Augen starr gegen die Decke gerichtet, und denkt nach. Sie grübelt und hadert und zweifelt. Sie schluchzt eine Weile hilflos in ihr Kuschelkissen, ehe sie die Wut packt und sie mit geballten Fäusten gegen die Wand hämmert.

Schließlich greift sie nach ihrem Handy und wählt Tomkes Nummer. Nur die Mailbox. Fluchend wählt sie die Nummer von Linus. Der ist ihr aus der Clique der Zweitliebste. Natürlich nach Tomke. Besetzt.

Coco legt das Handy auf ihren Bauch. Starrt wieder gegen die Decke. Kleine Details fallen ihr ein, Erinnerungsfetzen, die nicht in das Gesamtbild passen.

Wieso eigentlich, denkt Coco, bringt Tomke mich nach der Schule nie nach Hause? Andere Mädchen aus ihrer Klasse werden immer von ihren Freunden ein Stück begleitet. Aber Tomke, Darian und Jorek hauen immer zusammen ab, gleich nach dem Abschiedskuss am Fahrradständer. Tomke mit dem Roller, auf dem Skateboard Jorek, der sich an Tomkes Gepäckträger festhält, und Darian, der den beiden hinterherradelt.

Wohin fahren sie? Was machen sie dann?

Coco fixiert eine Fliege, die im Zickzack über die Zimmerdecke spaziert, als ihre Schwester auf einmal neben ihrem Bett auftaucht und mit großen Augen auf sie heruntersieht. »Was ist denn mit dir los? Bist du krank?«

»Oh! Hallo, Schwesterherz. Ne, bin ich nicht. Nur ein bisschen müde.« Coco richtet sich auf, schüttelt sich ihre Mähne aus dem Gesicht und schenkt Nelly ihr Schwesterlächeln. »Mir geht's immer gut. Weißt du doch. Ich denk bloß nach.«

Es ist das erste Mal, dass sie ihre Schwester belügt. »Mach die Tür wieder hinter dir zu«, sagt sie, damit Nelly endlich geht. Die wirft ihr einen fragenden Blick zu, geht aber ohne zu murren aus dem Zimmer.

Coco muss allein sein. Muss sich konzentrieren. Nachdenken. Planen. Zu einem Entschluss kommen. Noch an diesem Nachmittag. Denn abends würde sie alle wiedersehen, am Elbstrand, die gesamte Clique.

Und natürlich Tomke, ihren Tomke. Diesen lässigen Typen mit den wunderschönen braunen Wuschelhaaren. Tomke, der auf einer Blattrispe *I can't get no satisfaction* pfeifen kann. Tomke, gerade achtzehn geworden, der sich täglich mit Rasierschaum rasiert und stolz kleine Heftpflaster am Kinn trägt, wenn er sich geschnitten hat. Tomke, der seinen Kopf in ihren Schoß gelegt und geschluchzt hat, nachdem seine Eltern ihm eröffnet hatten, dass sie sich trennen würden, weil sie sich auseinandergelebt hätten. Dieser Tomke, den sie liebte. So sehr, dass sich ihr Bauch jedes Mal zusammenzog, wenn sie an ihn dachte.

2.
Die Clique

Um drei viertel sieben sitzt Coco schon abfahrbereit auf der Eingangstreppe. Sie trägt ihr orange-rotes Ringelkleid und dazu silberfarbene Ballerinas. Außerdem hat sie sich vorhin noch eine geschlagene Stunde an ihren Haaren abgearbeitet.

Nelly hat die ganze Zeit auf dem Badewannenrand gesessen und ihr zugeguckt. Nelly ist immer fasziniert, egal was die große Schwester macht. Nelly ist Cocos größter Fan. Das hat Coco eigentlich immer als ganz schön empfunden. Aber seit Coco ihre Clique hat, verspürt sie immer weniger Lust, ihre kleine Schwester über alle Details auf dem Laufenden zu halten. Obwohl, so klein war Nelly eigentlich gar nicht mehr. In wenigen Wochen würde sie ihren vierzehnten Geburtstag feiern.

»Wieso stylst du dich so auf?«, hat Nelly gefragt, die die dunklen Haare und den dunklen Teint ihres Vaters geerbt hat, während Coco ganz nach ihrer zierlichen blassen Mutter kommt.

»Na, weil ich toll aussehen will.«

»Tomke betet dich doch sowieso an. Der fände dich bestimmt auch super, wenn du wie eine Filzlaus aussehen würdest«, hatte ihre Schwester gemeint und albern gekichert.

Coco will an diesem Abend aber besonders toll aussehen. Aufregend. Sie möchte eine Erscheinung sein. Eine, die sich den anderen ins Gedächtnis brennt. Das ist Teil ihres Plans. Sie will so schön sein, dass es Tomke und den anderen den Atem raubt. Sie will eine Kämpferin sein. Eine schöne Kämpferin. Eine Kriegerin, eine Richterin. Die Clique soll schon bei ihrem Anblick spüren, dass etwas anders ist als sonst.

Coco hat nach langem Überlegen ihre dicken blonden Haare zu zwei Zöpfen geflochten und sie um den Kopf gelegt wie einen Kranz. Es sieht toll aus und Nelly hatte bewundernd gepfiffen, als Coco sich von ihr mit einem Küsschen verabschiedete. Sie verabschiedeten sich immer mit einem Kuss, schon seit Jahren.

Als Tomke vier Minuten vor sieben seinen roten Roller vor ihrem Haus ausrollen lässt, ist Coco sich sicher, dass Nelly oben aus dem Fenster späht.

»Hi!«, ruft Tomke, während er seinen Helm abzieht und winkt.

»Hi.«

Tomke wirkt ganz entspannt, lässig wie immer, als er auf sie zuschlendert. Er wirft keinen einzigen Blick auf die Erdgeschosswohnung, in der Robert mit seinen Eltern lebt.

Coco schnallt sich ihren Rucksack auf den Rücken und geht Tomke entgegen. Der Rucksack ist schwer, aber man kann den Inhalt nicht erahnen. Coco hat die Flaschen einzeln in Zeitungspapier gewickelt. Da Tomke neuerdings von Bier auf Whisky umgestiegen ist, hat sie dieses Mal sogar Whisky besorgt. Dazu noch zwei Flaschen Rotwein, denn sie und Linus mögen kein Bier und auch nichts Hochprozentiges. Bevor sie mit Tomke und der Clique zusammenkam, hat Coco fast nie Alkohol getrunken.

Als Coco und Tomke sich mitten auf der Wohnstraße mit einem innigen Zungenkuss begrüßen, reißt Nelly oben im ersten Stock ihr Fenster auf und ruft: »Hey, Tomke! Was macht ihr heute?«

Tomke grinst zu ihr hoch. »Was schon? Spaß haben natürlich!« Er winkt ihr. Tomke mag Nelly. Das hat Coco immer gefallen. Auch ihre Eltern finden Tomke nett, eigentlich. Bis auf die Momente, wo sie beide in Cocos Zimmer verschwinden und die Tür hinter sich abschließen ...

»Kann ich mitkommen?«, ruft Nelly von oben zu ihnen herunter.

»Du spinnst wohl!«, entgegnet Coco empört.

»Tomke, sag du doch!«, versucht Nelly es nun bei ihm. »Wieso kann ich nicht mal mitkommen? Alleinsein ist doof. Ich stör euch auch ganz bestimmt nicht!«

Coco bekommt einen heißen Kopf. Manchmal macht Nelly sie mit ihrer Anhänglichkeit rasend. Vorsichtig stülpt sie den Helm über die komplizierte Zopffrisur. Weil Tomke sie einfach ignoriert, ruft Nelly nun: »Hey, Tomke, eine Frage noch: Wie findest du Cocos Frisur?«

Tomke mustert Coco. Doch da trägt sie schon ihren Helm. Sie schaut ihm in die Augen, aber sie lächelt nicht. »Zu spät«, sagt sie. »Fahren wir los?«

Tomke hilft ihr beim Aufsteigen mit dem schweren Rucksack. »Fühlt sich gut an«, meint er grinsend.

Coco erwidert darauf nichts. Sie hat lange überlegt, ob sie den Alkohol überhaupt noch mitnehmen soll. Eigentlich hat sie keine Lust mehr, ihre Eltern ständig zu beklauen.

Tomke stülpt seinen Helm über und startet die Maschine.

Nelly winkt wie verrückt oben aus dem Fenster und ruft etwas, das Coco aber nicht versteht. Und Coco kann auch nicht mehr zurückwinken, denn sie hat bereits ihre Arme um Tomkes Taille gelegt. Wie immer.

An der Elbe, etwa fünfzehn Kilometer außerhalb der Stadt, kann man barfuß auf den in Jahrmillionen glatt geschliffenen Kieseln in den Fluss gehen und den Fischen zusehen, die pfeilschnell wie silberne Blitze durchs Wasser schießen. Früher gab es in der Elbe kaum noch Fische, doch jetzt kann man sogar wieder darin baden.

Wenn die Dämmerung in die Dunkelheit übergeht, dann sitzen sie alle am Ufer um ein Lagerfeuer. Diese Stunden hat Coco in den Sommerferien immer am meisten geliebt, wenn alle beschwipst ins Feuer gestarrt und Blödsinn geredet haben und Tomke heimlich seine Hand unter ihr T-Shirt geschoben hat, ohne dass die anderen es mitbekamen.

Coco hat diesen Platz erst durch die Clique kennengelernt. Davor ist sie noch nie hier gewesen. Sie wohnen auf der anderen Elbseite in Neustadt, unweit von dem kleinen Unternehmen ihrer Eltern, und auch zu ihrer Schule kann sie mit dem Rad fahren. Der Getränkegroßhandel, der ihren Eltern gehört, beliefert Restaurants, Hotels und Privathaushalte. Drei weiße Laster, auf denen *Rossis Getränkeservice* steht, kurven täglich durch die Stadt und liefern Getränke aus. Für eine Clique, die gern Party macht, ist es ziemlich praktisch, wenn ein Mitglied so leicht für gute Stimmung sorgen kann.

»Love all inclusive«, hat Darian grinsend gemeint, als Tomke sie zum ersten Treffen mitbrachte und Coco als Einstand eine Literflasche Jamaica Rum aus ihrem Rucksack zog.

Tomke biegt vom Uferweg ab und steuert seinen Roller einfach durch die Uferböschung direkt auf die Gruppe zu, die schon eifrig das Treibholz der letzten Überschwemmung zu einem Lagerfeuer aufschichtet.

Als Linus sie entdeckt, reckt er beide Arme in den Himmel und macht mit gespreizten Fingern das Victory-Zeichen. Tomke betätigt ausgiebig die Hupe vorn am Lenker.

Linus läuft auf sie zu. Er stammt aus einer berühmten Jockey-Familie. Sein Großvater hat zweimal die St. Leger Stakes und einmal das Hamburger Derby gewonnen. Linus ist ein Leichtgewicht und mindestens eineinhalb Köpfe kleiner als der Rest der Jungs. Eine Weile hat er in einer Artistengruppe trainiert und konnte sich verbiegen, als wären seine Knochen aus Gummi.

Dann sieht Coco auch den Rest der Clique. Es sind alle da. Jorek, die Bohnenstange, ist wie immer mit dem Skateboard gekommen. Er benutzt nie die Radfahrwege oder Bürgersteige. Er kurvt völlig angstfrei zwischen Autos, Lastern, Bussen und der Straßenbahn herum, so sicher und geschickt, als wäre es ein Kinderspiel.

Darian sieht meistens aus, als hätte er seit Wochen seine Klamotten nicht gewechselt. Aber dafür gelt er seine Haare, dass sie wie ein Hahnenkamm hochstehen. Darian hat in letzter Zeit zugenommen. Seit seine Mutter Veganerin ist und ihm nur noch »Grünfraß« hinstellt, legt er sein Geld in Fast Food an.

Eylin – heute in ihren schärfsten Hotpants – planscht barfuß im seichten Elbwasser herum und lässt von Zeit zu Zeit einen spitzen Schrei los, damit sie ja niemand vergisst und man immer mal wieder zu ihr hinschaut, wenn sie wie ein Flamingo über die Kiesel stolziert.

Dann ist da noch Miriam, eine ziemliche Dramaqueen. Miriam geht in dieselbe Klasse wie Coco. Wenn sie mal eine Fünf bekommt, bricht sie sofort in Tränen aus. Manchmal erweicht sie damit das Herz der Lehrer und schindet eine Vier minus raus. Gerade breitet sie ihre rote Wolldecke auf den Steinen aus. Miriam ohne rote Wolldecke ist undenkbar. Sie braucht immer etwas Weiches zum Sitzen. Kein Wunder, denn Miriam ist so superdünn, dass ihre Knochen ganz scharfkantig hervorstehen.

Wie immer werden Coco und Tomke umringt, als Cocos Rucksack geöffnet und der Inhalt inspiziert wird. Tomke wickelt den Whisky aus dem Zeitungspapier und studiert das Etikett.

»Wow«, sagt er und schenkt Coco ein anerkennendes Lächeln, »das ist ja ein zwölf Jahre alter Bourbon!«

»Hauptsache Literflasche«, meint Jorek trocken.

Tomke lässt die Flasche rumgehen, damit die anderen andächtig das Etikett betrachten können.

»Wie kriegst du das eigentlich hin, dass deine Eltern es nicht merken, wenn was fehlt?«, fragt Linus.

Coco zuckt mit den Schultern. »Sie horten das Zeug im Keller nur für Gäste. Aus Repräsentationsgründen. Meine Eltern trinken nicht viel, nur abends mal ein Glas Wein.«

Darian feixt: »Schönen Gruß. Sag ihnen, sie wissen nicht, was sie verpassen.«

»Werde ich bestimmt nicht tun«, gibt Coco kühl zurück. Darian lacht.

Miriam schreitet währenddessen um Coco herum und begutachtet ihr Outfit. Vielleicht fällt ihr auf, dass Coco sich heute mit dem Styling besondere Mühe gegeben hat.

»Deine Frisur ist ziemlich cool«, stellt sie gnädig fest. »Hast du die Zöpfe mit Kämmen festgesteckt? Tut das nicht weh?«

»Nur ein bisschen«, meint Coco gleichmütig, »ich hab schwere Haare.« Aber sie ist froh, dass ihr verändertes Aussehen bemerkt wird und sie auch noch einen kleinen Kommentar ablassen kann. »Ich hatte heute einfach mal Lust, wie eine Kriegerin auszusehen.«

Miriam lacht schrill. »Wie eine Kriegerin! Unsere Coco! Hast du das gehört, Tomke?«

Tomke reagiert nicht. Er wickelt die Rotweinflaschen aus. »Auch ein guter Tropfen«, meint Linus. »Coco hat heute Spendierhosen an.«

»Spendierhosen ist gut! Spendierkleid passt besser. Aber das kostet Coco doch nicht einen Cent von ihrem Taschengeld!«, meint Darian herablassend.

»Stimmt«, entgegnet Coco mit harter Stimme. »Fällt mir auch gerade auf. Vielleicht sollte ich aufhören, meine Eltern weiter zu beklauen.«

»Wehe!« Darian dreht den Schraubverschluss ab. »Soll ich schon mal rumgehen lassen? Zum Vorglühen?«

Eylin stakst vorsichtig aus dem Wasser, als hätte sie Angst, ihre neuen schrillen Hotpants könnten einen Spritzer abbekommen. »Wartet auf mich!«, ruft sie. »Ich hab auch Durst!«

»Das ist nicht gegen den Durst. Wenn du Durst hat, dann trink das hier«, sagt Darian und deutet auf die Bierkiste, die neben der Wolldecke steht.

»Das ist doch pisswarm.« Eylin verzieht angewidert das Gesicht.

»Wo sie recht hat, hat sie recht«, meint Darian, während er auf die Bierflaschen schaut. »Dann tragen wir die Kiste mal ins Wasser, was? Wer packt mit an?«

Während er und Linus die Kiste zur Elbe tragen, schubsen Miriam und Eylin sich gegenseitig und albern herum.

Alles wie immer, denkt Coco. Keiner merkt irgendwas. Sie steht in der Nähe der aufgetürmten Holzscheite und tut nichts. Rührt keinen Finger, um den anderen zu helfen. Sie beobachtet nur.

Tomke kommt plötzlich zu ihr und legt den Arm um ihre Taille. »Heute machen wir ein Hammerfeuer«, raunt er ihr ins Ohr. »Wir feiern ab bis zum Morgengrauen. Solange der Alkvorrat reicht. Eine so geile Nacht kommt so schnell nicht wieder.«

Coco schaut an sich herunter. Seine Finger gleiten von ihrer Taille nach oben. Kurz bevor er ihre Brüste berührt, schiebt sie seine Hände weg.

Tomke lacht verwirrt. »Was ist?«

Coco schaut ihm in die Augen. Er sieht so unschuldig-harmlos aus wie immer. Das macht sie ganz fertig. Am liebsten würde sie das geliebte Gesicht in ihre Hände nehmen und es mit Küssen bedecken. Aber sie darf jetzt keinen Rückzieher machen. Sie hat es Robert versprochen.

»Ich weiß nicht?«, erwidert Coco fragend. »Sag du es mir.«

Tomke verdreht die Augen. Immer wenn Coco etwas nicht zulässt, worauf er gerade Lust hat, reagiert er gereizt. Er will immer über alles die Kontrolle haben, denkt Coco. Wieso ist mir das vorher nie aufgefallen? Glaubt er wirklich, dass er auch über mich die Kontrolle hat?

»Ich wollte dir nur gerade sagen, dass du absolut sexy aussiehst in diesem Kleid«, sagt er und flüstert ihr ins Ohr: »Wenn wir nachher ein bisschen alleine Spaß haben wollen, gehen wir einfach ...«

»Das meine ich nicht«, sagt Coco.

»Was dann?«

Coco schaut sich um. »Das alles hier. Was wir hier machen.«

»Was machen wir denn?«, fragt Tomke.

»Genau das ist es ja.« Coco fixiert ihn. »Das will ich ja gerade von dir wissen. Von euch. Von allen.« Sie macht eine Kopfbewegung, die alle einschließt: Linus, der gerade einen Stein über das Wasser springen lässt, Eylin, die ihn dabei umschubsen möchte, Darian, der die Whiskyflasche wie eine Trophäe über den Kopf hält, Miriam in Modelpose daneben.

»Kann es sein, dass ihr irgendwas vor mir verheimlicht? Dass ich irgendetwas nicht weiß?«

»Hey«, sagt Tomke genervt. »Wie tickst du denn heute?« Er weicht einen Schritt zurück und zieht eine Grimasse. Sein Lachen aber ist nicht so lässig wie sonst, sondern wirkt unecht. Als Coco nicht reagiert, flackert in seinen Augen Misstrauen auf.

»Worauf spielst du an?«, fragt er.

»Ich?« Coco hebt die Schultern. »Keine Ahnung.« Sie sieht ihm offen in die Augen. »Worauf sollte ich denn anspielen?«

»Auf nichts.«

»Dann ist es ja gut.«

Doch Tomke ist noch nicht überzeugt. »Du bist heute so anders. So kenn ich dich gar nicht.«

»Vielleicht seid ihr ja anders?«, gibt Coco ruhig zurück. »Vielleicht kenn ich euch ja gar nicht so, wie ihr wirklich seid?«

Tomkes Miene verfinstert sich. »Was soll der Scheiß?« Er zieht seine Augenbrauen zusammen und starrt sie an. »Also los, du hast irgendwas gehört. Wer hat dir was gesagt?«

Coco spielt die Ahnungslose. Sie will, dass Tomke von selber mit der Sprache rausrückt. Dass er sich selbst eine Falle stellt. Also fragt sie ganz unschuldig: »Mir? Wieso? Was könnte man mir denn sagen?«

»Meine Fresse, Coco! Was soll dieses Spielchen?« Tomke wird plötzlich wütend. Seine Stimme kippt. Er drischt mit der Schuhspitze in die Kieselsteine, die spritzen auf, einer trifft Darian am Knie.

»Hey! Steinschlacht?« Darian wendet sich grinsend zu ihnen um, aber Tomke wedelt nervös mit den Händen, um Darian auf Abstand zu halten.

»Ich hab keinen Bock, dass du uns den Abend verdirbst mit deiner komischen Laune!«, schreit er Coco an, die immer noch ausdruckslos wie eine Statue vor ihm steht.

Darian will auf sie zugehen, bleibt jedoch abwartend stehen. Am Wasser albert Linus mit den beiden Mädels herum. Die drei scheinen die Szene nicht zu bemerken.

»Ich hab überhaupt keine komische Laune«, gibt Coco ruhig zurück. »Ich habe dich nur etwas gefragt.«

»Jaja, schon klar! Aber so blöd bin ich nicht, dass ich nicht merke, dass dir irgendein Scheiß im Kopf rumspukt!«

Darian kommt jetzt näher, mit ausgebreiteten Armen und dem Lächeln eines Priesters. »Hey, Leute! Frieden! Alles gut! Erzählt dem lieben Onkel Darian, was los ist.«

»Halt dich da raus«, herrscht Tomke ihn an. »Das ist eine Sache zwischen ihr und mir.«

»Eine Sache zwischen *dir* und ihr ist auch eine Sache zwischen *uns* und ihr«, sagt Darian. »Also?«

Als keiner reagiert, hebt er grinsend die Flasche. »Oder habt ihr bloß Angst, dass ich euch den Stoff wegtrinke?« Er streckt einladend die Hand mit der Whiskyflasche aus. »Hier, nehmt einen Schluck. Das beruhigt die Nerven.«

»Danke, Kumpel, das ist genau die richtige Einstellung.« Tomke grinst Darian an, Darian feixt zurück und die beiden boxen sich in die Rippen, bevor Tomke die Flasche an den Mund setzt und trinkt. Er stürzt den Whisky hinunter wie Wasser.

Coco schaut einen Moment zu, wie sein Kehlkopf auf und ab hüpft, dann wendet sie sich ab, verschränkt die Arme vor der Brust und blickt auf den Fluss.

Tomke setzt die Flasche ab, wischt sich mit der Hand über den Mund, zieht eine Schachtel Streichhölzer aus der Hosentasche und wirft sie Darian zu, der sie geschickt auffängt.

»Feuer?«, fragt Darian.

»Und ob«, antwortet Tomke. »Wird Zeit, dass wir die Party hier mal in Schwung bringen.«

Darian lacht erleichtert. *»It's party time!«*, ruft er, sich zu den anderen umdrehend, und winkt sie herbei. »Hey, Leute! Jetzt wird gefeiert!«

Und auch Tomke lässt Coco einfach stehen und geht auf die anderen zu, mit ausgebreiteten Armen, wie immer, wenn er sich ihnen so verbunden fühlt, als wären sie eine Familie.

Darian hockt nun neben dem Holzstoß an der Feuerstelle, macht ein Streichholz an und hält das kleine Flämmchen an den Spirituswürfel, den Coco erst jetzt zwischen den Zweigen und Holzscheiten entdeckt. Das Flämmchen flackert und erlischt. Darian probiert es mit einem zweiten Streichholz und beschützt die kleine Flamme mit der anderen Hand. Dieses Mal greift sie sofort auf den Spirituswürfel über. Die Flamme, die an den Rändern phosphorblau ist, lodert schnell auf. Ein leichter Geruch von Spiritus breitet sich aus. Ein trockener Zweig knackt, als die Flammen gierig an ihm züngeln.

Coco sieht, dass Tomke mit den anderen redet. Was er sagt, hört sie nicht. Die Clique schart sich eng um ihn, steckt die Köpfe zusammen wie Fußballer vor dem Anpfiff und lauscht seinen Worten. Nur Darian legt sich flach auf den Bauch, bläst die Backen auf und pustet ins Feuer. Ihn scheint das alles nicht zu kümmern.

Coco ist klar, dass Tomke über sie redet. Sie holt tief Luft, zieht ihre Schulterblätter zusammen. Gut, denkt sie. Ich wollte es so.

Als sie neben Darian steht, beugt sie sich zu ihm und fragt so harmlos wie möglich: »Na, wird's was?«

Darian wirft ihr von unten einen schrägen Blick zu. »Klar«, sagt er. »Was wir uns vornehmen, klappt doch immer.«

Coco lächelt ihr unschuldiges Lächeln. »Wie schön für euch«, sagt sie fröhlich. Sie sagt nicht: »Wie schön für uns.«

Tomke richtet sich plötzlich auf. »Darian, kannst du mal kommen?«, ruft er.

Darian geht in den Liegestütz, dann in die Hocke, wo er seine Handflächen an den Jeansshorts abwischt. »Moment«, brummt er und schlendert zu den anderen rüber.

Coco hockt sich neben das Feuer. Ihr Zopf beginnt, sich zu lösen. Sie fingert nach den Kämmen und versucht, ihn wieder festzustecken, aber irgendwie gerät alles ins Rutschen. Schließlich lässt sie den schweren Zopf einfach fallen.

Auch egal, denkt sie. Interessiert eh keinen, wie ich aussehe.

3.
Das Verhängnis

Es ist zehn Uhr abends. Sie sitzen alle um das Feuer, lassen die Flaschen kreisen, rauchen, reden, manchmal macht einer einen Witz.

»Irgendwie kommt das hier heute Abend nicht richtig in Fahrt«, mault Tomke.

»Kennt einer einen richtig versauten Witz?«, fragt Eylin.

»Du bestimmt«, sagt Linus. »Von deiner Mutter.«

Eylins Mutter arbeitet nachts in einer Karaokebar. Und ehe er sich's versieht, ist Eylin zu Linus rübergekrochen, hat ihm die Rotweinflasche aus der Hand genommen und den Rest über ihm ausgekippt. Triumphierend hält sie die leere Flasche hoch, aus der sie eben noch zusammen mit Linus und Miriam getrunken hat. Coco hat die Flasche zwar immer mal an den Mund gesetzt, aber nie wirklich getrunken. Sie will auf jeden Fall nüchtern bleiben, das hat sie sich fest vorgenommen, egal, wie lange das hier noch dauert.

Während Linus sich notdürftig mit einem Taschentuch abreibt, hält Miriam ihre Haarspitzen gegen den Lichtschein des Feuers. »Oh Gott, ich muss dringend zum Friseur«, sagt sie, »meine Haare haben Spliss.«

»Nur ein dritter Weltkrieg wäre schlimmer«, höhnt Linus.

Miriam nimmt den zusammengerollten Sweater, den Linus ihr großzügig überlassen hat, und schleudert ihn in seine Richtung. »Du Idiot«, sagt sie. »Du hast doch keine Ahnung.«

»Ach komm«, sagt Linus. »An Haarspliss stirbt man nicht.«

»Haben wir nicht noch eine Flasche Rotwein, Coco?«, fragt Eylin. »Oder ist die auch schon alle?«

»Weiß nicht«, antwortet Coco einsilbig.

»Ich guck mal nach«, sagt Miriam und robbt zu Cocos Rucksack. Triumphierend zieht sie eine weitere Literflasche hervor.

»Leute, ich will jetzt endlich einen richtig versauten Witz hören!« Darian winkt Tomke zu sich heran. »Noch Whisky da, Alter?«

Tomke reicht ihm die Flasche. »Weil du es bist.« Dann zündet er sich an der Glut seiner letzten Zigarette eine neue an. »Du rauchst wie ein Schlot«, sagt Miriam angewidert. Miriam hasst Nikotingeruch, seit sie vor vier Wochen mit dem Rauchen aufgehört hat. Sie rollt sich auf die Seite und mustert Coco. »Sag mal, wie kannst du so einen Kerl überhaupt küssen?«

»Frag dich doch selbst«, meint Darian, »du kennst das doch.«

»Ach, Schnauze«, knurrt Tomke. »Wen interessiert das heute noch?«

»Warst du vorher mit Tomke zusammen?«, fragt Coco.

Alle grinsen. Niemand antwortet.

Tomke rutscht näher an Coco heran, schiebt seine Hand unter ihr T-Shirt, krabbelt mit den Fingern ihre Wirbelsäule hoch. Sie will nichts fühlen, schon gar nicht will sie es schön finden. Sie presst fest die Lippen aufeinander und schaut auf den Fluss.

»Wollen wir ihr zeigen, wie es geht?«, fragt er aufmunternd.

Coco schüttelt den Kopf. »Du bist betrunken.«

»Und du bist echt eine Spaßbremse«, nörgelt er.

Coco schaut ihn an, zuckt mit den Schultern. »Tja, ist eben so heute Abend.« Dabei fühlt sie sich nur halb so lässig, wie sie sich gibt. Sie wartet noch immer auf den richtigen Moment, um die Clique mit Rollis Anschuldigungen zu konfrontieren.

»Was ist überhaupt los?« Eylin rollt mit den Augen. »Ich dachte, das hier wird 'ne geile Party.«

»Wird es auch noch. Wartet nur ab.« Tomke springt wankend auf und grölt: »Hey, das geht ab, wir feiern die ganze Nacht, die ganze ...« Er schwenkt die Whiskyflasche über dem Kopf, wiegt den Körper. »Hey, das geht ab ...«

Tomke torkelt auf Linus zu und zieht ihn hoch. »Komm schon, mach mit, wir bringen die anderen in Stimmung! Whooohooo, Atzenparty, Leute!«

Linus zieht Eylin mit hoch und die beginnt sofort, den Text weiterzusingen und zu tanzen.

»Na bitte, geht doch«, sagt Tomke grinsend. »Und jetzt komm her, Coco. Ich will 'nen Kuss von dir.« Er sagt es fast fröhlich, als könnte er die Stimmung zwischen ihnen noch irgendwie retten. Früher war das kein Problem. Da war Coco ihm immer gierig in die Arme gesprungen, wenn er sie umarmen oder küssen wollte. Sie konnte gar nicht genug bekommen von ihm. Doch jetzt verweigert Coco sich. »Lass mich. Ich will nicht.«

Tomke greift nach ihren Handgelenken. Er hat einen festen, entschiedenen Griff. Aber er grinst. Besonders in Richtung Darian und Linus, die der Szene schweigend zuschauen.

»Stell dich nicht so an, Mann. Ich will doch einfach bloß einen Kuss.«

»Ich aber nicht.«

Tomke lässt sie los und starrt sie wütend an. »Hast du dich immer noch nicht eingekriegt? Bist du immer noch so mies drauf?«, fragt er undeutlich, wie immer, wenn er zu viel getrunken hat.

Coco schüttelt ihre Haare, ein Kämmchen fällt auf den Boden. Sie sieht, wie Eylin danach greift und es im Feuerschein betrachtet. Jetzt, denkt sie. Jetzt oder nie.

»Mir geht die ganze Zeit was durch den Kopf«, sagt sie und versucht, ihre Stimme fest klingen zu lassen. »Das möchte ich gern mit euch klären. Ich hab eine Frage. An alle hier.«

Sie schaut in die Runde und sieht, wie Eylin das Kämmchen verstohlen in ihre Hosentasche gleiten lässt. Hey, denkt Coco, klaut die gerade wirklich meine Sachen? Was denkt sie sich nur dabei? In diesem Moment ist es, als würde sie die Leute mit ganz anderen Augen sehen.

»Und? Was soll das für eine Frage sein? Ey, alle mal herhören ...«, lallt Tomke und macht eine ausladende Bewegung. »Diese Lady hier ... hat eine Frage ...«

Es dauert einen Moment, bis alle begriffen haben, dass Coco wirklich etwas fragen will.

Mit klopfendem Herzen steht Coco auf und stellt sich so neben das Feuer, dass sie im Lichtschein der flackernden Flammen gut zu erkennen ist.

Miriam legt sich bäuchlings auf ihre Wolldecke und stützt das Kinn auf die Hände. »Ich fand deine Frisur cool«, sagt sie, »hat mich an die Theateraufführung erinnert. Weißt du noch? Das Gretchen in Faust? Die treudoofe Unschuld? Warum hast du die Haare aufgemacht?«

Coco ignoriert sie einfach. Sie muss sich konzentrieren, für den Einstieg die richtigen Worte finden. Gretchen! Wenn Miriam wüsste, was gleich kommt! Doch plötzlich fürchtet sie sich vor ihrer eigenen Courage.

»Na los, hau deine Frage raus«, meint Linus fröhlich. »Was willste wissen?«

Darian feixt. »Wie viele geile Tussis du schon flachgelegt hast.« Er kichert, trinkt, gibt die Flasche weiter.

Coco sieht, wie Linus errötet. Sie fixiert Tomke, aber der ist zu betrunken, um ihn ruhig ins Visier nehmen zu können. Er schwankt, während er die Flasche eisern festhält. Dann holt sie tief Luft. »Also«, beginnt sie zögernd, »in meinem Haus wohnt ein Junge, Robert Buhrow, wir kennen ihn alle unter dem Namen Rolli.« Scheiße, denkt sie, schlechter Anfang.

Die anderen wechseln stumme Blicke. Coco sieht es. Atmet tief durch. Vielleicht doch gar kein so schlechter Einstieg.

»Ja und? Was willste damit sagen?«, lallt Tomke. »In meinem Haus wohnt einer, der heißt Karl-Peter, aber alle nennen ihn Kappe. Weil er auch so aussieht. Was geht mich das an?«

Darian macht grinsend ein V-Zeichen in Tomkes Richtung.

»Der Junge, von dem ich spreche, ist zehn Jahre alt«, sagt Coco und spürt auf einmal, wie sie ganz ruhig wird. »Er hat vor einer Woche einen iPod bekommen.«

Keiner sagt etwas. Coco schaut jeden Einzelnen der Reihe nach an. Stoisch erwidern alle ihren Blick.

»Aber seit heute hat Robert ihn nicht mehr.«

Coco stellt fest, dass nun alle auf den Boden schauen, nur Eylin wirft den Kopf zurück und lacht plötzlich. »Auf der Welt gibt es Millionen armer Kinder, die nicht mal einen Gettoblaster haben. Sollen wir die jetzt alle 'ne Runde bemitleiden?«

Miriam kichert. Die beiden rücken näher zusammen, legen sich die Arme um die Schultern und schauen Coco erwartungsvoll an.

»Nein, ich rede nur von Rolli«, sagt Coco ruhig.

»Ach, Scheiße«, ruft Darian aufbrausend. »Müssen wir den ganzen Abend über fette Kinder quatschen?« Er schaut Beifall heischend in die Runde. »Gibt doch viel geilere Themen.« Tomke nickt und schlägt Darian auf die Schulter. »Richtig, Alter. Viel geilere.« Er grinst.

»Vor zwei Wochen hat jemand Roberts Fahrrad geklaut«, sagt Coco. »Das war auch neu. Und teuer.«

Jorek verdreht die Augen. Seine Stimme wird ganz weich. »Na, so was. Der kleine Fettsack hat auf einmal kein Fahrrad mehr? Dann muss er wohl auf seinen dicken Beinchen zur Schule laufen!«

Miriam wirft sich rücklings auf ihre Wolldecke und strampelt mit ihren Model-Beinen. »Auf seinen dicken Beinchen! Süß!«, kichert sie.

»Dabei verbrennt er vielleicht ein paar Kilo Fett«, fügt Linus hinzu. »Da kann er doch dankbar sein!«

Prustendes Gelächter. Sie rücken alle instinktiv näher zusammen, weg von ihr. Tomke umarmt Linus und dabei verschüttet er Whisky. Als er das merkt, stößt er Linus weg, sodass der fast ins Feuer fällt.

Coco rührt sich immer noch nicht. »Robert wird in der Schule gemobbt«, sagt sie, »und zwar ganz brutal. Er hat jeden Morgen richtig Schiss, wenn er in die Schule geht.«

»Oh! Der arme kleine Dickmops macht sich in das Höschen!«, flötet Miriam.

Dieses Mal erntet sie das Gelächter.

Coco tut, als höre sie die Zwischenrufe gar nicht. Sie redet einfach weiter. Sie ist jetzt richtig in Fahrt. »Es gibt an unserer Schule offenbar eine ganze Menge Schüler, die jeden Morgen Angst haben, in die Schule zu gehen.«

Tomke will etwas sagen. Er wirft den Kopf zurück, öffnet den Mund und lallt etwas, das man aber nicht versteht. Er macht eine abwehrende Geste und verfällt wieder in Schweigen.

»Bis heute habe ich mir nicht vorstellen können, dass ihr damit irgendetwas zu tun habt.«

»Sag mal, tut dir der kleine Fettsack wirklich so leid?«, fragt Darian sie grinsend, als wäre das alles nur ein riesengroßer Spaß.

»Ja«, sagt Coco. Ihre Stimme klingt immer noch ruhig, doch sie spürt schon das Zittern, das ihren Körper erfasst. Sie muss sich konzentrieren, um einfach so stehen zu bleiben und sich dem Spott der Gruppe auszusetzen.

»Na und? Schule ist kein Ponyhof«, sagt Darian. »Weißt du, wie vollgeschissen meine Hosen oft waren, als ich zehn war? Die haben mich fertiggemacht, bloß weil meine Eltern aus Serbien kommen oder ich schwarze Haare habe oder was weiß ich, was. Die haben mich ausgelacht, wenn ich an die Tafel musste, die haben schon gelacht, sobald die Lehrerin nur meinen Namen gesagt hat. Wisst ihr, wie oft ich beinahe gekotzt hätte? Ich will nie mehr auf der falschen Seite sein.«

»Siessu, Süße«, lallt Tomke, »so geht's nu' mal zu in dieser Zeit.« Er torkelt auf Coco zu und legt ihr einen Arm um die Schultern. »Das können die Kids heute ganich früh genuch lern'.«

Miriam bekommt einen hysterischen Lachanfall. Eylin wirft sich über sie, sie rangeln lachend miteinander.

Coco zittert jetzt am ganzen Leib. Sie stößt Tomke weg und bearbeitet seinen Brustkorb mit ihren Fäusten. »Dann ist es also wahr?«, keucht sie.

Tomke lacht. Er breitet die Arme aus, als wollte er noch mehr Schläge von Coco gegen seinen Brustkorb und seinen Bauch. Er schaut die anderen an. »Was is'? Wolln wir's ihr sagen? Glaubt ihr, sie is' schon so weit?« Doch er wartet die Antwort der anderen gar nicht erst ab, sondern grinst Coco breit an. »Du bist doch 'n schlaues Kind«, lallt er. »Willkommen im Klub. Jetzt 'n Kuss?«

Darian rappelt sich auf, reißt Tomke die Whiskyflasche aus der Hand und schwenkt sie hin und her. »Yeah! Willkommen!«, brüllt er.

In dem Moment legt sich bei Coco ein Schalter um.

»Ich steig aus!«, schreit sie. »Ich will mit euch nichts mehr zu tun haben! Wenn ich gewusst hätte, was ihr an der Schule macht, dann wäre ich nie –«

Tomke packt sie von hinten und verdreht ihr dabei den Arm. Sie spürt seinen heißen Atem im Nacken. Im Feuer knistert das Harz, das aus einem der Baumstämme sickert. Eine Stichflamme lodert auf.

»Du steigst aus?«, höhnt Tomke. »Das glaubst du doch selbst nicht. Wir sind die geilste Clique der Schule.« Er schaut Beifall heischend in die Runde, verliert dabei aber fast das Gleichgewicht.

»Pass auf, Mann«, ruft Linus, »das Feuer.«

Doch Tomke hört ihn nicht. Er lacht plötzlich. »Und außerdem: Wo sollen wir denn dann den billigen Stoff herkriegen?«

Tomkes Worte treffen sie wie ein Peitschenhieb, aber Coco versucht, sich zusammenzureißen. »Es ist mein Ernst«, sagt sie mit zitternder Stimme. Und dann laufen ihr plötzlich heiße Tränen übers Gesicht. Wie hatte sie nur so blind sein können? So absolut blind? »Ich bin fertig mit euch.«

Hastig wendet sie sich ab, damit die anderen nicht sehen, dass sie weint. Sie atmet ein paarmal tief durch. Außer dem Knistern des Lagerfeuers ist kein Laut zu hören.

Coco wischt sich die Tränen ab, dreht sich zu den anderen um und schaut jeden Einzelnen an. »Ich gehöre ab sofort nicht mehr zu euch, verstanden?«

Eylin und Miriam wirken plötzlich ganz nüchtern. Mit weit aufgerissenen Augen starren sie sie an.

Coco bückt sich nach ihrem Rucksack, sie will nur noch weg. Sie schämt sich plötzlich, dass sie ihre Eltern so oft beklaut hat. Sie hat keine Ahnung, wie sie nach Hause kommen soll, ohne Tomkes Roller, aber im Moment ist das ihre geringste Sorge. Sie muss einfach die Böschung rauf, dann über die Brachfläche und da beginnt ja schon die Asphaltstraße und dort wird sie ...

In dem Moment, als sie loslaufen will, kommt Tomke auf sie zu. Er packt sie so heftig, dass sie ins Taumeln gerät. Dann hebt er die Flasche, die er in der Hand hält, und gießt den restlichen Whisky über ihren Kopf. Coco spürt, wie der Alkohol über ihren Hals in ihr Dekolleté läuft und eine nasse, kalte Spur auf ihrer Haut hinterlässt. Erschrocken schaut sie in Tomkes wutverzerrtes Gesicht.

»Du gehst?«, schreit er. »Du denkst, das geht so einfach, nach allem, was war?«

Und dann stößt Tomke sie. Vielleicht verliert er auch nur das Gleichgewicht und will sich im Fallen an ihr festhalten, jedenfalls kippt Coco vornüber. Sie versucht, sich zu fangen, macht zwei, drei Schritte auf das Feuer zu, doch sie stolpert, fällt mit dem Oberkörper voran auf die Flammen zu ... und plötzlich brennt ihre Haut und ihr Kleid fängt Feuer und ein glühender Schmerz löscht alles andere aus ... und dann ...

Nichts mehr.

Dunkelheit.

Stille.

Ist das der Tod?, denkt Coco.

Verzerrte Stimmen dringen in ihr Bewusstsein. »Kennst du ihren Namen? Ihre Adresse?« – »Hast du die Telefonnummer ihrer Eltern?« – »Was hat sie getrunken? Hat sie Drogen genommen? Wir müssen das wissen, für die Operation. Wir müssen die Narkose darauf einstellen. Was habt ihr getrunken?«

»Keine Drogen«, hört Coco eine vertraute Stimme murmeln. »Nur Alkohol.«

Coco spürt, wie irgendetwas brennend in ihre Armvene läuft. Für den Bruchteil einer Sekunde schafft sie es, die Augen zu öffnen. Sie ist in eine glitzernde, federleichte Folie gewickelt. Sie möchte etwas fragen, aber sie vergisst die Frage, bevor sie richtig zu Ende gedacht ist. Sie vergisst den Arzt, vergisst das Blaulicht, vergisst den Schmerz. Sie dämmert weg.

Sie träumt, dass man sie auf einer Bahre in eine Eiskammer schiebt. Da sind Frostkristalle an den Wänden.

Vielleicht wird man sie einfrieren, um sie im nächsten Jahrtausend wieder aufzutauen.

An was wird sie sich dann noch erinnern können?

4.
Loslassen

Weiß. Alles um sie herum ist weiß: die Wände, das Licht, das Bettlaken. So viel Weiß tut ihren Augen weh. Ihre Lider fallen wieder zu. Ihr Kopf fühlt sich an, als wäre er mit Watte gefüllt. Coco will etwas sagen, aber ihre Kehle ist trocken. Wenn sie atmet, pfeift es in ihrer Brust. Sie versucht, Worte zu bilden, Sätze. Sie versucht es immer wieder. Blinzelt.

»Hey, Coco«, flüstert eine vertraute Stimme an ihrem Ohr. »Bist du wach? Bist du diesmal richtig wach?«

Sie schüttelt den Kopf. *Nein, ich bin nicht wach, ich will nicht wach sein.* Denn dann kommt sofort der Schmerz zurück und allein der Gedanke an die Schmerzen bringt sie fast um. Doch ihre Sinne sind nun voll da.

Sie weiß, dass ihre kleine Schwester bei ihr ist, ganz in der Nähe. Sie hört Nellys Atem, sie riecht Nellys Haut und ihre Bodylotion, die nach Mango duftet. Coco liebt Mangos.

Sie blinzelt erneut und öffnet schließlich ganz die Augen. Nellys Gesicht schwebt über ihrem. Erst erkennt sie es nur verschwommen, dann sieht sie ihre kleine Schwester ganz deutlich: ihre grünen Augen, ihre leicht aufwärts gebogene Nase. Nelly steht an ihrem Bett, die Arme schweben hilflos über Coco, als würde sie sich nicht trauen, ihre große Schwester irgendwo zu berühren.

Coco runzelt die Stirn. Sie schaut sich um. Jetzt kann sie die Dinge in dem Raum schon besser unterscheiden. Sie sieht die weißen Wände, das Bett, in dem sie liegt, und etwas Silbernes,

Glitzerndes auf ihrer Brust. Sie stellt fest, dass ihre Hand an mehrere Kabel angeschlossen ist. Neben ihr an der Kopfseite steht ein Apparat, der monoton summt. Und über ihr hängt ein Tropf mit durchsichtiger Flüssigkeit.

Ja, sie ist im Krankenhaus ...

»Durst«, krächzt Coco mit heiserer Stimme.

»Warte.« Nelly greift nach der Schnabeltasse, die auf dem Nachttisch steht. »Kannst du den Kopf etwas heben?«

Coco strengt sich übermenschlich an. Sie hört die Angst in Nellys Stimme, ein Zittern, als ob ihre kleine Schwester gleich weinen würde.

»Noch ein bisschen«, fleht Nelly, »sonst geht es nicht!«

Als Coco den Oberkörper anhebt, fühlt es sich an, als reiße vorn am Hals ihre Haut auf. Dort, auf der Brust, scheint eine riesige Wunde zu sein ... Sie beißt die Zähne zusammen.

»Gut so!«, flüstert Nelly.

Coco öffnet den Mund und sofort schiebt sich ein kleiner, glatter Plastikschnabel zwischen ihre Zähne. Und etwas, das wie Kräutertee schmeckt, rinnt ihr würzig die Kehle hinunter. Coco trinkt, schluckt, trinkt. Aber Nelly kann mit der Schnabeltasse nicht richtig umgehen, und die Flüssigkeit läuft Coco aus den Mundwinkeln.

»Tut mir leid«, murmelt Coco. Sie ist von dieser Anstrengung zu Tode erschöpft, lässt den Kopf zurücksinken und schließt wieder die Augen.

»Macht nichts«, sagt Nelly.

Coco hört, wie ihre Schwester einmal quer durchs Zimmer läuft. Dann ist sie wieder bei ihr und wischt ihr vorsichtig mit einem Handtuch die Tropfen vom Kinn.

»Wo sind die anderen?«, fragt Coco mit rauer Stimme.

»Mama und Papa sind nur mal kurz raus«, antwortet Nelly, »frische Luft schnappen. Und dann wollten sie noch den Doktor was fragen. Ich hab ihnen gesagt, dass sie ruhig gehen können und dass ich hier Wache halte.«

Nelly schenkt Coco einen Blick, der ihr bis ins Herz geht.

»Soll ich gucken, ob ich sie finde?«, fragt sie.

Coco schüttelt den Kopf. *Nein, bleib da, geh nicht weg, Schwesterchen. Es ist so tröstlich, wenn du da bist.* Es scheint ihr, als wäre Nelly die ganze Zeit bei ihr gewesen. Dann wiederholt sie ihre Frage: »Wo sind die anderen?«

»Wen meinst du denn?«

»Na ... Tomke ... und ...« In dem Augenblick, in dem sie seinen Namen ausspricht, verfinstert sich Nellys Gesicht.

»Was ist denn?«, will Coco wissen.

»Nichts«, sagt Nelly. »Tomke war mal hier, aber Mama hat ihn weggeschickt.«

Verwirrt lässt Coco ihre Augen durch das Zimmer wandern. Das Oberlicht des Fensters ist gekippt. Das sieht sie durch die geschlossenen Vorhänge. Als sie das bemerkt, fallen ihr auch Geräusche auf, die von draußen kommen, weit entfernt. Zum Beispiel das Läuten einer Kirchenglocke.

»Welcher Tag ist heute?«, fragt sie.

»Sonntag.«

Coco schließt die Augen. In ihrem Kopf rasen die Gedanken wild durcheinander. Einzelne Erinnerungen drängen an die Oberfläche. Der Sommerabend an der Elbe. Die Clique. Tomkes wutverzerrtes Gesicht ... Entschieden drückt Coco die Erinnerungen weg. »Schön, dass du da bist«, sagt sie stattdessen und schaut ihre Schwester wieder an. »Du trägst mein T-Shirt!«

»Jeden Tag. Das ist mein Glücksbringer«, meint Nelly lächelnd.

Coco spürt, wie ihr die Tränen kommen. »Du bist so süß«, murmelt sie gerührt.

Nelly beugt sich über sie und streift mit ihren Lippen Cocos Wange. Ganz vorsichtig. »Ich lieb dich auch, Schwesterherz.

Weißt du, ich war immer da. Ich wollte unbedingt da sein, wenn du aus dem Koma aufwachst.«

»Ich war im Koma?« Fassungslos starrt Coco ihre Schwester an.

»Ja, das hat Mama dir doch gestern schon erzählt, als du kurz aufgewacht bist. Die Ärzte meinten, dass es so leichter für dich gewesen wäre. Wegen der ganzen Schmerzen und so.«

Noch immer sieht Coco ihrer Schwester ausdruckslos in die Augen.

»Hat Mama dir doch erzählt.«

Aber sie kann sich nicht erinnern. Oder *will* es einfach nicht ...

Auf dem Krankenhausflur nähern sich Stimmen. Man hört Schritte, eilige, laute Schritte. Nellys Gesicht erhellt sich. »Das sind die Eltern«, ruft sie.

Coco verfolgt mit den Augen, wie Nelly wieselflink um ihr Bett herumeilt und die Tür aufreißt. »Mama! Papa! Sie ist aufgewacht!«

Bruchstückhafte Erinnerungen stürmen auf sie ein.

Nelly, die die ganze Zeit bei ihr ist. Coco kann in ihren Wachträumen das Klicken von Nellys Spielkonsole hören und manchmal ihr genervtes Gemurmel oder das Rascheln von Papier. Nelly, die ihr irgendetwas aus der Schule erzählt. Die protestiert, wenn die Ärzte ihr sagen, dass sie das Zimmer verlassen muss. Überhaupt so viele Ärzte, die ein und aus gehen, so viele Schwestern, die ihr abends über die Haare streichen und eine gute Nacht wünschen. Als ob es im Krankenhaus gute Nächte geben könnte ...

Dann wieder ganz andere Erinnerungen. Der Elbstrand. Das Feuer. Tomke, der nur noch lallen konnte. Die Sirenen des Krankenwagens, das kreisende Blaulicht ...

»Coco«, flüstert ihre Mutter, »meine Süße. Der Arzt ist da.«

Coco öffnet die Augen. Am Fußende ihres Krankenbetts steht ihre Mutter, die noch viel kleiner und zarter aussieht als früher.

Tiefe dunkle Ränder liegen unter ihren Augen, doch sie lächelt tapfer. Daneben ihr Vater. Auch er wirkt müde und abgekämpft. Der Arzt heißt Dr. Langguth, das kann Coco auf dem Schild an seinem Kittel lesen. Er lächelt nicht. Aber er hat freundliche Augen.

»Coco. Schön, dass du endlich wach bist.« Er räuspert sich. Und dann erzählt er ihr, was passiert ist. Dass sie ins Feuer gefallen ist und schwere Verbrennungen davongetragen hat. Dass es sehr lange gedauert hat, bis ein Krankenwagen draußen an der Elbe war. Dass sie bereits diverse Operationen hinter sich hat.

Coco dreht den Kopf weg. Sie hat das Gefühl, als würde der Arzt über irgendeine andere Person sprechen. Das alles hat doch nichts mit ihr zu tun, oder? Doch dann spürt sie die Schmerzen auf ihrer Brust und eine Träne rollt aus ihrem linken Auge.

»Dir steht noch die eine oder andere Hauttransplantation bevor«, hört sie den Arzt sagen, »aber glaub mir, wir tun, was wir können. Du bist hier in den besten Händen.«

»Wie lange bin ich schon hier?«, fragt Coco tonlos und dreht den Kopf.

Sie bekommt keine Antwort.

Ihre Eltern lächeln tapfer. Nelly starrt auf den Fußboden. »So lange?«, murmelt Coco.

Der Arzt nickt. Ihre Familie auch.

Coco schließt die Augen.

Die Wochen vergehen. Coco lässt eine OP nach der anderen über sich ergehen. Der Sommer ist längst vorbei und draußen prasselt der Regen gegen das Fenster. Das Oberlicht ist geschlossen. Die Luft im Krankenzimmer ist stickig und schwül. Ihre Mutter war da und hat Cocos Haare frisiert. Hat aus ihrem Make-up-Täschchen Lippenstift und Rouge geholt, ihre Wangen gepudert und die Lippen mit einem angenehm fettigen Lippenstift angemalt. »Jetzt siehst du wieder wunderschön aus«, hat sie gesagt und dann hat sie einen Spiegel geholt und ihn Coco vor das Gesicht gehalten.

Nun ist ihre Mutter weg, doch Coco hält immer noch den Spiegel in der Hand und starrt in ihr Gesicht. Der Hals ist bedeckt, das Dekolleté auch.

Sie hat sehr schwere Verbrennungen an Hals, Dekolleté und ihrer linken Brust erlitten. Die neue Haut, die sie ihr aus dem Oberschenkel geschnitten und dann stückchenweise verpflanzt haben, ist angewachsen. Zurückgeblieben ist ein Narbenmuster aus dicken Wulsten, roten Strichen und weißen Stellen mit abgestorbener Haut.

Gruselig.

Wenn Schwester Irene ihr zeigen will, wie gut die Heilung vorangeht, schließt Coco jedes Mal die Augen. Sie will das nicht sehen. Sie glaubt nicht, dass ihre Haut je wieder so wird wie vorher, so glatt und straff. Dr. Langguth glaubt es auch nicht, sonst würde er wenigstens ein einziges Mal lächeln.

Ihre Eltern kommen jeden Tag zu Besuch. Woche für Woche. Sie bleiben oft mehrere Stunden, obwohl sie sich eigentlich um ihr Geschäft und den Haushalt kümmern müssten. Aber sie winken jedes Mal ab, wenn Coco sie darauf anspricht. »Das Wichtigste ist, dass du wieder auf die Beine kommst«, sagen sie dann immer. Nur Nelly bleibt nicht mehr ganz so lang wie früher.

Cocos Blick schweift zu dem Nachttisch, auf dem eine Schale mit frisch geschnittenen Mangospalten steht. Die hat ihr Vater mitgebracht, der gerade in seiner Mittagspause vorbeigekommen ist. Aber sie will nichts essen. Sie ist immer so müde. Nachts hat sie so schlimme Träume, dass sie sich tagsüber kaum davon erholt.

Als könnte ihr Vater ihre trüben Gedanken lesen, streicht er ihr zärtlich über den Kopf und sagt: »Es wird alles gut, mein Liebling.«

Coco weiß, dass das nicht stimmt. Er lügt aus Barmherzigkeit. Alle lügen aus Barmherzigkeit. Schließlich ist sie bereits seit fast neun Wochen hier.

Sie nickt tapfer und lächelt, um ihren Vater zu trösten. Er sieht so erschöpft aus, so traurig ... Und Coco ahnt, dass sie in nächster Zeit nicht nur für sich selbst stark sein muss.

Als ihr Vater gegangen ist, klopft es wenig später an der Tür. Coco glaubt kaum, ihren Augen zu trauen, als Linus ins Zimmer kommt. Zum ersten Mal lässt einer aus der Clique sich blicken. Ihre Mutter hat ihr erzählt, dass außer Tomke in den ganzen zwei Monaten keiner da war. Und den hätte sie, nach allem, was an dem Abend an der Elbe passiert ist, sofort wieder weggeschickt.

»Hallo, Coco«, sagt Linus und bleibt an der Tür stehen. Von seinem Kapuzenanorak tropft Wasser auf das Linoleum. Er knackt mit den Fingerknöcheln, wie immer, wenn er verlegen ist.

»Hallo, Linus«, sagt Coco, und als sie seinen Blick auffängt, der unsicher über ihren Oberkörper wandert, zieht Coco hastig das Laken bis zum Hals. Die Narben beginnen erst unterhalb ihres Kehlkopfs.

»Lange nicht gesehen.« Coco weiß nicht, wie sie sich Linus gegenüber verhalten soll.

»Na ja, ich trainiere recht viel seit einiger Zeit.« Zögernd macht er einen Schritt auf ihr Bett zu. »Vielleicht werd ich doch Jockey. Das scheint unserer Familie doch irgendwie im Blut zu liegen. Weißt du, ich hätte nie gedacht, dass die Arbeit mit Rennpferden so viel Spaß macht. Man arbeitet viel im Team.« Linus ist offenbar froh, über etwas Unverfängliches sprechen zu können. Er hört gar nicht mehr auf. »Galopper sind Vollblüter, weißt du. Die haben

Temperament – das ist der Wahnsinn. Ich schick dir mal einen Link zu unserem Stall. Die haben neulich Pressefotos von unserem Star gemacht. Godiva. Eine Stute. Mit dem Lorbeerkranz von ihrem letzten Derbysieg um den Hals. Und ich steh direkt daneben.«

Coco könnte jetzt sagen, dass sie im Krankenhaus erstens keinen PC hat und dass ihr zweitens eine Stute mit einem Lorbeerkranz im Augenblick ziemlich egal ist, aber sie schweigt.

Linus erzählt immer begeisterter. »Ist natürlich auch ganz schön gefährlich, die Arbeit mit so heißblütigen und sensiblen Tieren. Wenn du da den kleinsten Fehler machst – die können sich auf die Hinterhufe stellen und senkrecht aufbäumen. Und du stehst davor und fühlst dich, als würde gleich ein Baum auf dich stürzen.«

»Ich wusste nicht, dass du auch Jockey werden willst«, sagt Coco, als er Luft holt.

Linus grinst verlegen. »Na ja, ist erst mal bloß ein Versuch. Mein Vater meint, ich muss dankbar sein, dass sie mir überhaupt die Chance geben. Ich hätte viel früher anfangen müssen, mit dreizehn oder so. Aber da hatte ich keine Lust. Doch jetzt, wo es die Clique nicht mehr gibt, hab ich ja viel mehr Zeit.«

»Aha?«, macht Coco und denkt: Die Clique gibt es also nicht mehr. »Und seit wann?«

»Na ja«, Linus zuckt mit den Schultern. »Seit ... Also eigentlich, du weißt schon, seit dieser Sache an dem Abend ...«

»Als ich fast verbrannt bin?«, sagt Coco.

Linus zuckt zusammen und nickt betreten. Er schafft es noch nicht mal auszusprechen, was passiert ist, denkt Coco bitter. Die machen einfach alle die Augen zu. Die haben, was den Abend betrifft, offensichtlich einfach die Festplatte gelöscht. So leicht kann man es sich also machen. Bloß ich, ich lieg hier seit Wochen und warte darauf, dass einer von ihnen sich mal blicken lässt ... Dabei fand sie Linus von allen immer am sympathischsten.

Linus schaut schweigend auf seine Hände, auf den Pferdedreck unter seinen Fingernägeln. Wahrscheinlich sind seine Gedanken schon wieder bei Godiva. Coco räuspert sich mehrfach. »Und sonst?«, fragt sie schließlich, nur um irgendetwas zu fragen.

Linus lächelt. »Sonst ist alles gut.«

»Das ist ja schön für euch«, sagt Coco sarkastisch.

Linus wischt stumm die Regentropfen von seinem Anorak. Jeden einzelnen. Das dauert.

»Und die anderen?«, fragt Coco.

»Auch okay, denke ich. Tut ihnen natürlich allen leid, das mit dir.«

Ach ja?, denkt Coco. Es tut ihnen *leid?* Ich wäre beinah verbrannt!, würde sie am liebsten schreien. Ich habe mich hier ein ums andere Mal operieren lassen, während Miriam tagsüber die Boutiquen nach weit ausgeschnittenen Pullis durchstöbert und nachts auf irgendwelchen Partys irgendwelchen Typen gnädig erlaubt hat, ihre makellosen Brüste zu begrapschen.

Aber sie sagt es nicht laut. Nicht vor Linus. Der an seine Siegerstute denkt. Mit einem Lorbeerkranz um den Hals. Es wäre doch nur verschwendete Energie.

Sie schaut zu, wie Linus aus seinem Rucksack bedächtig einen dicken braunen Umschlag zieht. Ihr Herz schlägt plötzlich schneller. Sie fixiert den Umschlag. Ist es das, worauf sie schon die ganze Zeit wartet? Vielleicht ist es endlich das Lebenszeichen von Tomke, auf das sie so sehnlichst wartet. Die Abbitte. Die Entschuldigung. Der Kniefall. Oh, sie hat sich das alles hundert Mal vorgestellt, wie es sein würde, wie er sie ansehen würde, was er sagen würde. Seine bleiche Stirn, seine flatternden Lider, seine hängenden Schultern, wie er vor ihr steht mit abgrundtief schlechtem Gewissen, das ihn so niederdrückt, dass er auf einmal ganz klein wirkt. Vielleicht hat er Linus vorgeschickt, denkt sie, weil er sich nicht traut.

Linus legt den Umschlag auf ihren Nachttisch.

»Was ist da drin?«, fragt sie, als sie danach greift.

»Verschiedene Sachen«, antwortet Linus munter. »Also, da haben wir erst einmal den Brief, den die ganze Klasse unterschrieben hat. Wir haben eine ganze Deutschstunde lang an dem Text gefeilt. Hätte ich der doofen Berner gar nicht zugetraut, dass sie so was im Unterricht macht. Wir haben dir ja vorher schon mal geschrieben, aber da hat deine Mutter gemeint, es sei noch zu früh.«

Coco nickt. Sie dreht den Umschlag unschlüssig in den Händen.

»Ja, und das andere sind Hausaufgaben und Stoffsammlungen, damit du weißt, womit wir uns in der letzten Zeit so rumgeschlagen haben.«

Ach so, denkt Coco. Stoffsammlungen. Eine unendliche Enttäuschung überkommt sie. Es ist, als würde sie von Bleiplatten zurück in ihre Kissen gedrückt.

Am liebsten würde sie Linus jetzt sofort aus dem Zimmer schicken und sich von der Krankenschwester eine Schlaftablette geben lassen. Eine, die gleichzeitig gegen die Schmerzen in dieser Herzkammer wirkt, die Tomke noch bewohnt. Krankenhäuser haben doch alles. Und jede Enttäuschung ist weniger bitter, wenn man sie einmal überschlafen hat.

»Hat Tomke sich denn mal bei dir gemeldet?« Linus stellt die Frage ganz beiläufig. Kaum dass er dabei die Stimme hebt oder sie richtig anschaut.

»Nein. Wollte er?« Was du kannst, kann ich auch, denkt Coco und lässt ihre Worte so gleichmütig wie möglich klingen.

»Na ja, ich dachte, er sagt's dir vielleicht selbst. Es gibt nämlich Neuigkeiten. Wenn du zurückkommst, ist Tomke nicht mehr da.«

»Nicht mehr da?« Ihre Stimme ist nur ein hohles Echo.

»Ja.« Linus holt tief Luft. »Tomke wechselt die Schule.«

Tomke wechselt die Schule? Zieht er weg? In eine andere Stadt? Heißt das, dass sie ihn nie wiedersehen wird? Coco schluckt. »Wann denn?«, krächzt sie.

»Jetzt sofort, glaube ich. So genau hat er es nicht gesagt.«

Coco braucht einige Zeit, um den Satz zu verarbeiten. Tomke wechselt die Schule. Und obwohl ihr diese Nachricht erst einen Stich versetzt hat, spürt Coco, wie sich nach und nach eine unendliche Erleichterung in ihr breitmacht. Tomke wird nicht mehr auf ihre Schule gehen, wenn sie dieses Krankenhaus endlich verlassen und zurück ins Leben kehren kann! Sie muss ihn dann nicht mehr jeden Tag sehen, in den Fluren, in der Pausenhalle, in der Cafeteria. Wie er Hof hält. Wie er sich sonnt in der Bewunderung der anderen. Oder in der Angst der Kleinen. Wie er glaubt, alles und jeden im Griff zu haben.

Sie, seine Freundin, hatte er jedenfalls ziemlich gut im Griff. Im Nachhinein scheint es ihr manchmal so, als habe sie sich benommen wie ein dressiertes Hündchen. So ergeben. So bewundernd. Sie hatte viel Zeit nachzudenken in den letzten Wochen.

Linus scheint ihr Schweigen misszuverstehen. »Ich weiß auch nicht, was in ihn gefahren ist«, sagt er. »Er kam plötzlich an und meinte ganz cool: ›Ich hab die Schnauze voll vom Goethe. Ich zieh weiter.‹ Du weißt ja, wie er redet.«

Ja. Das weiß sie. Und plötzlich zieht sich ihr Bauch zusammen. Ihr wird klar, wie endgültig das alles ist. Diese Worte, die sie damals gesagt hat, bevor der Unfall passierte. *Ich mach Schluss. Mit dir. Mit euch allen.* Nun sind sie Realität geworden.

»Er zieht also nicht von hier weg oder so?«, fragt Coco. »Weil seine Mutter irgendwo anders arbeitet?«

»Nein. Er wechselt nur die Schule.«

»Verstehe.«

Linus grinst verlegen. »Dann verstehst du mehr als ich.«

Sie schweigen eine Weile und schauen zu, wie der Regen gegen die Scheiben prasselt.

»Wir haben Rolli übrigens seinen iPod zurückgegeben«, sagt Linus plötzlich in die Stille hinein.

Coco horcht auf. »Echt? Persönlich zurückgegeben?« Sie stellt sich vor, wie ein paar Leute aus der Clique in der großen Pause auf Rolli zugehen und ihm etwas in einem Umschlag entgegenstrecken. Und dabei lächelnd irgendwas Nettes sagen.

»Ne, so nun auch wieder nicht. Jorek hat ihn bei ihm zu Hause durch den Briefschlitz gesteckt. Passte gerade so durch.«

»Das ist ja supermutig«, meint Coco spöttisch.

»Na ja, aber er hat ihn immerhin zurück. Und sein Fahrrad haben wir einfach wieder in den Fahrradständer am Schulhof gestellt.«

Coco nickt. Ja, immerhin. Und sie denkt: das Fahrrad also auch. Robert hatte tatsächlich recht gehabt.

»Es weiß natürlich niemand, dass wir es waren«, fügt Linus etwas unsicher hinzu. »Du verstehst schon, oder? Das soll möglichst auch so bleiben.«

»Klar. Dachte ich mir schon.«

»Die Leute an der Schule sind jetzt richtig alarmiert und ein paar Eltern machen dem Direktor ganz schön Druck. ›Dass so was ausgerechnet am Goethe passiert‹, sagen sie.« Er schnaubt verächtlich. »Als ob an anderen Schulen nicht gemobbt würde. Ich könnte dir Storys von meiner letzten Schule erzählen. Wenn die da rausgekriegt haben, dass einer schwul ist ...« Er schluckt, senkt den Kopf. »... das ist für den dann einfach nur noch ... die Hölle.«

Coco mustert ihn verstohlen. Sieht, wie sein Kinn bebt, seine Lider flattern.

Der Gedanke kommt ihr ganz plötzlich. Das wäre eine Erklärung dafür, dass der schmächtige, eigentlich ganz nette Linus Teil einer solch brutalen, skrupellosen Clique geworden ist: Es ist die denkbar beste Camouflage. Jemanden, der mit Tomke und Mädchen rumhängt, hält man nicht für schwul.

Linus schaut endlich wieder auf. Er lächelt verlegen. »Also, das mit Rolli, das war ganz im Vertrauen. Du bist die Einzige, die es weiß.«

»Okay, schon verstanden. Ich bin froh, dass er seine Sachen wieder hat. Ich mag ihn.«

Linus nickt. »Na ja, ich hau dann mal wieder ab.« Er lächelt hilflos. »Also ... vielleicht hat Tomke ja recht, vielleicht ist es wirklich besser, wenn wir das ganze Kapitel hinter uns lassen. Ich meine, seit die Sache mit dir passiert ist, ist das alles sowieso nicht mehr so geil.« Er grinst verlegen. »Oder um es mit Darians Worten zu sagen: Der Spaßfaktor ist weg.«

Der Spaßfaktor ist weg, denkt Coco bitter. So sehen sie das also. Haben die denn gar nichts begriffen?

»Und wie sehen Eylin und Miriam das?«, fragt Coco und versucht, die Wut in ihrer Stimme zu unterdrücken.

»Keine Ahnung. Die machen jetzt ihr eigenes Ding. Miriam hat einen neuen Typen an der Angel: Freddie aus der Zwölften.« Er zögert. »Ach ja, und Eylin versucht, den Zierer zu bezirzen, damit er sie in die Theatergruppe aufnimmt.«

»Schafft sie bestimmt«, murmelt Coco. Sie schließt die Augen.

Linus räuspert sich.

»Eine Frage noch«, sagt Coco. »Hatte Tomke mal was mit Miriam?«

»Ja, klar. Mit Eylin auch. Aber nur kurz. Sein Geschmack ist mir echt ein Rätsel.«

»Ach ja?«, entgegnet Coco. »Danke jedenfalls.« Sie lässt offen, wofür sie sich bedankt.

»Da nicht für«, sagt Linus, fröhlich seinen Rucksack schulternd. »Also bis die Tage dann ...« Er zögert. »Kriegen die dich denn wieder hin?«

Coco zuckt mit den Schultern und spürt dabei einen üblen Schmerz in der Brust. Aber sie weiß, dass es nur ihre Nerven sind, das hat Dr. Langguth ihr erklärt. »Weiß nicht. Ich hoffe mal.«

»Na ja, ich drück die Daumen«, sagt Linus.

»Danke, kann ich brauchen.«

Linus nickt. »Mach's gut, Coco.«

»Ja, du auch.« Coco dreht den Kopf weg, um nicht zu sehen, wie Linus zur Tür geht. Sie hört seine eiligen Schritte, als wäre er heilfroh, von hier wegzukommen.

Ich werde nie wieder mit dir reden, denkt Coco. Mit keinem von euch.

5.

Kleine Schwester, große Schwester

Als Coco eine Woche später aus dem Krankenhaus entlassen wird, ist es Mitte November. Alle von der Station sind da, um sie zu verabschieden. Sie kommt sich vor, als hätte sie ein Austauschjahr gemacht und würde jetzt von ihrer Gastfamilie tränenreich verabschiedet.

»Du wirst uns fehlen«, sagt die Stationsschwester ergriffen, »wir haben dich alle ins Herz geschlossen.«

Dr. Langguth nickt. »Du warst eine sehr tapfere Patientin«, meint er anerkennend und schüttelt ihr die Hand.

Schwester Moni verdrückt sogar eine Träne, als sie Coco umarmt. »Alles Gute weiterhin, Coco.«

»Danke, Moni. Und schick mir eine Mail, wenn das mit dem Studienplatz geklappt hat.«

Moni nickt lachend und flüstert: »Und ganz wichtig: Bleib, wie du bist.«

»Wie bin ich denn?«, fragt Coco, ein bisschen kokett. Sie ist so glücklich wie lange nicht. Endlich darf sie wieder nach Hause! Endlich kann sie wieder ein richtiges Leben führen!

Moni gibt ihr statt einer Antwort einen spielerischen Klaps auf den Po.

»Du weißt ja, dass Nett die kleine Schwester von Scheiße ist«, wispert ihr die Assistenzärztin kichernd ins Ohr, die sie nun ebenfalls umarmt. Sie hat manchmal abends noch ein bisschen an Cocos Bett gesessen und mit ihr geplaudert.

»So was nennt man wohl einen großen Bahnhof«, sagt Cocos Vater fröhlich, als er sie zum Ausgang bringt.

»Ich bin eben ein sehr pflegeleichter Mensch«, entgegnet Coco.

Ihr Vater lächelt. Er schleppt ihren großen Koffer mit all den Sachen, die sich im Laufe der zweieinhalb Monate angesammelt haben. Coco trägt nur Nellys abgeliebten Stoffhasen, den Nelly ihr als Talisman mitgebracht hat und der nur noch ein Ohr besitzt.

Sie schaut ein letztes Mal an der Glasfassade des Krankenhauses hoch, ehe sie zu ihren Eltern und Nelly ins Auto steigt.

Während der Fahrt hält Coco Nellys Hand, als wollte sie sie nie wieder loslassen. Immer wieder sucht sie Nellys Blick, aber ihre Schwester starrt die meiste Zeit teilnahmslos aus dem Fenster. Coco mustert sie verstohlen. Nelly wirkt so anders, hat auf einmal nichts Kindhaftes mehr. Sie trägt jetzt schwarze Strumpfhosen und schwarze Wollstulpen über dicken Winterboots und einen dicken schwarzen Wollschal, in den sie ihren Hals und ihre dunkle Haarmähne eingewickelt hat.

»Neuer Schal?«, fragt Coco.

»Ne, nur geliehen«, sagt Nelly einsilbig.

»Von wem denn?«

»Kennst du nicht«, murmelt Nelly.

Coco streicht mit den Händen über das grobe Zopfmuster. »Hübsch«, sagt sie. Dass der Schal ein bisschen nach kaltem Rauch riecht, erwähnt sie lieber nicht.

Die Eltern bemühen sich um Normalität. Der Vater erzählt aus der Firma. Seine Sekretärin ist schwanger und er hat noch keinen Ersatz für sie gefunden. Ihre Eltern reden darüber, ob eine Frau mit dreiundvierzig noch ein Kind bekommen sollte. Coco und Nelly haben dazu keine Meinung.

»Und? Wie ist es dir so ergangen in der ganzen Zeit, Schwesterchen?«, fragt Coco.

»Mir?«, fragt Nelly verdutzt.

»Ja.«

»Wieso fragst du?«

Coco lacht. »Na, weil ich wissen möchte, ob es dir gut geht.«

Nelly wirft ihrer großen Schwester einen langen Blick zu. »Und warum willst du das plötzlich wissen?«, fragt sie.

Coco weiß nicht, was sie darauf antworten soll.

Ihre Mutter dreht sich zu ihnen um. »Was für eine komische Frage, Nelly. Ihr habt euch doch immer alles erzählt.«

»Das war früher«, sagt Nelly und Coco spürt, wie ihr die Worte ihrer Schwester einen Stich versetzen.

»Und das ist heute auch noch so«, entgegnet ihre Mutter energisch.

Nelly nagt an ihrer Unterlippe und schiebt das Kinn ein bisschen vor, wie früher, wenn sie das trotzige Kind sein wollte. »Ich find's nur komisch«, sagt Nelly, »weil es so lange niemanden interessiert hat, wie es mir geht.«

Cocos Eltern werfen sich einen Blick zu.

»Nelly, Liebes! Du hast ja recht. Aber du weißt doch, wie viele Gedanken wir uns um deine Schwester gemacht haben.«

»Und um dich mussten wir uns ja keine Sorgen machen«, sagt Cocos Vater. Er lächelt Nelly im Rückspiegel zu. »Im Gegenteil, du hast uns in dieser schweren Zeit sehr geholfen.«

Nelly knurrt etwas Unverständliches.

Coco weiß nicht, wie sie mit der Situation umgehen soll. Sie sucht erneut Nellys Hand, doch die schiebt stumm ihre Hand weg und schaut weiter aus dem Fenster.

Als sie in ihre Straße einbiegen, beugt Coco sich schließlich vor, küsst ihre Schwester auf die Wange und flüstert: »Ich hab dich lieb.«

»Weiß ich doch«, murmelt Nelly und schenkt ihr endlich ein kleines Lächeln.

Erst als Coco die bekannte Straße und die kahlen Bäume mit ihren entlaubten Ästen sieht, begreift sie, wie lange sie fort war. Das letzte Mal, als sie das Haus verlassen hat, trug sie ihr Ringelkleid und Ballerinas. Und es haben noch die Rosen im Vorgarten des Nachbarhauses geblüht. Ihr fällt plötzlich ein, wie sie einmal heimlich eine Rose abgeschnitten und in Tomkes Schultasche geschmuggelt hat. Sie errötet.

Cocos Vater parkt den Wagen direkt hinter dem Auto der Buhrows, dessen Türen sperrangelweit offen stehen.

Als Coco aussteigt, kommt Robert mit seiner Mutter gerade aus dem Haus. Rollis Mutter trägt einen Wäschekorb, Robert einen Hockeyschläger und eine Sporttasche. Er sieht anders aus als noch vor ein paar Monaten, schlanker, drahtiger.

Beide bleiben stehen, als sie Coco entdecken. Roberts Mutter strahlt.

»Coco!«, ruft sie. »Oh, wie schön! Endlich bist du wieder da. Wir haben dich so vermisst. Jetzt freust du dich, was?«

»Und wie«, erwidert Coco betont fröhlich. Dabei weiß sie nicht, was sie wirklich fühlt. Die vergangenen Erlebnisse und Erinnerungen kommen auf einmal bedrückend nah.

Rolli blickt Coco eindringlich an. Als wollte er ihr eine Botschaft zukommen lassen. Leider kann Coco sie nicht entschlüsseln.

»Hallo, Rolli«, sagt Coco. »Geht's dir gut?«

Robert wirft ihr einen seltsamen Blick zu. »Ja. Ich lasse mich jetzt von allen nur noch Robert nennen.«

»Verstehe.« Coco würde gern noch etwas hinzufügen, aber Roberts Mutter ist schon beim Wagen und ruft: »Schatz, Beeilung! Sonst kommst du wieder zu spät! Du kannst doch später noch mit Coco reden.«

Robert tut, als habe er es nicht gehört. Er bleibt ganz nah bei Coco stehen und senkt seine Stimme. »Ich hab meinen iPod zurück«, sagt er, »und mein Fahrrad auch.«

Coco lächelt. »Oh, das sind gute Nachrichten. Aber ich glaube, ich wusste es schon.«

Robert mustert sie, während seine Mutter ungeduldig auf die Hupe drückt.

»Und sonst? Alles gut?«

»Ja. Am Goethe hat sich einiges geändert. Weißt du das auch?«, fragt er und schwenkt dabei angeberisch seinen Hockeyschläger.

»Hey, du machst jetzt Sport!«, sagt Coco. »Ist ja super. Wie läuft es denn?«

»Im Moment sind die anderen noch besser, aber das ist kein Wunder. Die spielen ja alle schon ewig«, erwidert Robert ernsthaft. »Und, kommst du jetzt wieder an unsere Schule? In deine alte Klasse?«, fragt er schließlich.

Coco nickt. »Klar. Nächste Woche schon.« Dann fällt ihr etwas ein und sie fügt schnell hinzu: »Wenn wir zur gleichen Stunde haben, könnten wir ja zusammen gehen.«

Rolli dreht seinen Hockeyschläger in der Hand. »Ich komm ganz gut alleine zurecht«, meint er.

Coco legt ihm die Hand auf die Schulter. »Das freut mich. Ehrlich.«

»Ja«, sagt Robert, »mich auch.«

Dauerhupton. Rollis Mutter lehnt den Kopf aus dem Wagenfenster. »Junger Mann! Ich fahr gleich ohne dich los!«, ruft sie energisch.

Rolli nickt Coco kurz zu, dann läuft er zum Auto.

Coco sieht dem davonfahrenden Wagen nach, bevor sie ins Haus geht. Bewusst nimmt sie Stufe für Stufe, und als sie die Wohnungstür hinter sich schließt, atmet sie tief den vertrauten Geruch ein.

»Na, hat Rolli dir ein Ohr abgekaut?«, meint Nelly, die gerade in ihr Zimmer verschwinden will.

»Na ja«, meint Coco lächelnd. »Hat er dir auch gesagt, dass er jetzt nur noch Robert genannt werden will?«

»Ja«, sagt Nelly achselzuckend. »Der hat doch einen Knall. Ich sag jedenfalls weiter Rolli zu ihm.«

Nach einem gemeinsamen Abendessen putzt Coco sich die Zähne und zieht ihren Pyjama an. Endlich wieder im eigenen Bett schlafen! Sie kann es kaum erwarten. Doch vorher geht sie noch in Nellys Zimmer, um ihr Gute Nacht zu sagen.

Als sie die Tür öffnet, sieht sie, dass Nelly in Slip und BH an ihrem Laptop sitzt. Schnell klappt ihre kleine Schwester den Deckel zu, wickelt sich die Decke, die über der Lehne ihres Schreibtischstuhls hängt, um den Oberkörper und wirbelt auf dem Drehstuhl herum.

»Mann, hast du mich erschreckt!«, stößt sie hervor.

Irritiert lässt Coco die Türklinke los. »Ich wollte dir bloß Gute Nacht sagen.«

Nelly streckt Coco ihr Gesicht hin, schließt die Augen. »Gute Nacht«, murmelt sie.

Coco küsst Nellys Nasenspitze. Da war Nelly früher immer kitzlig und hat wilde Grimassen gezogen. Jetzt verzieht sie keine Miene.

»Ich bin so froh, wieder daheim zu sein«, sagt Coco. »Und dass wir endlich wieder eine richtige Familie sind.«

Nelly schweigt.

»Ich hab euch vermisst«, fügt Coco warm hinzu. »Dich besonders, Schwesterherz. Meine süße kleine Nelly.«

»Ja, ich dich auch«, murmelt Nelly.

Coco mustert sie. »Wieso sitzt du eigentlich in Unterwäsche am Schreibtisch?«, fragt sie.

»Ich wollte mich gerade umziehen«, meint Nelly und geht zu ihrem Bett, wo sie sich aus der Decke wickelt und mit fahrigen Bewegungen in ihren Schlafanzug schlüpft.

Coco schaut sich in Nellys Zimmer um. »Irgendwie sieht es hier anders aus«, stellt sie fest. Und dann, als hätte sie eine Erleuchtung: »Stimmt, du hast ja alle deine Poster abgenommen.«

»Die waren mir zu kindisch«, erklärt Nelly.

Coco lacht verständnisvoll. Nelly hatte Poster von Bernhardinerwelpen, Katzenbabys und einer komischen Boygroup an der Wand, deren Songs sie früher stundenlang geträllert hat. Aber Nelly hatte auch ein cooles Poster von New York. Von der Brooklyn Bridge. Nelly träumte schon als Zehnjährige von New York. Was ist an einem New-York-Poster kindisch?, denkt Coco. »Die Wände sehen ziemlich kahl aus«, sagt sie deshalb.

»Find ich gut so«, meint Nelly ungerührt. Sie sitzt jetzt auf ihrem Bett, als warte sie nur darauf, dass Coco ihr Zimmer endlich verlässt. Dabei ist Freitagabend und morgen können sie beide ausschlafen.

Früher, würde Coco am liebsten zu Nelly sagen, hast du einen Anfall bekommen, wenn ich weggehen wollte. Früher hast du dich an mich geklammert, damit ich noch ein bisschen bei dir bleibe.

Schließlich kuschelt Coco sich in Nellys Korbstuhl. Nelly schaut sie ernst an, Coco schaut erwartungsvoll zurück. Schweigen.

»Kann ich dich etwas fragen?«, sagt Nelly schließlich.

»Klar.«

»Bevor das mit dir passiert ist, mit dem Feuer und so«, beginnt Nelly, »da warst du doch mit Mama mal beim Frauenarzt, oder?«

Coco hat mit allem gerechnet, nur nicht mit dieser Frage. Sie lässt sich ihre Verwunderung nicht anmerken und nickt. »Stimmt. Aber es war eine Ärztin.«

»Okay. Die Frage ist: Wieso wart ihr da?«

»Weil ich Probleme mit meiner Periode hatte, die kam immer so unregelmäßig und ich hab am ersten Tag immer tierische Bauchschmerzen gehabt.«

»Ach so.« Nelly klingt enttäuscht. »Ich dachte, du warst da, damit der Arzt dir die Pille verschreibt.«

Coco lacht. »Ja, das auch.«

»Also nimmst du die Pille.«

»Ich habe sie genommen. Bis ich ins Krankenhaus gekommen bin. Jetzt vergammelt sie in meinem Kosmetikfach. Hast du ja bestimmt gesehen, schließlich hast du munter meine Schminksachen benutzt, als ich weg war«, meint Coco, um ihre Schwester zu necken. »Aber der Kajalstift ist nicht von mir.«

»Und der gelbe Nagellack auch nicht.«

»Stimmt. Sieht aus wie Vogelkacke«, stellt Coco fröhlich fest.

Nelly betrachtet ihre Nägel. Lange. Dann feuert sie den nächsten Satz ab. »Tomke und du, ihr hattet Sex, oder?«

Coco verschlägt es fast die Sprache. Obwohl sie sich mit ihrer kleinen Schwester immer so gut verstanden hat, gab es solche Themen zwischen ihnen früher noch nicht. Nun war Nelly vierzehn geworden – während Coco im Koma lag – und Coco hat plötzlich das Gefühl, als würde mehr als nur dieser verpasste Geburtstag zwischen ihnen liegen. »Ja. Und?«

»Findest du das gut?«

»Was jetzt genau?«

»Sex.«

Coco reißt die Augen auf und lacht ungläubig. »Du willst wissen, ob ich Sex gut finde?«

Nelly schaut sie ungerührt an und nickt.

Coco steht auf, geht zu Nellys Bett hinüber und beugt sich über das Gesicht ihrer Schwester, um sie erneut auf die Nasenspitze zu küssen. »Warum sollte man es sonst machen?«, sagt sie leise.

»Na ja, könnte doch sein, dass du nur mit Tomke geschlafen hast, weil du in seine Clique wolltest ...«

Coco starrt ihre Schwester fassungslos an. Langsam steigt Ärger in ihr auf. »Das ist jetzt nicht dein Ernst, oder? Tomke war mein Freund! Wir haben uns geliebt! Aber was verstehst du schon davon ...«

Mit einer Heftigkeit, die Coco überrascht, springt Nelly plötzlich auf, rennt zur Tür, reißt sie weit auf und sagt: »Jaja, schon gut. Du hältst mich immer noch für ein Baby! Gute Nacht.«

An diesem Abend liegt Coco lange wach und kann nicht einschlafen. Sie freut sich, endlich wieder zu Hause zu sein. Aber das merkwürdige Verhalten ihrer Schwester lastet schwer auf ihrer Seele. Liegt es wirklich nur daran, weil sie in die Pubertät kommt? Das hat ihr zumindest ihre Mutter als Antwort gegeben, als sie sie auf Nelly angesprochen hat.

Coco versucht, sich daran erinnern, wie es war, als sie selber dreizehn, vierzehn war, an ihre Stimmungsschwankungen, ihre unkontrollierbaren Gefühlsausbrüche, ihre Selbstzweifel und wie unwohl sie sich damals in ihrer eigenen Haut fühlte. Wie sie stundenlang mit einem einzigen Pickel hadern konnte. Wie Nebensächlichkeiten auf einmal eine ungeheure Bedeutung bekamen, Blicke, Kichern, Tuscheln. Wie ihr letztlich alles peinlich war, besonders die Familie. Wie sie sich oft eine andere Familie gewünscht hatte. Überhaupt ein anderes Leben. Wie sie einmal eine ganze Woche mit ihren Eltern kein Wort gewechselt hat. Ihre Lippen ein einziger Reißverschluss. Und heute weiß sie nicht einmal mehr, warum.

Nelly hatte es bestimmt nicht leicht in der Zeit, als Coco im Krankenhaus war. Und so beschließt Coco, es wiedergutzumachen und ihrer Schwester gegenüber in der nächsten Zeit besonders verständnisvoll zu sein.

Am nächsten Tag stehen Coco und Nelly in der Küche und spülen das Geschirr vom Vortag. Der Geschirrspüler hat den Geist aufgegeben, ein Techniker kommt erst am Montag und so müssen sie alles mit der Hand spülen, Töpfe, Pfannen, Teller, Gläser, Besteck. Nelly spült, Coco trocknet ab.

Nelly hält eine fettige Pfanne hoch. »Mann, ist das eklig!«, stöhnt sie. »Was klebt da alles dran?«

»Das, was du gestern Abend gegessen hast«, sagt Coco fröhlich.

»Du, nicht ich«, gibt Nelly zurück, »ich hab von dem Zeug nichts gegessen.«

»Hab ich gar nicht gemerkt. Das Gulasch war doch lecker.«

Nelly hält die Pfanne angewidert an die Nase. »Das stinkt jetzt noch nach Schwein«, sagt sie.

»Bist du Vegetarierin geworden?«, fragt Coco. »Oder Muslimin?«

Nelly dreht den Kopf und starrt ihre Schwester an.

Coco weiß nicht, was dieser Blick bedeuten soll. Sie lacht. »Na ja, Muslime essen doch kein Schweinefleisch.«

»Juden auch nicht«, sagt Nelly.

»Stimmt. Und Hindus essen kein Rindfleisch«, sagt Coco.

»Weiß ich. Tu doch nicht so schlau«, meint Nelly genervt.

Oh, denkt Coco, die Lady hat schlechte Laune. Also Vorsicht. Anderes Thema.

»Heute Abend gibt es den neuen James Bond im Fernsehen«, sagt Coco. »Wollen wir den zusammen gucken? Wir haben Chips hier. Und im Gefrierfach ist noch Stracciatella-Eis. Wir könnten heiße Schokoladensoße dazu machen.«

Coco findet, dass das nach einem Angebot klingt, das man unmöglich ausschlagen kann. Früher haben sie endlos zusammen auf dem Sofa gelümmelt, Filme geguckt und dabei Junkfood in sich reingestopft, bis ihnen schlecht war. Nelly findet James-Bond-Filme cool. Aber heute schüttelt sie gleichmütig den Kopf.

»Ne, geht nicht.«

»Gehst du noch weg?«

Kopfnicken.

»Eine Party?«, fragt Coco neugierig.

Erneutes Kopfschütteln. Es hätte Coco auch gewundert. Bisher war Nelly noch nie auf einer Party gewesen. Aber bisher hat sie sich auch nicht für Jungs interessiert oder für Schminke. Jetzt trägt sie immer einen dicken schwarzen Kajalstrich um die Augen und hat gelb lackierte Fingernägel.

»Ich treff mich mit einer Freundin«, sagt Nelly.

»Mit Fiona?« Fiona ist Nellys beste Freundin. Sie kennen sich noch aus dem Kindergarten.

»Ne«, sagt Nelly abschätzig, »mit der Planschkuh bestimmt nicht.«

»Wieso? Habt ihr euch gestritten?«

»Nicht gestritten. Einfach so. Aber egal.« Nelly redet scheinbar neuerdings in Kürzeln, das macht Coco rasend, doch sie verkneift sich einen Kommentar.

Plötzlich schleudert Nelly den Topfschrubber angewidert ins Spülwasser, lässt sauberes Wasser aus dem Hahn über ihre Hände laufen und trocknet sie ab. »Ich hab keinen Bock mehr auf das hier.«

»Hey«, sagt Coco irritiert, »was ist mit dir los, Schwesterchen?«

»Nichts.«

»Du hast doch irgendwas«, lässt Coco nicht locker. »Mir kannst du's doch sagen!«

»Lass mich einfach in Ruhe, hörst du?«, ruft Nelly wütend.

Coco streckt ergeben die Arme in die Luft. »Okay, okay, ich hab's verstanden!«

Seufzend kümmert sie sich um das restliche Geschirr.

Am Sonntag räumt Coco ihr Zimmer um und sortiert alle Kleidungsstücke aus, in denen sie sich nicht mehr unter Menschen traut. Alle Blusen und Pullis und Kleider mit Ausschnitt werden in die obersten Fächer des Schranks verfrachtet, damit Coco bei ihrem Anblick nicht immer gleich in Selbstmitleid zerfließt.

Sie ist fest entschlossen, ihr neues Leben anzupacken. Und es soll ein anderes Leben werden. Ab jetzt wird es nicht mehr um die

Dinge gehen, die ihr früher lebenswichtig schienen: ihr Aussehen. Ihre Figur. Ihr Gang. Ihre Stimme. Ihr Lachen. Ihre Klamotten. Ihre Jeansgröße. Ihre Dates. Die Dates der Rivalinnen. Die Zahl ihrer Facebook-Freunde. Die Zahl der Facebook-Freunde, die die anderen hatten. Die Glamourfotos, die sie von sich gepostet hat. Jetzt wird es keine Fotos mehr von ihr geben, für voraussichtlich eine lange Zeit.

Noch im Krankenhaus hat Coco den Entschluss gefasst, ihrem Leben ein neues Ziel zu geben: Sie will ein richtig gutes Abitur machen und sich für ein Studium entscheiden, das sie einmal weit bringt. Sie will Geld verdienen, unabhängig und frei sein.

Bei den Gesprächen mit ihrem Therapeuten hat sie ein paar Grundregeln aufgestellt, die ihr dabei helfen sollen, mit dem, was passiert ist, zu leben:

1. Schönheit ist kein Verdienst und kein Talent, sondern ein Geschenk der Natur.
2. Klamotten und Labels sagen nichts aus über Charakter oder Fähigkeiten eines Menschen.
3. Das Unglück kann jeden treffen. Jederzeit. Es gibt keine Garantie auf Glück.

Den Therapeuten wird Coco noch eine ganze Weile sehen, bis sie wieder richtig Fuß gefasst hat. Und auch ihre Eltern werden sie zu ein paar Sitzungen begleiten. Coco pfeffert ein Kleidungsstück nach dem anderen in die oberen Schrankfächer. Die Bikinis stopft sie ganz nach hinten, dazu muss sie extra einen Hocker aus der Küche holen. Bald sind die Schrankfächer so voll, dass die Türen sich kaum noch schließen lassen. Vorher war Coco nicht wirklich bewusst gewesen, dass fast alle ihre Oberteile einen Ausschnitt haben.

Da sie sich vorgenommen hat – als eine Art Mutprobe, um sich ihrer neuen Situation zu stellen – jedes Kleidungsstück anzuziehen, bevor sie es aussortiert, beansprucht die Aufräumaktion mehrere Stunden. Zwischendurch ist sie so erschöpft, dass sie sich immer wieder mit geschlossenen Augen auf ihr Bett legt und versucht, an gar nichts zu denken.

Nelly hat nur ein einziges Mal den Kopf in ihr Zimmer gesteckt und sofort den Rückwärtsgang eingelegt. Danach hat sie sich nicht mehr blicken lassen, und das ist Coco auch ganz recht. Sie will das hier alleine durchziehen. Sie will weder das Mitleid ihrer Familie noch verlogene Komplimente.

Aber auch sonst sieht sie von Nelly nur wenig, seit sie wieder zu Hause ist. Nelly ist auf eine merkwürdige Weise in der Familie unsichtbar geworden. Sie ist auf einmal fort und dann ist sie plötzlich wieder da und verschwindet in ihrem Zimmer. Wie ein Spuk.

An Cocos Fernseher ist Nelly, die sich früher keine noch so blöde Serie entgehen ließ, nicht mehr interessiert. Oder an irgendwelchen anderen Unternehmungen wie Wände mit neuer Farbe anstreichen oder Muffins backen. Früher war Nelly eine egoistische Nervensäge, die mit ihren übertriebenen Lachanfällen oder Wutattacken immer die Aufmerksamkeit der ganzen Familie einforderte. Jetzt ist sie nur noch ein schattenloses Wesen, das am Essenstisch stumm und unbeteiligt dasitzt und nach dem letzten Bissen sofort aufsteht, alles stehen und liegen lässt und sich in ihr Zimmer verdrückt. Doch für den Abend hat sie Coco eine Kopfmassage versprochen und Coco freut sich schon darauf.

Ein paar Stunden später sitzt Coco im Bad auf dem Hocker. Sie hat den Kopf weit über das Waschbecken gebeugt und drückt einen Waschlappen auf das Gesicht, damit ihr das Seifenwasser nicht in die Augen läuft. Nelly hatte ihr noch im Krankenhaus versprochen, dass sie ihr zu Hause als Erstes eine Haarwäsche mit Kopfmassage spendiert. Nelly ist in der Familie für ihre Kopfmassagen berühmt.

Doch sie scheint nicht wirklich bei der Sache zu sein. Sie trällert nicht wie sonst oder erzählt irgendwelchen Quatsch, den sie im Fernsehen gesehen hat. Nelly kann die blödesten Dialoge auswendig nacherzählen. Aber nicht heute. Wortlos drückt sie Shampoo aus einer Flasche in Cocos Haar und beginnt, ihren Kopf mit kreisenden Bewegungen zu massieren. Endlich macht sie den Mund auf. »Geht es so?«

»Mmmhmh«, brummelt Coco voller Behagen.

»Tut nichts weh?«

»Ist schön!«

Coco spürt Nellys Fingerkuppen auf ihrem Schädel. Versucht, das System zu verstehen, nach dem Nelly mal mehr, mal weniger Druck ausübt.

»Achtung, jetzt spül ich den Schaum ab.« Nelly lässt den Wasserstrahl über ihre Haare laufen. Gurgelnd verschwindet das Wasser im Abfluss.

»Und nun abtrocknen. Setz dich mal auf.«

Coco lässt den Waschlappen fallen und lehnt sich vorsichtig zurück. Sie kann den Kopf nicht weit nach hinten biegen, sonst zieht es furchtbar in dem Narbengewebe. Coco hat das Gefühl, dass die neue Haut ein bisschen kleiner ist als ihre alte. Irgendwo spürt sie immer ein Ziehen und dann hat sie gleich Angst, die Haut könnte reißen. Aber das passiert natürlich nicht.

Dr. Langguth hat gesagt, er sei sehr zufrieden. In zwei Jahren wollen sie mit den Schönheitsoperationen beginnen, Narben abschleifen und so weiter. Fürs Erste muss sie damit leben, wie sie jetzt aussieht.

Am besten geht es ihr, wenn sie gar nicht in den Spiegel guckt, wenn sie einfach nur ruhig dasitzt oder im Bett liegt und sich nicht bewegt, wenn nichts sie daran erinnert, dass ihr Hals und ihr Dekolleté von den Ärzten praktisch neu erfunden wurden. Dann hat sie für einen winzigen Moment die Illusion, alles wäre so wie früher.

Als Coco jetzt in den Spiegel schaut, sieht sie hinter ihrem Handtuchturban Nellys Gesicht. Nelly schaut ein bisschen angespannt. »Alles okay?«, fragt sie.

»Du machst das echt super«, sagt Coco. »Ich ernenne dich hiermit zu meiner ersten Hofdame.«

Nelly verzieht das Gesicht. »Ach. Und du bist die Königin, oder was?«

Coco hält ihren Turban mit beiden Händen fest, als sie sich vom Hocker erhebt. Sie dreht sich zu Nelly um. Ihre Schwester hat schon ihren Schlafanzug an. Den aus hellblauem Flanell mit den weißen Pinguinen darauf.

Coco stöpselt den Fön aus und trägt ihn in ihr Zimmer. Sie setzt sich auf den Bettrand und beginnt, ihre Haare zu föhnen. Nelly kommt ins Zimmer und wirft sich hinter ihr aufs Bett.

»Hey«, sagt Coco, »hast du kein eigenes?«

»Doch, aber deins ist viel kuscheliger. Hofdamen dürfen das.« Nelly schmiegt sich an ihren Rücken, so wie früher, als sie noch viel jünger waren und Nelly oft zu ihr ins Bett gekrabbelt kam. »Und du bist auch so kuschelig.«

»Klingt, als wäre ich im Krankenhaus fett geworden.«

»Ne, das mein ich doch nicht. Ich meine, bei dir war es immer so gemütlich. Nur eine große Schwester kann so gemütlich sein.«

Nelly sagt manchmal solche Sachen. Es kam früher auch vor, dass Nelly sich mit einem Panthersprung auf sie geworfen, sie mit ihren langen Beinen umklammert und mit unzähligen Küssen übersät hat. Aber seit Coco wieder zu Hause ist, kommt es eher vor, dass Nelly sich von ihr zurückzieht, als wäre ihr die große Schwester auf einmal lästig und fremd.

Coco beugt sich vor, wirft die Haare nach vorn, fönt. Wirft sie wieder zurück, fönt weiter. Nelly rührt sich nicht, bis Coco fertig ist und den Fön auf den Boden gelegt hat.

»So«, sagt Coco. »Abflug.«

Nelly rollt sich wie ein Kätzchen zusammen. Sie schnurrt. »Ich möchte aber noch ein bisschen bleiben.«

»Ich muss schlafen. Morgen ist mein erster Schultag!« Sie versucht, das komische Gefühl in ihrem Magen zu ignorieren. Wie es wohl sein wird, wieder zur Schule zu gehen, jetzt, wo sie nicht mehr zu Tomkes Clique gehört? Wo sie nicht mehr seine Freundin ist ...

Entschieden schiebt Coco die düsteren Gedanken beiseite, lässt sich neben Nelly auf ihr Bett fallen und meint lachend: »Okay! Kleiner Liebesanfall meiner Schwester. Kommt ja nur noch selten vor – ich sollte es also genießen.«

»Was ziehst du morgen an?«, fragt Nelly, als sie nebeneinanderliegen.

»Hab noch nicht drüber nachgedacht«, entgegnet Coco betont cool. Dabei ist das eine fette Lüge. Seit Tagen überlegt sie, was sie an ihrem ersten Schultag anziehen soll. Wahrscheinlich werden es die Jeans und die neue weiße Bluse, die einen kleinen Stehkragen hat und bis oben zugeknöpft werden kann, und der lange schwarze Cardigan, auch ein neues Kleidungsstück.

Krankheit, denkt Coco, hat insofern einen Vorteil, als man von der Familie viel mehr verwöhnt wird. Sie hat mal ausgerechnet, wie viel Geld ihre Eltern in den letzten Wochen für sie ausgegeben haben. Bei der Summe ist ihr ganz schwindlig geworden. Es ist herzerwärmend und gleichzeitig tut es weh zu sehen, wie verzweifelt ihre Eltern sich bemühen, sie glücklich zu machen und alle ihre Wünsche zu erfüllen.

Coco nimmt ihr Smartphone und stellt den Wecker auf halb sieben. Dann schiebt sie Nelly, die offenbar fest entschlossen ist, bei ihr zu schlafen, weiter an die Wand. Dabei rutschen Nellys Pyjamaärmel hoch und Coco sieht, dass Nelly ein großes Pflaster auf dem rechten Unterarm hat.

»Hey«, sagt Coco erschrocken, »was hast du denn da gemacht?«

Mit einer blitzschnellen Bewegung zieht Nelly den Ärmel wieder über das Pflaster. »Nichts«, murmelt sie.

»Hast du dich da zerkratzt oder was?«, fragt Coco.

Nelly hatte früher die Angewohnheit, einen Mückenstich aufzukratzen, bis er blutete.

»Ja, genau, ein Mückenstich«, sagt Nelly.

»Mitten im November?«, fragt Coco.

»Ja, mitten im November.«

Coco legt sich, die Arme ganz nah am Körper, flach auf den Rücken, wie sie es sich im Krankenhaus angewöhnt hat. So spürt sie die Narben am wenigsten. Coco fragt sich, ob sie eines Tages je wieder so gemütlich auf der Seite schlafen können wird wie früher, als sie noch schöne Träume hatte.

»Coco?«, fragt Nelly in die Stille hinein.

»Ja?«

»Was ist jetzt eigentlich mit Tomke und dir?«

»Was soll sein?«

»Er hat dich im Krankenhaus nicht besucht, oder?«

»Nein.«

»Früher wart ihr doch jeden Tag zusammen.«

»Da war ich auch nicht im Krankenhaus.«

»Also, ich war ja praktisch jeden Tag bei dir, das weißt du. Ich hab auch alle Besorgungen für dich gemacht und mich hier zu Hause um deine Blumen gekümmert und so.«

»Weiß ich, Süße. Und dafür bin ich dir unendlich dankbar.«

»Aber Tomke hab ich im Krankenhaus nie getroffen.«

Coco schließt die Augen. Sie will nicht über Tomke reden.

»Alle Jungs hassen Krankenhäuser, glaube ich.«

»Warum sagst du es nicht einfach?«

Coco reißt die Augen auf. »Was?«

»Dass er mit dir Schluss gemacht hat.«

Coco bekommt einen heißen Kopf. »Weil es nicht stimmt. Und jetzt hör auf. Ich will schlafen, Nelly.«

Der Lichtstreifen aus dem Flur zeichnet sich auf dem Boden ab. Jemand müsste die Tür zumachen, denkt Coco. Nelly müsste verschwinden. Die Eltern könnten den Fernseher leiser stellen.

»Coco?«

Coco fährt hoch. »Mensch Nelly, jetzt geh in dein eigenes Bett. Ich! Will! Schlafen!«

»Nur noch eine Frage.« Pause. »Bitte.«

»Nein!« Coco ist jetzt richtig gereizt. Sie hat keine Lust auf eine weitere schlaflose Nacht, nur weil sie das Thema Tomke nicht aus dem Kopf bekommt. Sie will eigentlich an überhaupt nichts denken an dem Abend, bevor die Schule wieder losgeht. Sie hat Angst vor morgen.

»Magst du ihn nicht mehr?«, fragt Nelly leise.

Coco sagt nichts, weil sie nicht weiß, was sie darauf erwidern soll. Sie weiß ja selbst noch nicht, wie es sich anfühlen wird, dass Tomke und sie nicht mehr zusammengehören. Wie sich das in der Schule anfühlen wird. Wie es wird, wenn sie all die anderen wiedersieht.

Nelly malt mit dem Zeigefinger Kreise auf Cocos Oberschenkel. Coco ahnt, dass Nelly nicht gehen wird, bevor sie nicht irgendeine Antwort bekommt, die sie zufriedenstellt, also knipst Coco die Nachttischlampe an, schaut Nelly in die Augen und sagt ruhig und bestimmt: »Weißt du, ich hatte keine Zeit, darüber nachzudenken, das Ganze war irgendwie sekundär.«

»Sekundär?« Nelly sieht sie ungläubig an. »Die Sache zwischen dir und Tomke? Ihr wart ein Liebespaar! Mann, ich –«

»Ich war so sehr damit beschäftigt, wieder gesund zu werden«, unterbricht Coco sie. »Ich war so damit beschäftigt, mich mit all diesen Ärzten und Krankenschwestern und Physiotherapeuten herumzuschlagen, dass es mir echt nicht wichtig war, was mit Tomke und mir ist. Ich hatte wirklich andere Probleme.«

Nelly schaut sie an, aufmerksam, lange. Dann nickt sie. »Ja, das verstehe ich.«

»Schön. Darf ich jetzt endlich mein ganzes Bett haben?«

Nelly krabbelt gehorsam ans Bettende, steht auf, macht einen Schritt, bleibt stehen, dreht sich zu Coco um. »Ich mochte Tomke nämlich«, sagt sie.

Coco weiß das. Sie weiß, wie Nelly sich immer freute, wenn Tomke nachmittags bei ihnen zu Hause auftauchte. Tomke hat Nelly Musik auf den MP3-Player geladen und ihr Tricks auf dem Computer gezeigt. Und als Coco im Juni ihren sechzehnten Geburtstag hatte und er ihr ein silbernes Kettchen mit einem kleinen Herz, auf dem COCO eingraviert war, geschenkt hat, da hatte er für Nelly auch eine Kleinigkeit dabei: einen Plüschtieranhänger für den Rucksack. Ja richtig, ein kleiner Pinguin, weil sie die so cool findet.

Cocos Bauch zieht sich zusammen, als ihr einfällt, wie glücklich sie einmal war. Wie fröhlich, bunt und strahlend die Welt damals war, als Tomke und sie sich liebten … Wie sie selbst den alten grauen Schulhof toll fand, weil Tomke dort mit seiner Clique war. Wie sie sich sogar am Mittwoch auf die Physikstunde freute, weil Tomkes Klasse vor ihr Physik hatte und sie sich dann immer auf seinen Platz setzte, zweite Reihe links, und der Platz noch warm von seinem Körper war.

»Ich finde, ihr wart ein schönes Paar«, sagt Nelly ernst.

Coco lacht. »Ein schönes Paar!«, wiederholt sie bitter. »Damals!«

»Lach nicht. Ich meine das wirklich so.« Sie zögert. »Glaubst du, dass Tomke sich jetzt eine andere Freundin sucht, nur weil sie einen heilen Busen hat?«

Coco starrt Nelly fassungslos an. Sie weiß nicht, was sie auf so eine brutale Frage antworten soll.

Nelly guckt ganz unschuldig. Aber so unschuldig kann man mit vierzehn nicht mehr sein, dass man nicht weiß, was man mit so einem Satz anrichtet!

Coco räuspert sich, ihre Stimme ist jetzt scharf. »Hör zu, an dem Abend, bevor dieser ... dieser Unfall passiert ist, da habe ich mit Tomke Schluss gemacht.«

Nelly steht mitten in Cocos Zimmer, reglos. »Du?«, fragt sie ungläubig. »Du hast Schluss gemacht?«

»Ja, ich. Nur damit du keine falschen Gerüchte in die Welt setzt. *Ich* habe mit ihm Schluss gemacht.«

»Aber wieso?«

Coco schweigt.

»Wieso?«, drängt Nelly. »Tomke ist doch so cool. Und er war der Einzige aus deiner ganzen Clique, der immer nett zu mir war. Die anderen haben ja nicht mal gegrüßt, wenn ich ihnen die Tür aufgemacht habe, sondern sind an mir vorbei in dein Zimmer gelaufen, als wäre ich Luft.«

»Tut mir leid, aber dafür kann ich nichts.«

»Als er noch auf deiner Schule war, da hast du behauptet, er wäre der Star.«

Coco verzieht das Gesicht. »Oh Mann! Ja! Ja, kann sein, dass ich so was Blödes mal gedacht habe.«

»Und wieso war er der Star?«

»Kapier ich heute auch nicht mehr.«

»Aber was ist denn passiert? Warum hast du mit ihm Schluss gemacht?« Nellys Fragen werden immer drängender und Coco hat nur einen Wunsch: diese Fragerei zu beenden.

»Mann, löcher mich nicht so!«

»Aber –«

»Nein«, sagt Coco entschieden und schlägt die Bettdecke zurück. »Raus jetzt aus meinem Zimmer. Ich will nicht mehr sprechen, ich will nicht mehr denken, ich will jetzt endlich schlafen!«

Als sie allein in ihrem dunklen Zimmer liegt, weint Coco hemmungslos. Womit hat sie diese ganze beschissene Situation nur verdient?

Teil II

Nelly

1.
Ich bin auch noch da!

Nelly träumt, dass sie in einer silbernen Weltraumkapsel mit Lichtgeschwindigkeit durch das All rast, einen Feuerschweif hinter sich herziehend wie ein Meteorit. Sie ist auf einer wichtigen Mission: Sie soll einen geheimnisvollen Planeten erkunden, der genauso blau leuchtet wie die Erde.

Als die grelle Deckenlampe plötzlich aufleuchtet und jemand sie schüttelt, glaubt sie, ihre Kapsel sei explodiert.

Doch es ist nur ihre Mutter, die ihr mit heißem Atem ins Ohr keucht: »Nelly, wach auf! Sie haben deine Schwester ins Elisabethkrankenhaus gebracht! Papa holt schon das Auto aus der Garage. Willst du mit?«

»Weiterschlafen«, nuschelt Nelly und dreht sich von dem grellen Licht weg. Wo ist ihr Planet?

»Aber wir wissen nicht, wann wir wieder zurück sind.«

»Macht nichts«, murmelt Nelly schlaftrunken.

Die Tür schlägt zu, das Licht bleibt an. Nelly kuschelt sich wieder in ihren Traum. Das Universum, tiefschwarz, und sie in der Kapsel, die in Lichtgeschwindigkeit an funkelnden Sternen vorbeisaust, dem blauen Planeten entgegen. Ein Brausen ist plötzlich in ihren Ohren. Dann ein Stechen in der Brust. Sie schlägt die Augen auf und blinzelt verwirrt.

»Was?«, ruft sie. »Mama? Was hast du gesagt?«

Draußen heult ein Motor auf, eine Tür schlägt zu, dann entfernt das Auto sich. Sie stürzt ans Fenster und sieht gerade noch die Rücklichter des Familienwagens, bevor er um die Ecke biegt.

Nelly rennt kopflos in der Wohnung herum. Im Schlafzimmer der Eltern brennt noch das Licht. Die Laken sind zerwühlt. Sie waren also auch schon im Bett, als sie diese Nachricht erhalten haben. Offensichtlich haben sie sich völlig überstürzt angezogen. Ein Stapel Pullis ist aus dem Schrank gefallen, das Nachthemd ihrer Mutter liegt auf dem Boden. Es ist aus einer Art Seide, sehr angenehm. Nelly hebt es auf, wickelt es wie einen Muff um ihre Hände und setzt sich auf das Bett ihrer Eltern. Mit leeren Augen starrt sie vor sich hin.

Was hat ihre Mutter gesagt? Coco ist im Krankenhaus? Wieso? Was war passiert?

Sie rennt in ihr Zimmer zurück, kramt unter dem Wust von Sachen nach ihrem Handy und drückt mit schweißfeuchten Fingern auf die gespeicherte Nummer ihrer Mutter.

»Ja? Nelly?«, ruft die Sekunden später aufgeregt ins Telefon. »Wir sind schon unterwegs.«

»Was ist mit Coco?«, fragt Nelly mit klopfendem Herzen.

»Schätzchen, wir wissen auch nur, was der Arzt uns gesagt hat.«

»Und was hat er gesagt?«

»Dass Coco eine Brandverletzung hat. Und dass wir kommen sollen.«

Nellys Körper wird plötzlich von einem Zittern erschüttert. »Eine Brandverletzung? Wie denn? Warum denn?«

Sie hört, wie ihre Mutter zu ihrem Vater sagt: »Sie weint.«

»Nelly«, hört sie die beschwörende Stimme ihres Vaters. »Kein Grund, in Panik zu geraten!«

»Coco ist im Krankenhaus und ich soll nicht in Panik geraten?«, schreit Nelly. Sie rennt zur Wohnungstür, öffnet sie, späht ins Treppenhaus, als könnte von dort Rettung kommen. Das Treppenhaus liegt in bleitiefer, nächtlicher Dunkelheit und Stille. »Ich habe Angst«, flüstert sie in ihr Handy. »Bitte holt mich!«

»Vielleicht ist es ja gar nicht so schlimm. Wir hoffen einfach das Beste, ja?«, sagt jetzt wieder ihre Mutter. Nelly hört das Zittern in ihrer Stimme. »Wir wissen ja selbst noch nichts.«

»Ich will zu euch!«, ruft Nelly verzweifelt. »Ich will hier nicht alleine bleiben. Könnt ihr nicht umkehren und mich holen? Ich bin in drei Sekunden angezogen.«

»Nelly, das geht nicht! Wir sind schon auf der Schnellstraße. Du musst jetzt ein großes Mädchen sein, ja?«

»Aber Coco ist meine Schwester!«

»Natürlich, Schatz. Wir rufen an, sobald wir Genaueres wissen, ja?« Die Stimme ihrer Mutter klingt nun fast flehend.

»Versprecht es mir!«, ruft sie verzweifelt.

»Ja. Versprochen«, sagt ihre Mutter und legt auf.

Nelly geht in ihr Zimmer zurück, starrt auf ihr Bett, auf das Chaos. Sie fühlt sich im Stich gelassen. Als Coco heute Abend mit Tomke weggefahren ist und sie sich genauso verlassen gefühlt hat, wollte Nelly nicht alleine bleiben und hat ihre beste Freundin angerufen. Fiona und Nelly kennen sich noch aus dem Kindergarten, doch Fiona wird erst nächstes Jahr vierzehn. Nelly hat Fiona gefragt, ob sie nicht Lust hätte, bei ihr zu übernachten. Fiona war eine halbe Stunde später da und sie haben in einem Anfall von alberner Kindlichkeit noch einmal alle Kisten mit den alten Spielsachen rausgesucht, die Nelly tief unter ihr Bett geschoben hatte, und die Spiele von damals nachgespielt: Hausboot-Party, Zickenkrieg unter Barbies, Barbie gewinnt den »GNTM«-Wettbewerb und so weiter. Es hat aber irgendwie nicht so richtig Spaß gemacht. Dann haben sie in Cocos Zimmer einen Science-Fiction-Film angeguckt, der jedoch total öde war. Das Beste an dem Film war die Werbung gewesen. Sie haben auf dem Fußboden die Pizza gegessen, die Nellys Mutter gebacken hatte, nur mit den Händen, bis ihre Finger von der Tomatensoße so schmierig waren, dass sie zur Großreinigung ins Bad mussten und da kichernd das halbe Badezimmer unter Wasser gesetzt haben. So ein Abend war das.

»Ihr benehmt euch wie kleine Kinder«, meinte Nellys Mutter vorwurfsvoll. »Ich denke, ihr wollt ernst genommen werden? Dann benehmt euch auch so!«

Das hat Nelly gereizt, mit ihrer Mutter einen Streit anzufangen, der immer heftiger wurde, weil Nelly sich gerne mal mit ihrer Mutter zoffte, aber Fiona hatte auf diesen Streit keine Lust. Sie wollte plötzlich nicht mehr bei Nelly schlafen, obwohl die Luftmatratze schon aufgepumpt war. Fiona benimmt sich immer noch wie ein Baby, dachte Nelly, hütete sich allerdings davor, es laut zu sagen.

Ihr Vater hat Fiona dann um elf Uhr wieder bei ihren Eltern abgeliefert, die nicht sonderlich begeistert waren. Doch das ist Nelly jetzt alles so was von egal. Coco, ihre liebe große Schwester, war im Krankenhaus!

Eine Stunde später sitzt Nelly in der Küche. Sie kauert auf dem Küchenstuhl und starrt die Wanduhr an. Es ist eine Schweizer Bahnhofsuhr mit riesigem rundem Ziffernblatt und schwarzem Rahmen. Vier dünne Striche und ein dicker sind fünf Minuten. Wenn der rote Sekundenzeiger mit der kleinen runden Scheibe am Ende von einem dünnen Strich zum nächsten vorrückt, macht die Uhr ein leises Klackgeräusch. Man kann die Arbeit des Zahnrades im Gehäuse praktisch hören. Welche Anstrengung es für den Zeiger bedeutet, sich vorzuarbeiten, Tag und Nacht, Stunde für Stunde, Minute für Minute, Sekunde für Sekunde.

Jetzt ist es vier Uhr und siebenundfünfzig Minuten. Selbst in der letzten Silvesternacht ist Nelly nicht so lange wach gewesen. Bis auf das gleichmäßige Klacken des Sekundenzeigers ist kein Geräusch in der Wohnung zu hören. Totenstille. Sogar der Wasserhahn über der Spüle tropft heute nicht.

Die haben mich vergessen, denkt Nelly. Oder etwas ganz Schlimmes ist passiert. Aber das Schlimme will sie sich nicht ausmalen. Da streikt ihr Kopf.

Wenn sie um fünf Uhr noch nicht angerufen haben, denkt sie, rufe ich an. Vor ihr auf dem Tisch liegen ihr Handy und das Festnetztelefon. Daneben ein Becher mit Kakao, der inzwischen kalt ist. Auf dem Kakao hat sich eine dünne Milchhaut gebildet, die eklig aussieht, doch Nelly hat nicht die Kraft, aufzustehen und das Zeug in den Ausguss zu kippen.

Außerdem ist ihr kalt. Sie kauert sich bibbernd zusammen. Sie hat ihren Flanellschlafanzug mit den Pinguinen aus dem Schrank geholt, den sie zuletzt auf einer fürchterlichen Klassenfahrt getragen hatte, auf der ihr immer nur kalt war. Wenn sie unglücklich ist, friert sie immer. »Kleine Frostbeule«, sagt Coco dann zärtlich zu ihr. Aber weil sie jetzt immer noch schlottert, will sie sich einen Bademantel holen.

Als sie an der Badezimmertür steht, entscheidet sie sich für Cocos neuen weißen Fleecebademantel. Er riecht ein bisschen nach Cocos Bodylotion. Nelly steckt ihre Nase in die Armbeuge und schnüffelt. Tränen kullern über ihre Wangen, als sie zurück in die Küche geht.

Sie hätte gerne gewusst, wie es auf dem geheimnisvollen Planeten aussieht, den sie mit der Kapsel schon fast erreicht hatte. Er schimmerte mal grün, mal rot, mal violett. Von ihm ging ein magisches Leuchten aus. Nelly war in ihrem Traum ganz sicher, dass er ein großes, wunderbares Geheimnis birgt. Sie wird dieses Geheimnis nie mehr lüften können. Auch egal. Sie wischt sich mit dem Ärmel die Tränen ab. Dann zieht sie laut schniefend die Nase hoch. Sie kann es nicht fassen, dass ihre Eltern sie in dieser Situation einfach alleine gelassen haben.

Als der große und der kleine Zeiger gleichzeitig auf die Zwölf springen, greift sie zum Telefon und wählt die Nummer ihrer Mutter.

»Ja?«, flüstert ihre Mutter nur.

»Hallo«, ruft Nelly. »Mama!«

»Nelly? Wieso bist du nicht im Bett? Wir dachten, du würdest schlafen und wollten dich nicht wecken.«

Glaubte ihre Mutter ernsthaft, sie würde in so einer Situation auch nur ein Auge zubekommen?

»Was ist mit Coco?«

»Ich geb dir mal Papa«, flüstert ihre Mutter.

Nelly wartet. Sie hört, wie ihre Mutter »Nelly« raunt und wie das Handy weitergegeben wird. »Nelly, Schatz?«

»Papa, was ist los?«

Ihr Vater räuspert sich und Nellys Herz schlägt wie verrückt.

»Ja, also, die Ärzte operieren immer noch«, sagt ihr Vater.

»Was? Was machen die denn so lange?«

»Coco hat schwere Verbrennungen und sie müssen das Fleisch entfernen, das –«

Ein Rauschen und Knistern, als würde ihm jemand das Handy aus der Hand reißen. Und tatsächlich hört Nelly jetzt wieder die Stimme ihrer Mutter. »Nelly, Schatz, es ist nicht so schlimm, wie Papa sagt. Wir müssen jetzt einfach hoffen und beten. Sei du auch schön tapfer, ja? Wir sind bestimmt bald wieder zu Hause.«

»Versuch zu schlafen!«, ruft ihr Vater. Und dann ist das Telefon wieder stumm.

Nelly würde am liebsten ihrem Impuls folgen und auf die Wahlwiederholung drücken, aber dann stellt sie sich vor, wie ihre Eltern irgendwo im Schein grell leuchtender Neonröhren auf einem Krankenhausflur sitzen und warten, während irgendwelche Ärzte in einem OP ihrer Schwester verbranntes Fleisch entfernen.

Entschlossen steht sie auf, kippt den Kakao weg, zieht den Bademantel aus und hängt ihn an der Badezimmertür sorgfältig an den Haken. In ihrem Zimmer sucht sie ihre Kleidung zusammen. Unterwäsche, Strümpfe, Jeans. Pulli. Durch das offene Fenster strömt die spätsommerliche Nachtluft. Sie hält den Kopf aus dem Fenster, um die Temperatur zu testen, und holt noch ihr Kapuzensweatshirt aus dem Schrank. Dann nimmt sie ihre Hausschlüssel aus der Messingschale auf der Flurkommode, läuft die Treppen hinunter und geht in den Keller, um ihr Fahrrad zu holen.

Als Nelly das Fahrrad auf die Straße schiebt und aufsteigt, wird es im Osten gerade hell. Die kalte Nachtluft bläst ihr ins Gesicht und beißt ihr in die Fingerknöchel. Wie ein Roboter tritt sie in die Pedale. Es sind kaum Autos unterwegs. So leer hat sie die Stadt noch nie gesehen. Es ist fast etwas unheimlich.

Eine halbe Stunde später steht sie vor einer Tür, an der groß INTENSIVSTATION steht. Der Nachtpförtner hat sie auf die Station gebracht, nachdem sie ihm den Namen ihrer Schwester genannt hat.

Nelly klingelt und eine Schwester öffnet ihr. Ihre Eltern sitzen auf grauen Plastikstühlen an der Wand links im Gang. Sie sehen aus wie die Chirurgen in Grey's Anatomy, denkt Nelly, und die vielen gemütlichen Seriennachmittage mit Coco fallen ihr ein. Cocos Bett war danach immer komplett vollgekrümelt, weil sie dabei tütenweise Chips, Kekse und Schokolade futterten. Die Eltern halten sich an den Händen und sehen mit ihren geschlossenen Augen und den bleichen Gesichtern uralt aus. Sie bemerken Nelly gar nicht, bis sie direkt vor ihnen steht und Hallo sagt.

Ihre Mutter zuckt zusammen, ihr Vater springt auf und nimmt sie in den Arm.

»Wie geht es Coco?«, fragt Nelly.

Ihr Vater drückt sie an sich. »Sie lebt«, flüstert er und drückt einen Kuss nach dem anderen in ihre Haare. »Sie lebt. Die Ärzte haben sie in ein künstliches Koma versetzt. Das ist alles, was wir wissen.«

Nelly hat bis eben gar nicht mit der Möglichkeit gerechnet, dass ihre Schwester nicht mehr leben könnte. Es ist, als hätte ihr jemand aus großer Entfernung einen giftigen Pfeil in den Magen geschossen. Sie löst sich aus den Armen ihres Vaters und lässt sich neben ihn auf den dritten grauen Plastikstuhl fallen. Die Stühle sind miteinander verschraubt, als wollte man verhindern, dass verzweifelte Menschen sie einfach gegen die Wand werfen.

Nelly kann sich auf einmal vorstellen, dass es solche Augenblicke im Leben gibt, wo man einen Stuhl einfach gegen die Wand schleudern möchte.

»Kann mir vielleicht endlich mal jemand sagen, was eigentlich passiert ist?«, fragt Nelly. Sie ist auf einmal voller Wut. Wut auf ihre Eltern, auf die Ärzte, die Coco in ein künstliches Koma versetzt haben, was sich furchtbar anhört, und auf alle, die nicht verhindert haben, dass ihr in ihrem Leben so etwas widerfährt.

Die Eltern berichten stockend. »Coco und ihre Clique sind wohl an der Elbe gewesen, ein gutes Stück außerhalb der Stadt«, sagt ihre Mutter. »Sie haben dort ein Lagerfeuer gemacht und gefeiert.«

»Und auch getrunken«, fügt ihr Vater grimmig hinzu. »Dieser verdammte Alkohol.«

»Wieso«, sagt Nelly, »ihr verkauft den doch.«

Die Eltern hüllen sich in strafendes Schweigen.

»Und weiter?«, fragt Nelly schließlich.

»Na ja«, beginnt ihr Vater, »der Alkohol ist das eigentliche Problem, weil niemand so genau sagen konnte, wie viel Coco getrunken hat. Und deshalb war die Narkose so schwer zu berechnen.«

»Wusste Tomke das denn nicht?«, fragt Nelly. »Der war doch dabei.«

»Ja, es war aber nicht Tomke, der im Krankenwagen mitgefahren ist, sondern Linus.«

»Linus? Und wieso wusste der das nicht?«

»Er hat behauptet, sie hätten nur Wein und Bier getrunken. Doch die Ärzte meinten, das könnte nicht stimmen, weil Linus, von dem sie auch eine Blutprobe genommen haben, stark alkoholisiert war.«

Nelly schließt die Augen und versucht, sich vorzustellen, wie der Krankenwagen mit ihrer Schwester mit Blaulicht und Sirenengeheul durch die Stadt gerast ist. Wie Linus neben ihr saß. Wieso eigentlich nicht Tomke? In den Fernsehserien ist es doch immer der Freund oder der Liebhaber, der atemlos neben der Trage herrennt und die Hand seiner Liebsten festhält, während er gleichzeitig mit fester Stimme die Rettungssanitäter herumkommandiert.

Irgendwas ist da schiefgelaufen, denkt Nelly. Aber sie kann sich nicht vorstellen, was. Sie denkt an diesen letzten Moment, als sie ihre Schwester gesehen hat. Noch keine zwölf Stunden ist es her, da hat sie oben aus dem Fenster geguckt und zugesehen, wie Tomke und Coco sich geküsst haben. Als wollten sie sich gegenseitig auffressen.

Sie mustert ihre Eltern, die reglos auf den Stühlen sitzen. An der Wand gegenüber gibt es einen Wasserspender mit Einmalbechern.

Nelly steht auf, füllt sich einen Pappbecher, der wie eine Eistüte gewickelt ist, und kommt zurück. »Wollt ihr auch was zu trinken?«, fragt sie. Beide schütteln stumm den Kopf. Sie sind wohl zu erschöpft und zu verzweifelt, um mit ihr zu reden.

Sie haben Coco immer mehr gemocht als mich, denkt Nelly. Und im nächsten Augenblick weiß sie schon nicht mehr, warum sie das gedacht hat.

Ihr fällt auf einmal ein, dass sie ihr Fahrrad einfach vor der Krankenhauspforte abgestellt hat. Sie denkt daran, dass Rollis

Fahrrad geklaut wurde. Und dann fällt ihr auf, dass ihre Eltern überhaupt nicht gefragt haben, wie sie mitten in der Nacht hierhergekommen ist. Dass sie gar nichts gefragt haben.

Plötzlich öffnet sich hinten im Gang eine Tür und ein Arzt kommt heraus. Er sieht alt und müde aus und reibt irgendeine Creme in seine Hände. Man hört, wie die dicken Gummisohlen seiner Schuhe auf dem Linoleum quietschen. Nellys Eltern stehen gleichzeitig auf und schauen dem Arzt ängstlich entgegen. Erst bleibt Nelly sitzen, aber im letzten Augenblick steht sie doch schnell auf.

»Unsere andere Tochter«, sagt Nellys Vater mit einem Kopfnicken in ihre Richtung.

»Ah so, ja«, sagt der Arzt und schenkt ihr ein kleines Lächeln.

»Und?«, fragt Nellys Mutter atemlos. »Wie sieht es aus?«

»Wir konnten sie stabilisieren. Das Schlimmste ist wohl überstanden.«

Nellys Eltern fallen sich in die Arme.

»Wenn Sie möchten«, sagt der Arzt, »können Sie ihre Tochter kurz sehen.«

»Oh ja, bitte«, flüstert Nellys Mutter, der Tränen der Erleichterung über das Gesicht laufen.

»Gut. Dann kommen Sie.«

Sie folgen dem Arzt im Gänsemarsch. Vater, Mutter, Nelly. Einmal blickt die Mutter sich nach ihr um, als wollte sie Nelly auffordern, schneller zu gehen. Doch Nelly geht, so schnell sie kann, so schnell ihre Beine sie tragen. Sie weiß nicht, ob sie ihre Schwester sehen möchte. Sie hat schließlich keine Ahnung, was sie erwartet.

Vor der Tür bleibt der Arzt stehen und schaut sie alle sehr ernst an. »Dass wir Coco ins Koma versetzt haben, wissen Sie ja.«

Die Eltern nicken.

»Bekommen Sie bitte keinen Schreck«, sagt der Arzt und an Nelly gewandt: »Ich denke, fürs Erste ist es besser, wenn du hier wartest!«

Nellys Herz macht ein Geräusch, als reiße auf einer Gitarre eine Saite.

Die Tür wird geöffnet und wenige Sekunden später hat sie sich hinter dem Arzt und Nellys Eltern auch schon wieder geschlossen. Sie haben kein Wort mehr zu ihr gesagt. Sie haben sich nicht einmal mehr zu ihr umgedreht. Nelly steht da und fühlt sich mutterseelenallein. Ausgegrenzt.

Sie weiß nicht, wie lange sie so dasteht und auf die geschlossene Tür starrt. Irgendwann geht sie den langen Gang zurück zum Treppenhaus. Wie betäubt steigt sie die drei Stockwerke hinunter. Der Pförtner sitzt noch immer in seinem Glashäuschen. Aber als er sie sieht, kommt er zu ihr heraus. »Da bist du ja«, sagt er. »Ich habe dein Rad reingeholt.«

»Oh, danke«, sagt Nelly teilnahmslos und kämpft plötzlich mit den Tränen.

Der Pförtner lächelt sie warm an. »Kopf hoch, Mädchen.«

Nelly nickt. Der Kloß in ihrem Hals wird dicker. So dick, dass sie plötzlich überhaupt nicht mehr schlucken kann.

»Gut. Wenn du dein Rad brauchst, es steht dahinten«, der Pförtner zeigt vage auf eine Nische, die im Dunkeln liegt. »Danke«, flüstert Nelly.

Als sie sich am Treppengeländer wieder bis in den dritten Stock hochzieht, lässt sie die Tränen einfach laufen.

Wahrscheinlich ist auf jeder Stufe eine Träne von mir zerplatzt, denkt sie. Und allen ist es egal. Das Selbstmitleid übermannt sie so, dass sie noch heftiger weinen muss.

Die Tage vergehen so zäh, als tropfe Honig aus der Uhr. Manchmal sitzt Nelly in der Küche und hält die Luft an, während sie auf den roten Sekundenzeiger starrt. Dann fühlt sie, wie es in ihrer Lunge zu brennen anfängt.

Noch vor einer Weile hat sie geglaubt, es gehe im Leben immer nur in eine Richtung: nach oben. Ihr Leben würde immer schöner werden, mit jedem Jahr. Nelly hat sich wie wahnsinnig auf ihren vierzehnten Geburtstag gefreut. Aber jetzt wünscht sie, sie wäre wieder zehn oder elf und ihr Vater oder ihre Mutter würden sie einfach mal in den Arm nehmen, so wie früher. Aber die beiden sind nie da. Und sie ist ja jetzt groß. Sie kommt jetzt ja prima alleine zurecht.

Am liebsten möchte sie schreien: *Es stimmt nicht! Ich bin einsam und will getröstet werden! Kann mir mal jemand sagen, dass alles wieder gut wird? Bitte?!*

Coco liegt im Elisabethkrankenhaus im Koma und ihre Eltern weichen nicht von ihrer Seite. Wenn Nelly aus der Schule nach Hause kommt, ist niemand da, wenn sie abends ins Bett geht, auch nicht. Manchmal liegt ein Zettel ihrer Mutter auf dem Wohnzimmertisch. »Schatz, das Krankenhaus hat wieder angerufen. Essen ist im Kühlschrank.« Manchmal liegt gar kein Zettel da. Die Handys der Eltern sind meistens ausgeschaltet, weil auf der Intensivstation die Benutzung von Handys im Patientenbereich strengstens verboten ist.

Sie haben Cocos verbrannte Haut entfernt, sie mussten immer wieder operieren, weil Verbrennungen ein schleichender Vorgang sind, wie Nellys Mutter ihr erklärt hat. Die verbrannten Stellen fressen sich immer tiefer in die gesunden Hautschichten, es ist sehr schlimm.

Wenn Coco nicht im Koma läge, könnte sie die Schmerzen wahrscheinlich gar nicht aushalten oder sie müssten ihr so viel Morphium geben, dass sie danach süchtig würde.

Die Eltern sehen aus wie Gespenster, die ein böser Zauber zur Schlaflosigkeit verdammt hat. Die Mutter hat tiefe Ringe unter den Augen, der Vater einen gebeugten Rücken.

Vor zwei Tagen hatte Nelly Geburtstag. Doch der Tag war wie jeder andere in den letzten Wochen: einsam und traurig. Statt ihres Lieblingskuchens, den ihre Mutter für sie backte, seit sie denken konnte, gab es eklig süße Torte vom Bäcker. Ihren vierzehnten Geburtstag hatte Nelly sich immer anders vorgestellt.

Heute hat sie eine Deutscharbeit zurückbekommen, die komplett danebengegangen ist. *Was ist mit dir los, Nelly?,* hat die Lehrerin an den Rand geschrieben.

Nelly hat die Arbeit versteckt. Sie wird sie ihren Eltern nicht zeigen, sondern versuchen, die Unterschrift ihrer Mutter nachzumachen. Aber jetzt muss sie erst einmal zu ihrer Schwester.

Nelly fährt jeden Nachmittag zu Coco. Dann zieht sie Cocos T-Shirt an, das mit der Freiheitsstatue vorn auf der Brust und dem Schriftzug *»Yes we can!«* auf dem Rücken. Cocos Lieblings-T-Shirt.

Nelly hat sich geschworen, dass sie es erst in die Waschmaschine steckt, wenn Coco aus dem Koma erwacht ist. So lange sammeln sich in dem T-Shirt all ihr Schmerz, ihre Angst, ihre Panik und ihre Einsamkeit. Manchmal kommt es ihr vor, als wäre das T-Shirt von all der Verzweiflung schon brettsteif, aber das ist wohl nur Einbildung.

Sie läuft gerade in Cocos T-Shirt die Treppen runter, als Rolli seine Wohnung verlässt. Er bleibt stehen, schaut sie unsicher an.

»Hi«, sagt er.

»Hi«, antwortet Nelly. Sie will schnell an ihm vorbei. Sie will zu Coco, und immer wenn sie auf dem Weg zu Coco ist, hat sie es eilig.

»Wie geht es Coco?«, fragt Rolli.

»Ich will gerade zu ihr«, sagt Nelly.

»Liegt sie immer noch im Koma?«

»Das fragst du mich jeden Tag.«

»Weil ich es wissen will.«

»Ja, sie ist noch im Koma.«

Rolli nickt. Aber er gibt immer noch keine Ruhe. Er folgt Nelly in den Keller, sieht zu, wie sie das Rad schultert, und geht hinter ihr die Außentreppe nach oben.

»Wie ist es eigentlich passiert?«, fragt er, als Nelly das Rad absetzt und prüfend in den mausgrauen Himmel schaut. Seit Coco im Krankenhaus liegt, ist der Himmel nur noch grau und macht den Eindruck, als wollte er weinen. Nelly hat vorher nicht gewusst, dass es so viel Traurigkeit überhaupt geben kann.

»Ich weiß nicht, wie es passiert ist«, wimmelt sie ihn ab. Sie hat keine Lust, über diesen schrecklichen Unfall zu sprechen.

»Sie ist doch mit den anderen zusammen gewesen, oder?«

»Wen meinst du?«

»Na, mit ihren Freunden aus der Schule. Mit ihrer Clique.«

»Ja, kann sein.« Nelly steigt auf das Rad, aber Rolli hält sie fest. Wütend schaut Nelly sich zu ihm um. »Was ist denn noch?«

»An dem Abend war ich mit meinen Eltern bei meiner Tante«, sagt Rolli. »Aber du weißt doch, mit wem sie weggefahren ist, oder?«

Nelly denkt an den Augenblick, als sie oben am Fenster stand und zugesehen hat, wie Tomke und ihre Schwester sich geküsst haben. »Ja, ich hab sie gesehen.«

»Der auf dem roten Roller, das ist doch Tomke, nicht?«

»Ja.«

»Magst du den?«

Nelly starrt Rolli an. Er trägt jetzt eine Brille, das sieht sie heute zum ersten Mal.

»Weiß nicht.« Nelly zuckt mit den Schultern. »Ist doch auch egal, oder? Tomke ist Cocos Freund. Frag sie doch, ob sie ihn mag.«

»Sie mag ihn«, sagt Rolli. »Aber ich mag ihn nicht. Das hab ich ihr auch gesagt.«

Nelly denkt, dass es Coco bestimmt egal ist, ob Rolli ihren Freund mag oder nicht, ihr wäre es auch egal, ob Rolli ihren Freund gut fände oder nicht. Das Problem ist nur, sie hat keinen Freund. Sie hat überhaupt nur eine einzige Freundin, Fiona, aber mit der ist es nicht mehr so wie früher.

»Ich glaube, dass er Schuld hat«, sagt Rolli.

Nelly starrt ihn gereizt an. »Schuld an was?«

»An allem«, erwidert Rolli.

»Ach ja? Du weißt wohl alles, was? Und jetzt lass mich endlich fahren. Ich habe es eilig.« Wütend löst Nelly Rollis Hand von ihrem Gepäckträger und tritt in die Pedale.

Vor ein paar Tagen hat Nelly Coco ihren heiß geliebten Stoffhasen mitgebracht. Sie mussten ihn vorher in der Waschmaschine waschen, das hat die Stationsschwester kategorisch verlangt, sonst wäre er nicht auf die Intensiv gekommen, und jetzt sieht er noch fertiger und ganz platt aus. Der Hase liegt immer auf Cocos Nachttisch, hängt da, mit zwei Beinen über dem Abgrund, doch wenn Nelly kommt, ist es ihre erste Tat, das Fell des Hasen aufzuplüschen und ihn auf Cocos Kopfkissen ganz dicht an ihre Nase zu legen.

Bislang hat Coco nie eine Reaktion gezeigt, doch heute bildet Nelly sich ein, dass ihre Schwester leicht das Gesicht verzieht und sich ihre Nase kräuselt. Fast so, als würde sie lächeln. Aber die Augen öffnet sie nicht.

Nelly beugt sich weiter vor, mustert Cocos Gesicht. »Schwesterchen?«, flüstert sie.

Cocos Lider flattern. Ihre spröden Lippen teilen sich leicht, als wollte sie etwas sagen.

»Coco?«, ruft Nelly leise. »Ich bin's, Nelly.«

Sie sieht, wie Coco die Finger ihrer rechten Hand bewegt.

Sofort reagiert Nelly und streicht mit ihren Fingerkuppen über Nellys Handrücken. »Hier bin ich, hier, Coco«, wispert sie. »Du wirst wieder gesund, hörst du? Ich weiß es.«

Coco sagt nichts. Aber es sieht aus, als wäre immer noch ein Hauch von diesem Lächeln auf ihrem Gesicht. Es kommt Nelly vor wie ein Wunder. Ein Geschenk an sie, die kleine Schwester.

Nelly kämpft vor Aufregung mit den Tränen. Was soll sie jetzt sagen? Was möchte Coco hören?

»Alles wird wieder gut«, raunt Nelly beschwörend. »Alles. Ganz bestimmt!«

In den vielen Stunden, die sie hier schon verbracht hat, hat sie sich an die ganze Situation gewöhnen können. An Cocos Anblick, das ganze Drumherum. Ihre Schwester liegt in einem Gitterbett, damit sie nicht herausfällt, falls sie sich im Koma bewegen sollte. Die Ärzte sagen, es gebe auch unruhige Komapatienten. Aber Coco rührt sich fast nie. Schläuche, Wärmefolien, die wie Goldpapier aussehen, Netzbinden, rotes Fleisch, die Hände links und rechts an den hochgezogenen Gittern mit Mullverband befestigt, damit sie sich nicht im Schlaf die Wunden aufkratzen kann. Ihre Bettdecke ist über ein Drahtgestell gelegt, damit nichts ihren Körper berührt. »Die Schmerzen erträgt sie sonst nicht«, hat der Arzt erklärt. Seitdem denkt Nelly über Cocos Schmerzen nach, das macht sie ganz verrückt. Nelly kann sich nicht vorstellen, wie alles je wieder gut werden kann, aber sie will sich im Griff haben, wenn Coco das erste Mal die Augen aufschlägt.

2.

Und täglich grüßt der Schulstress

Nelly besucht die IGS, die Integrierte Gesamtschule. An ihrer Schule sind mehr als tausend Schüler, doch sie kennt eigentlich nur die Schüler aus ihrer Klasse oder ihren Fachgruppen.

Sie hatte sich diese Schule selbst ausgesucht, aber heute kann sie nicht mehr sagen, warum eigentlich. Im Goethe fand sie alles so abgehoben, da machten alle auf intellektuell, auf musisch, interessierten sich für Literatur und Kunst. Im IGS muss man keinen IQ von hundertdreißig haben. Da liegt der Schwerpunkt auf dem Praktischen, auf Naturwissenschaften und Sport. Darin ist sie gut. Ihr haben die Tischtennisplatten auf dem Schulhof gefallen und die alten Bäume. Und dass die Flure von den Abschlussklassen bemalt werden dürfen, das fand sie besonders cool.

Nelly war mit so großen Erwartungen gestartet. Über Wochen wollte sie sich nicht eingestehen, dass sie von Tag zu Tag unglücklicher wurde. Sie verstand einfach nicht, warum sie keine Freunde fand, warum niemand auf sie zuging. In ihrer Klasse hatten sich sofort Gruppen und Cliquen gebildet. Das waren alles gewachsene Bindungen aus der Grundschule, aus dem Viertel, in dem die Schüler aufgewachsen waren. Die meisten kannten sich. Sie gingen Arm in Arm, lachten und alberten herum. Wählten sich gegenseitig in Arbeitsgruppen und Sportmannschaften. Nelly war immer diejenige, die übrig blieb. Keiner aus ihrer Klasse lud sie je ein, bei irgendeinem Blödsinn mitzumachen. Nelly liebte Blödsinn. Mit Coco hat sie ständig Unsinn ausgeheckt und sich totgelacht. So lief sie in den

Pausen allein über den Schulhof und kam sich vor wie eine Schlafwandlerin.

Am Anfang hat sie hin und wieder Leute angesprochen, die sie sympathisch fand, aber es schien sich niemand für sie zu interessieren. Sie verstand es nicht. Und irgendwann gab sie es einfach auf.

Die IGS besteht aus einem halben Dutzend ineinander verschachtelter Betonklötze aus den Sechzigerjahren, die für sich genommen alle auf unterschiedliche Weise hässlich sind. Der Klotz, in dem Nellys Klasse untergebracht ist, gehört zu den ältesten aus den Sechzigerjahren des letzten Jahrhunderts und hat relativ angenehme Klassenräume. Hier sind die Decken etwas höher als in den ganzen Neubauten, und die Fenster haben Oberlichter, die man öffnen kann.

Nelly muss für den Schulweg den Bus nehmen, weil es zu Fuß zu weit wäre. Dabei hasst sie es, mit dem Bus zu fahren, denn dort gibt es immer ein paar Idioten, die ihre Zeit damit verbringen, die Kleinen zu terrorisieren oder blöde Witze über Leute zu reißen, die entweder keine Markenklamotten tragen, Brillenträger sind oder ihre Pausenbrote aus Tupperdosen essen. Den Kleinen wird gern mal ein Bein gestellt oder einer von den Großen schnippt ihnen die Brille von der Nase. Oder die Baseballkappe vom Kopf. Die wandert dann unter lautem Gejohle durch den ganzen Bus. Und wenn die Typen an der Schulhaltestelle aussteigen und die Kleinen ihnen weinend hinterherstolpern, werfen sie die Baseballkappe oder die Brille einfach in den nächsten Abfalleimer oder in eine Pfütze.

Nelly kann die Angst in den Augen der Schüler sehen, wenn sie in den Bus klettern. Ahnt, wie weich ihre Knie sind. Sieht ihre angstvollen Blicke, ihre erhitzten Gesichter. Und sie tun ihr unendlich leid. Deshalb sitzt sie jetzt immer ganz vorn, auf der ersten breiten Bank, und breitet die Arme so weit aus, dass niemand sich hinsetzen kann. Und wenn einer der kleinen Schüler einsteigt, dann ruft sie: »Hey, hier ist noch Platz«, und sie kann zuschauen, wie die Kinder sich aufatmend auf den freien Platz neben ihr werfen. Und dann, wenn sie in Sicherheit sind, ganz auf cool machen.

Nellys Eltern wollten eigentlich, dass sie in der fünften Klasse auf dieselbe Schule geht wie ihre große Schwester. Aber Nelly hat sich nie der Illusion hingegeben, dass sie besonders schlau wäre. Schule hat sie schon immer angestrengt, vom Vokabellernen bekommt sie nach zehn Minuten Kopfschmerzen und Mathe ist für sie ein Buch mit sieben Siegeln. Warum sollte sie sich da auf dem Gymnasium abquälen?

Sie ist sicher, dass sie später mal einen Beruf haben wird, bei dem es völlig egal ist, wie gut oder schlecht sie in der Schule war. Aber welcher Beruf das sein könnte, weiß sie noch nicht. Dennoch fragt sie sich manchmal, wenn sie an der Haltestelle aus dem Bus steigt und den anderen Schülern in das Hauptgebäude folgt, warum es gerade diese Schule sein musste. So ein hässlicher Kasten, in dem es schrecklich laut ist und der nach Beton und Angstschweiß riecht. Oder sehen die anderen das nicht? Riechen sie das nicht?

Neulich, kurz nach Cocos Unfall, ist ihr in der Englischstunde übel geworden und sie ist aufs Klo gerannt. Da hat sie gesehen, wie zwei Jungen den Kopf eines rothaarigen Mädchens in die Kloschüssel gedrückt haben.

Als die Jungen Nelly bemerkten, haben sie blitzschnell den Kopf des Mädchens losgelassen und sind abgehauen.

Nelly hat sich neben das Mädchen gekniet und gefragt: »Hey, was war das denn? Was haben die Idioten mit dir gemacht?«

»Gar nichts«, hat das Mädchen zitternd erwidert, als es endlich wieder sprechen konnte. Dann hat sie Nelly einfach zur Seite geschoben und ist zum Waschbecken, hat den Wasserhahn aufgedreht und ganz lange ihren Kopf unter den Wasserstrahl gehalten.

Als sie das Wasser endlich abgedreht hat, hat Nelly gesagt: »Nichts? Wie kannst du sagen: nichts? Mann, ich hab doch gesehen, was passiert ist. Wieso lässt du dir das gefallen?«

Das Mädchen hat von einer Papierrolle zehn Meter Papier abgerollt und damit sein Gesicht und seine Haare getrocknet. »Kümmer dich um deinen eigenen Scheiß«, hat sie gesagt, dann hat sie Nelly das zerknüllte Papier vor die Füße geworfen und ist aus dem Waschraum stolziert.

Nelly hat ihr mit offenem Mund hinterhergestarrt.

Sie hätte gerne mit Coco über die Sache gesprochen, so wie früher, als sie immer alles miteinander besprochen haben. Mit ihren Eltern besprach sie nie Dinge, die sie beschäftigten, dafür hatte sie ja ihre große Schwester. Sie wusste auch nicht, ob es ihre Eltern wirklich interessiert hätte. Sie waren die meiste Zeit mit der Firma beschäftigt, die sie »aus dem Nichts« aufgebaut hatten, wie sie immer sagten. Jeden Monat mussten die Kredite für die Lastwagen abbezahlt werden, die Löhne für die Angestellten fraßen die Einnahmen auf, irgendwie war immer Stress. Aber selbst wenn es eine Gelegenheit gegeben hätte, mit den Eltern über so etwas wie die Sache mit der Rothaarigen zu reden, konnte Nelly sich die Reaktion ihrer Eltern vorstellen: »Siehst du, wir wollten ja nicht, dass du auf die IGS gehst. Uns hat die Schule gleich beim ersten Besuch nicht gefallen. Aber du musstest ja deinen eigenen Kopf durchsetzen.« Etwas in der Richtung würden sie sagen, nach dem Motto »selber schuld«.

Im Eingang zur Schule trifft Nelly ihre Klassenlehrerin, Frau Rüfler. Sie ist zu allen freundlich und achtet darauf, dass die Schüler sich im Unterricht »wie zivilisierte Menschenkinder« benehmen und sich niemand an den Rand gedrängt fühlt. »Wir sind soziale Wesen«, ist ihr Lieblingssatz, »also lasst uns auch danach handeln.« Nelly mag die Lehrerin.

Auch an diesem Tag ist Frau Rüfler ausgesprochen nett zu ihr. »Wie schön, dass ich dich gerade treffe«, ruft sie.

Nelly kann ihr nicht mehr ausweichen, obwohl sie das gern tun würde. Denn im Augenblick ist sie nicht in der Stimmung, mit Lehrern Smalltalk zu machen, geschwiege denn, irgendwelche Fragen zu beantworten.

»Du ahnst schon, worüber ich mit dir reden möchte?«, fragt Frau Rüfler.

Nelly kann es sich denken. Aber sie zuckt nur mit den Schultern.

Frau Rüfler lächelt, aber es ist ein bekümmertes Lächeln. Eines, das einem sofort ein schlechtes Gewissen macht.

»Ich mache mir Sorgen um dich, Nelly«, sagt Frau Rüfler.

Nelly verzieht ihr Gesicht und schaut auf den Boden.

»Und um deine Noten«, fügt die Lehrerin hinzu.

Nelly sagt, was sie immer bei einer solchen Gelegenheit sagt: »Ich werde auch wieder besser.«

»Na hoffentlich«, sagt Frau Rüfler freundlich.

Nelly blickt sehnsüchtig den Schulflur entlang. Aber Frau Rüfler lässt sie noch nicht gehen. »Es geht dir doch gut, oder?«, fragt sie besorgt.

Nelly nickt. Sie schiebt ihren Schulrucksack etwas weiter auf die Schultern. »Klar.«

»Oder hast du Probleme, zu Hause oder mit deinen Freunden?« Frau Rüflers Augen scannen ihr Gesicht nach irgendeiner Reaktion. Deshalb bemüht Nelly sich, so gleichmütig wie nur möglich zu gucken. Sie könnte jetzt von Coco erzählen und dass sie seit drei Wochen jeden Nachmittag ins Krankenhaus fährt und die Ärzte immer noch nicht wissen, ob die transplantierte Haut wirklich anwächst und wie Coco später aussehen wird. Doch sie schüttelt nur den Kopf.

Sie gehen den Schulflur entlang, Nelly hat jetzt Unterricht bei Frau Rüfler. Sie wird die Lehrerin also nicht mehr loswerden, bis sie in der Klasse sind. Das lähmt sie. Dabei mag sie die Lehrerin doch. Aber vor ihren Fragen hat sie Angst.

»Wir hatten gestern Lehrerversammlung«, sagt Frau Rüfler in einem Plauderton, der Nelly in Alarmbereitschaft versetzt, »und da kam die Sprache auch auf dich. Du bist doch so ein schlaues Mädchen, Nelly. Aber alle, wirklich alle Lehrer stellen bei dir einen starken Leistungsabfall fest. Und das gibt uns natürlich zu denken.«

Nelly errötet.

»Du willst mir keine Erklärung geben?«, fragt die Lehrerin.

Nelly zuckt mit den Schultern, blickt dabei betreten zu Boden. »Ich hab doch gesagt, das wird wieder.« Sie schaut tapfer auf, um der Lehrerin für eine Millisekunde in die Augen zu blicken. »Ich streng mich an. Versprochen.«

»Na also, das wollte ich hören!« Frau Rüfler nickt zufrieden, während sie Nelly den Vortritt lässt.

Nelly schlurft an ihren Platz und wirft den Schulrucksack auf den Tisch.

Frau Rüfler tritt forsch an ihr Pult, legt den Stapel mit den korrigierten Klassenarbeiten ab und lächelt in die Klasse. »Guten Morgen, meine Lieben«, sagt sie fröhlich.

Nelly starrt auf den Stapel mit den Arbeiten. Bestimmt hab ich wieder eine Fünf, denkt sie. Das ist dann schon die dritte Arbeit seit Cocos Unfall, die ich verhauen habe.

Ein paar Tage später sitzt Nelly abends zum ersten Mal seit einer gefühlten Ewigkeit mit ihren Eltern am gedeckten Tisch wie eine richtige Familie. Die Mutter hat Lippenstift aufgelegt und der Vater öffnet eine Flasche Wein. Für Nelly steht Apfelsaftschorle da. Sie wollen auf Cocos Genesung anstoßen.

Denn heute am Nachmittag ist das Langersehnte endlich eingetreten: Coco ist aus dem Koma erwacht.

Nelly war gerade bei ihr, als sie zu sich gekommen ist. Am Tag zuvor hatte sie bereits immer mal geblinzelt und Nelly hatte ihre Eltern angerufen und ihnen gesagt, dass sie sofort ins Krankenhaus kommen sollen. Nellys Mutter hat stundenlang an Cocos Bett gesessen und ihr alles Mögliche erzählt, doch Coco hat die meiste Zeit geschlafen. Aber heute war sie richtig wach.

Und das wird nun gefeiert. Zum ersten Mal hat Nellys Mutter sich wieder geschminkt und ihre Haare geföhnt. Zum ersten Mal ist der Tisch wieder schön gedeckt. Und es gibt Scampis, Cocos Lieblingsgericht. Coco zu Ehren sozusagen. Nelly mag Scampis nicht besonders, aber sie hat nichts gesagt. Ihr Vater entkorkt gerade mit einem lauten Plopp die zweite Flasche Wein, die Mutter hat rote Flecken auf den Wangen und ihre Augen glitzern. »Ich habe schon gedacht, ich könnte nie wieder glücklich werden«, sagt sie und hält Nellys Vater das Glas hin, damit er es wieder füllt.

»Kann ich auch ein Glas Wein haben?«, fragt Nelly.

»Nein«, sagt ihre Mutter entrüstet.

»Hast du vergessen, wie alt du bist?«, fragt ihr Vater.

»Nein, hab ich nicht«, sagt Nelly. »Ich bin vierzehn. Bei uns in der Klasse gibt es Typen, die sind jedes Wochenende betrunken.«

»Wie grässlich«, sagt ihre Mutter und verzieht das Gesicht. »Und du findest das gut?«

»Ich war ja immer dagegen, dass du auf diese Schule gehst«, sagt der Vater.

»Du hättest aufs Goethe gehen können, wie deine Schwester«, pflichtet ihre Mutter ihm bei, »dann hätten wir zwei Töchter auf dem Gymnasium gehabt. Das haben wir uns immer für euch gewünscht.«

»Was hat das denn damit zu tun?«, gibt Nelly patzig zurück. »Glaubt ihr, auf dem Gymnasium trinken sie nicht?«

Ihre Mutter hebt das Weinglas an die Lippen. Trinkt. Stellt das Glas wieder ab, ohne auf Nellys Einwand zu reagieren.

»Cocos Clique säuft doch auch ständig!«, ruft Nelly hitzig.

»Wenn Coco mit Tomke unterwegs war, ist sie doch auch oft betrunken nach Hause gekommen!« Sie weiß nicht, warum sie das sagt, aber sie hat plötzlich den heißen Wunsch, ihre Eltern zu provozieren.

Beide starren sie an. »Was sagst du da?«, presst ihre Mutter hervor.

Nelly spielt mit ihrer Serviette, rollt sie zusammen, wieder auseinander. »Und außerdem klaut Coco Alkohol von euch, wenn sie mit ihrer Clique unterwegs ist.«

Die Eltern richten ihre Blicke auf Nelly, die trotzig den Kopf in den Nacken wirft.

»Geh auf dein Zimmer«, sagt der Vater mit schmalen Lippen.

»Warum?«

»Hörst du nicht?«, ruft die Mutter.

»Aber ich hab doch nur gesagt, was wahr ist!,« gibt Nelly empört zurück. »Und ihr schickt mich auf mein Zimmer wie ein kleines Kind. Wieso?«

»Weil wir es so wollen.« Die Eltern schauen sich so selbstgefällig an wie Menschen, die immer einer Meinung sind. Das macht Nelly rasend.

Wütend schiebt sie ihren Stuhl zurück, schmeißt die Serviette auf den Tisch und stapft aus dem Zimmer. Sie schlägt die Türen hinter sich zu, so stark, dass die Wände erzittern.

»Knall nicht so mit den Türen!«, brüllt ihr Vater.

Nelly wirft sich auf ihr Bett. Wenig später hört sie, wie ihre Eltern in den Keller gehen. Sie hört, wie sie im Treppenhaus miteinander reden.

Dann ist es still. Nelly hält den Atem an und zählt die Sekunden. Es werden Minuten, die Zeit zieht sich. Dann hört sie wieder

Stimmen im Treppenhaus, die Wohnungstür, Schritte im Flur. Bis vor ihre Tür.

Jemand drückt die Klinke, aber Nelly hat abgeschlossen.

»Nelly«, ruft der Vater, »mach sofort auf!«

»Nein.«

»Nelly, du gehorchst jetzt und machst sofort die Tür auf. Dein Vater will mit dir sprechen!«, ruft Nellys Mutter. Ihre Stimme ist hoch, erregt.

Nelly schält sich langsam aus ihrer Decke und tapst zur Tür, dreht den Schlüssel um, geht an ihren Schreibtisch.

Ihre Eltern stehen in ihrem Zimmer. »Seit wann weißt du, dass Coco Alkohol aus dem Keller entwendet?«, fragt ihre Mutter.

»Schon lange«, sagt Nelly gleichgültig. Aber innerlich freut sie sich. Sie spürt, dass ihre Eltern enttäuscht sind. Sie spürt, dass sie zum ersten Mal wütend sind auf ihre Vorzeigetochter.

»Wie lange genau?«

»Weiß ich nicht. Wie lange ist Coco denn schon in der Clique? Das wisst ihr doch genauso gut wie ich.«

»Nein, das wissen wir nicht so gut wie du!«

»Coco und du, ihr erzählt euch doch immer alles«, sagt ihre Mutter. Ihre Stimme ist jetzt fast schmeichelnd.

»Aber darüber haben wir nie geredet«, sagt Nelly abwehrend. Sie schämt sich auf einmal, dass sie ihre Schwester verraten hat. Früher haben sie immer zusammengehalten, da haben die Eltern nie erfahren, welche Dummheiten oder Missgeschicke ihnen passiert sind, da haben sie sich immer gegenseitig beschützt.

Doch das ist schon fast eine gefühlte Ewigkeit her.

Es ist alles so lange her, dass Nelly sich kaum noch an die guten Zeiten erinnern kann. So, als hätte jemand einen Schleier darüber ausgebreitet, oder nein, eher eine dicke Wolldecke, durch die nichts hindurchschimmern kann.

»Es fehlt eine Kiste von dem Württemberger Rotwein«, sagt

ihr Vater, »und mindestens zehn Flaschen von dem Cabernet Sauvignon, es fehlen Gin und Rum und mein guter Bourbon.«

»Dieser Bourbon war ein Geschenk eines Lieferanten an deinen Vater«, fügt Nellys Mutter hinzu, »ein ganz alter Whisky, der kostet ein Vermögen.«

Der Vater herrscht ihre Mutter an: »Darauf kommt es doch nicht an!« Er wendet sich an Nelly. »Also. Was weißt du?«

Nelly schaut von einem zum anderen. »Nichts«, sagt sie.

Die Eltern bekommen kein weiteres Wort aus ihr heraus. Sie bleibt eisern. Und was weiß sie denn auch schon? Nicht mehr als das, was sie ihnen gesagt hat.

Irgendwann geben die Eltern es auf und gehen an den Abendbrottisch zurück. Klar, dass die Stimmung völlig verdorben ist.

In den nächsten Tagen plagt Nelly das schlechte Gewissen. Sie hat ihre Schwester verraten. Sie traut sich kaum ins Krankenhaus.

Coco ist jetzt meistens wach und der Fernseher läuft, doch sie schaltet ihn immer sofort aus und schenkt Nelly ein breites Lächeln, wenn sie zu Besuch kommt.

»Ich hab dir etwas aus dem Garten mitgebracht.« Nelly legt eine große Sonnenblume auf Cocos Bettdecke.

Cocos Finger streicheln über die weichen Blütenblätter. »Schön«, sagt sie.

Nelly nickt.

Coco schaut sie an. »Und sonst?«

»Sonst ist alles gut«, sagt Nelly.

»Nur die Eltern sind irgendwie so komisch«, sagt Coco nach einer Schweigeminute. »Hast du eine Ahnung, was los ist?«

Nelly bekommt ein heißes Gesicht und schüttelt den Kopf.

»Sie wollten auf einmal ganz genau wissen, was wir da an der Elbe gemacht haben. Aber das mit dem Lagerfeuer wussten sie ja schon. Das Problem ist, dass ich mich an den Rest des Abends kaum mehr erinnern kann.«

»Du bist ins Feuer gestolpert«, sagt Nelly, »das haben die anderen gesagt. Linus hat dich rausgezogen.«

»Ja, ich weiß.« Coco nickt. »Es ... es war ein Unfall.«

Nelly schweigt.

Coco lehnt ihren Kopf zurück und schließt die Augen. »Das hier ist ein einziger grauenvoller Albtraum«, murmelt sie. »Manchmal denke ich, ich wache auf und das alles ist nicht wahr.«

»Geht mir auch so«, sagt Nelly.

Coco streckt lächelnd mit geschlossenen Augen die Hand nach ihr aus und Nelly greift danach. So sitzen sie eine Weile ganz ruhig da.

»Ich wünschte, es wäre alles wie früher«, sagt Nelly plötzlich. Tränen schießen ihr in die Augen.

Coco blickt sie erschrocken an. »Was ist denn los?«

»Nichts«, sagt Nelly. Sie wischt sich hastig die Tränen weg.

»Der Arzt meint, in ein paar Wochen kann ich nach Hause«, sagt Coco. »Von Krankenhäusern hab ich dann erst mal die Schnauze voll.«

»Das«, sagt Nelly, »kann ich gut verstehen.«

3.
Die Versuchung

Mitten in der großen Pause entlädt sich auf einmal das Gewitter, das schon seit dem Morgengrauen für eine spannungsgeladene Atmosphäre gesorgt hat. Dem Blitz folgt ein ohrenbetäubender Donnerschlag und in der nächsten Sekunde prasselt der Regen auf den asphaltierten Schulhof. Die Tropfen zerplatzen beim Aufprall, Pfützen bilden sich in jeder Mulde, das Wasser trieft aus dem Blätterwerk der Ulmen und es dampft und brodelt wie bei einem Tropenregen über dem Amazonas.

Sofort stieben die Schüler kreischend auseinander und flüchten ins Trockene. Nur Nelly nicht. Nelly hat die schwarze Wolke schon während der letzten Biostunde langsam kommen sehen. Und sie hat das Grummeln gehört, noch weit entfernt. Von ihrem Tisch am Fenster hat sie einen freien Blick nach Südwesten, über die Flachdächer der anderen Schulgebäude hinweg bis zum Kirchturm am Oberen Markt.

Sie hat sich also vorsorglich ihre Regenjacke geschnappt, als es in die große Pause ging, und jetzt, als der Regen wie ein Sturzbach aus den Wolken bricht, zieht sie einfach nur lässig ihre Kapuze über den Kopf und schlendert auf den Fahrradunterstand zu.

Der Donner kracht plötzlich los, als spielte oben im Himmel einer mit großen Felsbrocken. Aber Nelly zuckt nicht zusammen. Sie schüttelt den Regen von ihrer Kapuze, als sie den Unterstand erreicht, stellt sich neben den Typen, der sein Sweatshirt wie einen Regenschirm über sich hält, und atmet tief durch. Gewitter haben etwas Reinigendes.

Als sie sich mit dem Ärmel das Wasser aus dem Gesicht wischt, lässt der Typ neben ihr seinen durchnässten Pulli auf den Boden fallen und sagt: »Hi. Du auch hier?«

Nelly blinzelt ungläubig, weil immer noch Wassertropfen an ihren Wimpern hängen, und wie durch einen Schleier sieht sie, dass tatsächlich Tomke neben ihr steht. Er grinst und hat wie immer ein kleines Rasierpflaster am Kinn.

»Tomke!«, ruft Nelly überrascht. »Was machst du denn hier?«

»Tja, was wohl?« Tomke grinst noch immer. »Ich versuch, den Laden hier ein bisschen aufzumischen.«

»Du gehst jetzt auf diese Schule?«, fragt Nelly.

Tomke nickt. Nelly kann es nicht glauben.

»Und wieso bist du nicht mehr auf dem Goethe?«

»Mit dem Laden hab ich abgeschlossen«, meint Tomke grimmig. »Da ist zu viel schiefgelaufen in letzter Zeit.«

Nellys Herz schlägt auf einmal ganz schnell. Sie muss plötzlich an den Abend denken, als Tomke und Coco sich vor ihren Augen diesen langen, innigen Kuss gegeben haben. Sie sieht noch Cocos Arme um Tomkes Taille, als sie um die Kurve gefahren sind. Das war das letzte Mal, dass sie von Tomke etwas gesehen oder gehört hat. Danach kam Cocos Unfall, dieses schwarze, tiefe Loch. Und jetzt, mitten in diesem ersten Herbstgewitter, steht er auf einmal neben ihr und grinst sie an wie ein Goldhamster.

»Und du?«, fragt Tomke.

Nelly kann sich nicht so schnell von dieser Überraschung erholen. Sie starrt Tomke an wie eine Erscheinung. Hebt die Schultern, öffnet den Mund, ohne dass ein Ton herauskommt, zuckt mit den Achseln, sucht nach einem witzigen Satz, cool und komisch, aber ihr fällt keiner ein.

»Ja, und ich?«, wiederholt sie schließlich hilflos. »Keine Ahnung.«

Sie sind die Einzigen, die Zuflucht unter dem Fahrradunterstand gesucht haben. Die anderen Schüler drängen sich wie eine Herde Schafe in dem überdachten Gang, der von der Turnhalle zum Schulgebäude führt, und schauen gebannt in den Himmel, als erwarteten sie dort ein Jahrhundertereignis.

Nur Nelly und Tomke starren nicht in den Himmel. Sie schauen sich in die Augen, als versuchten sie, darin etwas zu lesen. Nelly errötet schließlich und wendet sich ab.

»Meine Sneakers sind pitschnass«, sagt sie.

»Zieh sie aus«, rät Tomke ihr.

»Und dann?«

Tomke grinst. »Dann kannst du die Socken ausziehen, sie auswringen und wieder anziehen.«

»Klingt super.« Nelly rührt sich nicht.

Sie schweigen.

Tomke räuspert sich mehrfach, dann fragt er: »Und deine Schwester?«

»Der geht's besser«, sagt Nelly. »Sie ist schon 'ne Zeit lang von der Intensivstation runter.«

»Oh«, sagt Tomke. »Prima.«

»Ja.« Nelly nickt. »Sie ist zwölf Mal operiert worden.«

»Wow.« Tomke reckt sein Kinn vor.

Nelly würde gerne wissen, was Tomke jetzt denkt, warum er Coco nicht selber besucht, aber sie traut sich nicht, ihn danach zu fragen.

Dann kommt das Klingelzeichen, das die Schüler wieder in die Klassenzimmer scheucht. Nelly atmet tief durch und stülpt die pitschnasse Kapuze über den Kopf. »Wir müssen wieder rein«, sagt sie.

Tomke nickt. »Ja, mach mal.«

Nelly will los, doch sie spürt, dass Tomke keine Anstalten macht, ihr zu folgen. Also dreht sie sich zu ihm um. »Hast du jetzt eine Freistunde?«

Tomke grinst. »Ich, ja. Der Rest der Klasse schätzungsweise nicht. Der hat Bio.«

»Und wieso du nicht?«

»Weil ich es so beschlossen habe«, erwidert Tomke cool. »Ich guck mir lieber den Himmel an als das Pockengesicht meines Lehrers. Außerdem find ich Gewitter geil.«

»Ich eigentlich auch«, sagt Nelly zögernd. Sie weiß nicht, was sie davon halten soll, mit Tomke hier zu stehen. Sie mag ihn, mochte ihn schon immer. Aber seit das mit Coco passiert ist, hat sie nichts mehr von ihm gehört. Was sie schade findet, wie sie gerade feststellt.

Tomke schaut in den Himmel. »Tja dann ...«, murmelt er und lässt das Satzende offen.

Nelly beobachtet, wie sich der Pausenhof allmählich leert. Beim zweiten Klingelzeichen sieht man nur noch ein paar Lehrer, die mit aufgespannten Regenschirmen im Storchengang über den Platz eilen.

»Und du bleibst jetzt hier? An dieser Schule?«, fragt Nelly, weil sie es immer noch nicht glauben kann.

Tomke nickt. »So ist es.«

Nelly lässt seine Worte sacken. Plötzlich fühlt sie ein warmes Gefühl in sich aufsteigen und sie spürt, wie sich ein Lächeln auf ihrem Gesicht ausbreitet. »Weißt du, was mir gerade einfällt? Ich hab jetzt auch eine Freistunde«, sagt sie.

»Cool«, erwidert Tomke. »Und wenn jemand fragt, was wir hier machen, dann sagen wir, wir warten, bis uns das Wasser bis zum Hals steht«, sagt er, ohne eine Miene zu verziehen.

Nelly muss grinsen und stellt sich jetzt etwas dichter neben ihn. Gemeinsam verfolgen sie den Blitzschlag, der wie ein Runenzeichen im Zickzack vom Himmel auf die Erde zurast und erlischt. Und dann, Nelly zählt bis sechs, folgt ein lautes Donnern, das den Boden unter ihren Füßen erzittern lässt.

»Zwei Kilometer«, sagen Tomke und sie wie aus einem Mund, schauen sich überrascht an, heben beide die Hände und klatschen sich ab.

»Wie cool ist das denn!«, sagt Tomke und strahlt übers ganze Gesicht.

Eine wohlige, nie gefühlte Wärme breitet sich in Nellys Magen aus. Sie lächelt. Er fühlt genau das Gleiche wie ich, denkt sie, während sie ihn verstohlen mustert. Cool ist es auf jeden Fall, dass Tomke jetzt hier ist, hier auf der IGS. Und sie vielleicht endlich jemanden hat, mit dem sie in der großen Pause über den Schulhof schlendern kann, während die anderen hinter ihr herstarren und sich wundern. Oder sie beneiden. Oder beides zusammen. Hier geht es um sie. Nicht um Coco. Um Coco ging es lange genug.

»Wenn man bedenkt, dass die anderen jetzt in ihren nassen Klamotten da drinhocken und den Sermon der Lehrer über sich ergehen lassen müssen ...«

»Und wir nicht.« Nelly schenkt Tomke ein Lächeln. »Kommst du eigentlich mit dem Roller in die Schule?«

Sie stellt sich vor, dass sie irgendwann vielleicht auch mal wie Coco auf Tomkes Roller sitzt und ihre Arme um seine Taille legt.

»Den Roller hab ich verkauft«, sagt Tomke. »Ich brauchte einen neuen Rechner. Mein alter hat den Geist aufgegeben. Und mein Vater hat sich geweigert, mir einen neuen zu kaufen. Er verprasst die Kohle gerade lieber mit seiner Geliebten.«

»Und sonst so zu Hause?«, fragt Nelly. Sie weiß noch von Coco, dass Tomkes Eltern sich getrennt haben und dass sein Vater jetzt mit einer anderen Frau zusammen ist. Und wie todunglücklich er deswegen war.

»Meine Mutter ist total fertig. Ist alles im Arsch.« Tomke reckt trotzig das Kinn vor. »Aber mich kümmert das nicht mehr. Ich mach jetzt mein eigenes Ding.«

Nelly nickt. Sie glaubt, genau zu verstehen, wie Tomke sich fühlt. Ihr geht es schließlich ähnlich. »Bei uns ist auch nichts mehr so wie früher«, sagt sie. »Manchmal hab ich gar keine Lust, nach Hause zu gehen.«

»Dann lass es doch«, sagt Tomke.

Nelly starrt ihn an. »Was?«

»Na, du hast gesagt, du hast keinen Bock, nach Hause zu gehen, und ich sag: Dann lass es doch.«

Nelly lacht ungläubig. »Und dann? Wo soll ich dann hin?«

»Ach, da findet sich doch immer was.« Tomke grinst und legt seinen Arm um ihre Schultern. Wie ein großer Bruder.

Nelly hat plötzlich den brennenden Wunsch, ihren Kopf an Tomkes Schulter zu legen, aber als sie zur Schule schaut und sich vorstellt, dass man sie durch die Fenster beobachtet, weicht sie doch lieber einen Schritt zur Seite.

»Cocos kleine Schwester«, sagt Tomke gedehnt. »Mir ist schon vorher mal der Gedanke gekommen, dass du vielleicht viel cooler bist.«

»Als wer?«, fragt Nelly.

»Als deine Schwester.«

»Wieso, Coco ist doch cool«, sagt Nelly verständnislos.

»Ne, nicht so richtig. Nicht wirklich. Die hat so viele ...«, Tomke zögert, »wie soll ich sagen ... so viele Skrupel. Die grübelt immer so viel und ist so ernst, wenn andere einfach bloß Spaß haben wollen.« Tomke schaut Nelly in die Augen. »Deine Schwester kann 'ne echte Spaßbremse sein.«

»Sie ist krank«, sagt Nelly. »Ihr geht es schlecht.« Sie zögert. »Na ja, ihr geht es schon ein bisschen besser als am Anfang, aber –«

»Jaja, ich weiß, das tut mir alles auch leid, echt. Aber das meine ich nicht.«

»Du müsstest mal sehen, wie furchtbar ihre Haut aussieht, der ganze Hals, das Dekolleté ...«

Tomke wirft Nelly einen finsteren Blick zu. »Ich hab doch gesagt, es tut mir leid, okay?« Er starrt in den Regen, der wie ein dicker grauer Malerpinsel alle anderen Farben ausgelöscht hat. Er räuspert sich. »Also. Wo waren wir vorher stehen geblieben? Ah ja, dass du cooler bist als Coco.«

Nelly bekommt einen heißen Kopf. »Meinst du das echt ernst?«, fragt sie.

Tomke nickt. »Würd ich es sonst sagen?«

Nelly muss sich abwenden, damit Tomke nicht sieht, wie sie rot wird vor Glück.

Als Nelly Tomke ein paar Tage später zufällig vor dem Physikraum trifft – sie hat in den Pausen die ganze Zeit Ausschau nach ihm gehalten, ihn aber nicht gesehen –, schießt sie sofort die Frage ab, die sie nicht erst seit dem Gewitter beschäftigt. Sie will endlich wissen, was an dem Abend an der Elbe genau passiert ist.

»Sag mal, Tomke, an dem Abend, als das mit Coco passiert ist ...«

»Mann, muss das sein?«, fragt Tomke mürrisch. »Schon wieder dieselbe Platte?«

Nelly nickt. »Ja, muss. Also, an dem Abend, da war doch die ganze Clique dabei. Das war bestimmt ziemlich heavy, oder?«

»Ich will nicht darüber reden«, sagt Tomke mit verschlossenem Gesicht.

Nelly lässt sich nicht beirren. »Aber so im Nachhinein, meine ich. Wie war das für euch? Als ihr alle wieder nüchtern wart und gesehen habt, was passiert ist. Wie habt ihr euch da gefühlt?«

»Du warst nicht dabei, du hast keine Ahnung«, brummt Tomke. Er würde jetzt gerne gehen, das spürt Nelly, aber sie stellt sich ihm in den Weg.

»Ich meine, ihr wart schließlich alle total breit, ich weiß doch, was Coco immer alles aus unserem Keller mitgenommen hat, an dem Abend waren es –«

»Hör auf!«, unterbricht Tomke sie wütend und macht einen Schritt auf sie zu.

»Ich weiß, es war ein Unfall«, redet Nelly unbeirrt weiter. »Das sagt Coco ja auch. Aber ich stell mir die ganze Zeit vor, wie das für euch war, als Clique, verstehst du, wenn so eine Situation –«

»Kapierst du's nicht? Das ist vorbei!«

»Ja, na ja, also ich ... ich dachte nur ...« Nelly weiß, dass sie kein Wort mehr aus Tomke herauskriegen wird. Dabei brennt es ihr schon lange auf der Seele zu wissen, was an dem Abend los war. Vor allem, was zwischen Tomke und ihrer Schwester passiert ist. Die beiden waren doch so verliebt! Nelly war noch nie in jemanden verliebt und hat bei Coco alles aufgesaugt wie ein Schwamm. Hat ihre große Schwester nicht aus den Augen gelassen. Coco hatte sich an dem Abend so schön gemacht, als wäre es ein ganz besonderer Tag. Sie weiß noch genau, wie Coco sich die Zöpfe geflochten hat und sich dabei nicht helfen lassen wollte. Wie eifersüchtig Nelly war, als Tomke und Coco sich auf der Straße geküsst haben. Wie es ihr einen richtigen Stich versetzt hat, als ihr klar wurde, dass die große Schwester sie allein lässt – sie irgendwann ganz verlassen wird.

Aber warum war zwischen Coco und Tomke auf einmal diese komplette Sendepause? Die immer noch anhält. Das totale Schweigen. Warum redet Coco nie von Tomke und warum besucht er sie nie? Und warum stellt er keine Fragen? Als wäre zwischen ihnen nie etwas gewesen. Kann so Liebe sein?

»Du hast Coco im Krankenhaus nicht wieder besucht, seit dich meine Mutter das erste Mal weggeschickt hat, oder?«, fragt Nelly leise.

Tomke schüttelt den Kopf. Er starrt Löcher in seine Schuhe.

»Wieso eigentlich nicht?«

Tomke seufzt. »Hat sie dir das nicht erzählt?«

»Coco spricht nicht über das, was passiert ist. Sie sagt nur immer wieder, dass sie sich kaum an den Abend erinnern kann.«

»Aha«, sagt er, »so geht es natürlich auch.« Tomke atmet tief durch. »Und sie hat wirklich nichts gesagt?«, hakt er nach.

»Nein, nichts.«

»Fragt sie nach mir? Hat sie mich mal erwähnt?«

Nelly schüttelt den Kopf. Zögernd nimmt sie seine Hand und schaut ihm in die Augen. »Ich finde es jedenfalls super, dass du jetzt auch auf der IGS bist.«

»Wirklich?«, fragt Tomke. »Warum?«

»Weil ich dann nicht mehr allein bin.«

Tomke mustert sie. »Hast du keine Freunde hier?«

Nelly zuckt mit den Schultern. »Nö.«

»Wieso nicht? Du bist doch easy.«

Nelly grinst. »Das findest wohl nur du. Die meisten hier sind komisch.«

»Na, jetzt bin ich ja da«, sagt Tomke und drückt ihre Hand. »Ich pass auf, dass sie dir nichts tun.«

»Wirklich?«

»Klar. Du bist doch so was wie meine kleine Schwester.«

Nelly errötet und lässt seine Hand los.

»Und? Weiß deine Schwester es schon? Dass ich jetzt hier bin?«, fragt Tomke schließlich. Es klingt, als hätte er lange mit sich gerungen, diese Frage zu stellen, als hätte er sie schon eine Weile wie einen Knödel in seiner Mundhöhle gedreht.

Nelly schüttelt den Kopf. »Sie hat keine Ahnung.«

»Du hast es ihr noch nicht gesagt?«

»Nein.«

Tomke mustert sie. »Aha? Und warum nicht?«

»Ja, ich ... also, sie ...« Nelly gerät ins Stottern. Im Grunde weiß sie selber nicht, warum sie es Coco gegenüber noch nicht erwähnt hat. Gelegenheiten hätte es genug gegeben. »Na ja ...

wir sprechen nicht wirklich über dich.« Als Tomke nicht reagiert, fügt sie vorsichtig hinzu: »Ich weiß ja nicht, was zwischen euch passiert ist.«

»Hat sie dir das nicht erzählt?«

»Nein.«

Tomke schaut in die Luft. Nickt. »Gut. Soll mir recht sein.«

Nelly würde ihn gerne fragen, was genau er damit meint, traut sich aber nicht. Als das Schweigen zäher wird, sagt sie schließlich: »Ich kann es ihr heute sagen, wenn du willst. Also, dass du jetzt auf meine Schule gehst, meine ich.«

»Ne, lass mal. Im Augenblick sehe ich keinen Grund, sie damit aufzuregen.« Er schaut vielsagend in die Luft. »Es ist schließlich noch nichts passiert, oder?«

Nelly errötet. Hat er gerade wirklich *noch* gesagt?

Fast zwei Wochen später steht Nelly im Bad und dreht sich nackt vor dem Spiegel. Es ist kurz nach Mittag, sie hat das Putenschnitzel mit Reis, das ihre Mutter vorgekocht hat, in der Mikrowelle aufgewärmt und im Wohnzimmer vor dem Fernseher gegessen. Doch der Fernseher lief ohne Ton, weil in ihrem Kopf noch Tomkes Stimme ist.

Sie sehen sich jetzt fast immer in der großen Pause. Es ist, als warte Tomke schon auf sie, wenn sie auf den Schulhof kommt. Dann stehen sie da, essen den Pausensnack, den Tomke besorgt hat, und reden. Über Gott und die Welt. Oder irgendwelchen Unsinn. Sie lachen viel, und wenn sie lachen, strömt eine lange nicht gefühlte Wärme durch Nellys Körper und sie hat wieder eine Ahnung davon, was Glück ist.

Nach der Schule sieht sie Tomke allerdings nie. Es ist, als löse er sich nach dem Unterricht in Luft auf. Sie hat keine Ahnung, wie er seine Freizeit verbringt. Gestern hat er ihr jedoch erzählt, dass er nicht mehr mit der alten Clique abhängt, sondern jetzt neue Leute kennt, mit denen »richtig was abgeht«. Nelly hat gestaunt, wie leicht es für ihn ist, sich neue Freunde zu suchen.

Tomke wirkt immer so stark. So selbstsicher. So, als könnte ihm kein Mensch wehtun. Nelly wäre gerne ein bisschen mehr so wie er.

Sie zieht den Bauch ein, spannt die Pomuskeln an und hebt die Arme über den Kopf, um zu sehen, ob ihre Brüste dann anders wirken. Sie dreht den Kopf nach rechts und nach links und blinzelt ihrem Profil zu. Sie will wissen, welche ihre Schokoladenseite ist. Anschließend stellt sie sich unter die Dusche und schrubbt ihren ganzen Körper mit dem Basthandschuh ihrer Mutter ab. Danach ist ihre Haut glatt wie Seide.

In ihrem Zimmer sucht Nelly ihren Lieblingssong aus und stellt die Lautstärke auf Schmuseatmosphäre. Den Song hat Tomke ihr in den Sommerferien runtergeladen – so wie er sie immer mal mit einer Aufmerksamkeit oder einer Kleinigkeit überrascht hat. Nichtsdestotrotz war Tomke Cocos Freund und sie war nur die kleine Schwester, die aus ihrem Fenster zuschauen durfte, wenn Tomke Coco mit einem Zungenkuss begrüßte. Mitten auf der Straße. Die zuschauen musste, wie ihre große Schwester hinten bei Tomke auf den Roller stieg und ihre Arme um seinen Bauch schlang und ihre Brust an seinen Rücken drückte. Sie konnte alles ganz genau sehen, sie konnte fühlen, was Coco in dem Augenblick fühlte.

Das Klingeln ihres Handys reißt Nelly aus ihren Gedanken. Es ist noch in ihrer Schultasche, irgendwo eingeklemmt zwischen Vokabelheften und Grammatikbüchern. Hektisch kramt Nelly es hervor.

Auf dem Display steht *Coco ruft an.* Widerstrebend hebt Nelly ab. »Ja, hallo?«

»Hey, Schwesterchen«, sagt Coco gut gelaunt. »Dreimal darfst du raten, warum ich anrufe.«

»Keine Ahnung«, meint Nelly unwillig. Sie will jetzt nicht mit Coco telefonieren. Sie will lieber von Tomke träumen. »Erzähl.«

»Doktor Langguth war eben hier mit einer ganzen Armee von Ärzten«, sagt Coco. Sie holt tief Luft und plötzlich kommt der nächste Satz wie ein Jubelschrei: »Ich darf raus, Nelly! Ich darf dieses Scheiß-Krankenhaus endlich verlassen! Ich darf wieder nach Hause! Endlich darf ich wieder ein Mensch werden!«

Nelly lehnt sich in den Türrahmen und schaut mit großen Augen in ihrem Zimmer herum. Ihre Gedanken rasen.

»Nelly?«, ruft Coco.

Nelly schluckt. »Ja, ich bin hier, ich hab nur eben ... also, das ist ja super!«, sagt sie und freut sich für Coco. Sie freut sich enorm. »Das sind ja megagute Neuigkeiten! Wann denn? Wann kommst du raus?«

»Ende der Woche, wenn ich will. Du kommst doch mit und holst mich ab, oder?«

»Klar«, sagt Nelly. »Wissen es die Eltern schon?«

»Nein, du bist die Erste, die es erfährt. Und Nelly? Ich wollte dich noch bitten, ob du mir für Freitag ein paar Sachen mitbringen kannst, zum Anziehen.«

»Ja, klar.«

»Ich will nämlich nicht mit diesen Krankenhausklamotten nach Hause kommen. Ich will diesen Geruch nicht mit nach Hause nehmen. Und ich kann keine T-Shirts mehr sehen.«

»Versteh ich.«

»Du könntest mir die Chiffonbluse raussuchen, die rote, die ist aus einem so schönen weichen Stoff und man kann sie bis zum Hals zuknöpfen.«

»Okay, mach ich.«

»Und den Jeansrock, keine Hosen. Weißt du, ich hab ja gar keine Ahnung, ob ich nach diesem Krankenhausfraß noch in meine alten Sachen passe.«

»Bestimmt. Du bist doch ganz dünn geworden. Du siehst toll aus.«

»Findest du wirklich?« Nelly kann durch das Telefon hören, wie Coco die Stirn runzelt. Wie sie vielleicht an sich herunterschaut, über dieses Narbengewebe auf ihrem Busen ...

»Natürlich!«, ruft Nelly.

»Du bist süß, Schwesterchen, ich hab dich lieb.« Coco schickt ihr durchs Telefon einen Kuss.

»Ich hab dich auch lieb«, murmelt Nelly und drückt ihre Lippen auf das Handy.

Coco hat ihr vor langer Zeit einmal Tomkes Handynummer auf ihrem Smartphone gespeichert. Für den Fall, dass irgendetwas sein sollte. Coco hat sich als ältere Schwester immer verantwortlich für Nelly gefühlt, als wäre sie ihre Mutter.

In den letzten Tagen hat Nelly oft mit ihrem Handy gespielt, Tomkes Nummer aufgerufen und sich überlegt, wie es wäre, ihn einfach so anzurufen. Und jetzt sitzt sie auf einmal da und hat wirklich einen Grund, mit ihm zu reden.

Coco wird aus dem Krankenhaus entlassen. Und Nelly muss wissen, ob sie ihr sagen darf, dass Tomke auf ihrer Schule ist und dass sie die großen Pausen immer gemeinsam verbringen ...

Nur das will sie wissen.

Nur deshalb ruft sie an.

»Hi, Nelly«, begrüßt Tomke sie gut gelaunt. »Das muss Gedankenübertragung sein. Ich wollte dich auch gerade anrufen!«

»Echt? Wieso?«

»Wegen heute Abend.«

Nellys Herz pumpt schneller. »Heute Abend?«

»Ja, ein Freund und ich, wir planen da so eine kleine Sache. Und ich dachte, wenn du nichts vorhast, vielleicht hast du ja Lust mitzumachen ...«

»Was ist das denn für eine Sache?«, fragt Nelly.

»Na ja, nichts Besonderes eigentlich. Wir überlegen nur, ob wir nicht irgendwie eine neue Clique ins Leben rufen.«

Nelly bringt vor Aufregung keinen Ton heraus.

»Mein Kumpel und ich, wir haben uns in einem Jugendklub kennengelernt. Schon mal was vom *No Comment* gehört?«

»Ne«, sagt Nelly.

»Dachte ich mir. Also, der Klub ist cool und die Leute, die da abhängen, sind es auch. Und ich dachte, du hast vielleicht Bock drauf, mal was anderes zu sehen als immer nur Schule und Krankenhaus und so.«

»Klingt gut«, meint Nelly. Sie versucht, sich ihr Leben vorzustellen, wenn Coco erst wieder zu Hause ist. Sie freut sich wirklich, dass Coco heimdarf. Aber dann wird sich eben hier alles um sie drehen. Oder vielleicht würde es sogar noch schlimmer werden als im Krankenhaus ...

Tomke unterbricht ihre Gedanken. »Ich beschreib dir mal, wie du dahin kommst. Wir treffen uns um sieben.«

Nelly fällt ein, dass sie um sieben eigentlich mit ihren Eltern zu Abend essen sollte. Aber wenn die erst mal hörten, dass Coco nach Hause durfte, würden sie sowieso an nichts anderes mehr denken. Vielleicht war es gar nicht so schlecht, dass sich ihre ganze Aufmerksamkeit in letzter Zeit nur noch auf Coco konzentrierte ...

»Geht klar«, sagt sie. »Gib mir mal die Adresse, ich kann den Weg dahin googeln.«

4.
No Comment

Den Jugendklub kann Nelly nicht verfehlen, da hatte Tomke recht, denn er ist in einem ehemaligen Fabrikgebäude untergebracht, dessen hoher, schlanker Schornstein weithin sichtbar ist. Nicht zuletzt wegen des gelben Banners, das um den Schornstein gespannt ist und auf dem in schwarzen Blockbuchstaben NO COMMENT steht, was wohl höflich *Kein Kommentar* heißen soll, oder *Halt die Schnauze,* wenn man es anders ausdrücken wollte.

Als Nelly zögernd den Schotterplatz in Richtung Eingang überquert, drehen sich wie auf Kommando fast alle Typen, die vor dem Eingang herumlungern, zu ihr um und mustern sie stumm. Nelly erinnert das an die Western-Filme, die sie früher mit ihrem Vater gesehen hat: Vor dem Saloon standen die Cowboys mit ihren Messern im Stiefelschacht und die Gangster mit den Pistolen im Gürtel auch immer so rum und musterten scheinbar cool und dennoch voller Anspannung jeden Fremden, der sich ihnen näherte.

Nelly hat als kleines Mädchen Western-Filme geliebt, weil ihr Papa sie so toll fand und sie immer ein bisschen länger aufbleiben durfte, in ihrem Nachthemd auf den Sofakissen, die sie zu seinen Füßen drapiert hatte.

Sie geht weiter auf den Eingang zu, die Typen bewegen sich nicht. Nur einer klopft eine Zigarette aus der Packung und hängt sie sich an die Unterlippe. Es ist still, nur irgendwo in den Ästen der hohen Ulme, die hinter der Fabrik steht, flattern Krähen auf und fliegen mit heiseren Schreien davon.

Nelly hat lange überlegt, was sie anziehen soll. Jugendklubs gehörten bislang nicht in ihre Welt. Sie weiß nicht wirklich, wie es da zugeht. Letztlich hat sie sich für etwas Unauffälliges entschieden: dunkle Jeans und unter der hellblauen Daunenjacke einen kuscheligen hellblauen Pulli mit Ärmeln, die ihr bis übers Handgelenk reichen. Ihre Eltern haben nichts gesagt, als sie sich verabschiedet hat. Sie steckten voll in den Vorbereitungen für Cocos Rückkehr. Ihre Mutter will eine *Willkommen zu Hause*-Girlande über der Haustür anbringen. Sie hatte ihre Lieblings-CD aufgelegt und leise mitgesummt. Wahrscheinlich hätte Nelly auch im Bikini aus dem Haus gehen können. Ihre Eltern achteten in letzter Zeit sowieso nicht mehr darauf, wie sie sich morgens für die Schule kleidete und ob sie ordentlich frühstückte und pünktlich das Haus verließ. Mit einem Schlag hatten die Eltern offenbar beschlossen, dass Nelly jetzt für sich selbst Verantwortung übernehmen kann. Sie hatten genug damit zu tun, Cocos Verzweiflung und Schmerz und Zukunftsängste zu bekämpfen. Nelly musste einfach nur funktionieren, so weit wie möglich unsichtbar sein, keine Probleme machen und sich nach der Schule, wenn die Eltern in der Firma waren, um Coco kümmern. Wochenlang hat Nelly ihre Hausaufgaben im Krankenhaus erledigt. Schule war plötzlich Nebensache, die Eltern erkundigten sich nur oberflächlich, ob alles glattlief, und wechselten dann sofort wieder das Thema zu Coco und der nächsten anstehenden OP.

Dass Nelly in der Schule immer schlechter wird und immer häufiger Arbeiten zurückbekommt, die eigentlich von ihren Eltern unterschrieben werden müssten, wissen sie nicht einmal. Nelly hat vor Kurzem angefangen, die Unterschrift ihrer Mutter zu fälschen. Mittlerweile kann sie den Lehrern die Arbeiten mit der gefälschten Unterschrift zurückgeben und ihnen dabei sogar in die Augen schauen, ohne rot zu werden.

Verstohlen sieht Nelly sich um. Obwohl sie sich nicht besonders chic gemacht hat, hat sie ihre Haare nach dem Waschen aufgedreht und etwas von dem Spray draufgetan, das einen seidigen Glanz aufs Haar zaubert. So viel Glamour muss sein, denn sie benutzt außer einem Abdeckstift für die kleinen Pickelchen und Wimperntusche kein Make-up.

Das ist in ihren Augen alles andere als ein Party-Outfit. Ähnlich gestylt geht Nelly auch in die Schule. Trotzdem wird ihr sofort klar, dass sie auf die rabenschwarz gekleideten Typen wirken muss wie ein bunter Vogel. Sie spürt einen kleinen schmerzhaften Stich in der Brust, als die Leute, die am Eingang herumlungern und ihr entgegenstarren, sie wie eine willkommene Beute betrachten. Wie etwas Exotisches, das fehl am Platz ist, das nicht hierhergehört. Über das man ablästern kann.

Ein Junge mit Brustmuskeln, die er sich wahrscheinlich im Fitnessstudio antrainiert hat, trägt im ärmellosen T-Shirt seine Tattoos zur Schau. Sein Kumpel hat sich komplett in seinem Kapuzenshirt versteckt. Nelly sieht nur die Zigarette, die bei jedem Zug aufglimmt.

Ein paar Jungs kicken leere Bierdosen herum, während sie einen Zigarettenstummel kreisen lassen, und dann ist da noch ein schwarzer Junge, vielleicht neun oder zehn Jahre alt, der an der Seitenwand immer wieder vergeblich versucht, einen Basketball im Korb zu versenken. Dieser Junge ist der Einzige, der nicht hinschaut, als Nelly sich dem Klub nähert.

Zwei Mädchen, die Nelly vage bekannt vorkommen, lehnen rauchend an der Wand neben dem Eingang. Beide tragen Stiefeletten mit hohen Absätzen zu hautengen Leggings und haben schwarz gefärbte Haare, die ihre bleichen Gesichter noch blasser wirken lassen. Die eine trägt einen Pony, während die andere schulterlange Haare hat.

Das Ponymädchen tippt mit ihren schwarz lackierten Fingernägeln auf ihrem Smartphone herum, während die Langhaarige

Nelly keine Sekunde aus den Augen lässt. Ihre Fingernägel sind grün lackiert. Ums Handgelenk trägt sie eine Unmenge von Lederarmbändern mit silbernen Nieten.

Jetzt fällt es Nelly plötzlich ein: Sie kennt die beiden aus der Schule.

Nelly versucht es mit einem Lächeln, doch die beiden inhalieren nur weiter synchron ihren Zigarettenrauch. Auch gut, denkt Nelly. Macht nichts. Tomke muss ja jeden Augenblick kommen.

Dabei hasst sie solche Momente, in denen sie von oben bis unten gescannt wird. Wie an ihrem ersten Schultag an der IGS. Wenn sie will, kann Nelly diesen Tag jederzeit abrufen. Von der ersten bis zur letzten Minute. Wie am Morgen alle ihren Faltenrock, den Rollkragenpulli und die Lederstiefel angestarrt haben, als sie das Klassenzimmer betreten hat. Als wäre sie ein spießiges Mädchen aus besserem Hause. Sie hat sich auf den ihr zugewiesenen Platz gesetzt, hat ihre sorgfältig eingeschlagenen Bücher und Hefte auf das Pult gelegt und ihr Federmäppchen geöffnet, um den Kuli, einen Bleistift und einen Anspitzer herauszunehmen. Danach hat sie alles in gleichem Abstand parallel zur Tischkante platziert. So penibel ist sie eigentlich gar nicht, aber sie musste irgendwie die Zeit totschlagen, während alle sie anstarrten, und etwas anderes fiel ihr nicht ein. Dabei wurde es in der Klasse immer stiller, als beobachteten die anderen Schüler etwas vollkommen Abartiges. Und in der ersten Pause bildete sich eine regelrechte Gasse um sie, als sie über den Schulhof lief. Nelly war dann in den Waschraum gestürzt und hatte sich vor den Spiegel gestellt, weil sie glaubte, irgendetwas sei nicht in Ordnung – ein Lippenabdruck vom Abschiedskuss ihrer Mutter vielleicht oder hatte sie ihren Pulli falsch herum an? Oder eine Laufmasche in den Strumpfhosen?

Aber da war nichts. Aus dem Spiegel schaute ihr eine ganz normale, etwas blasse Nelly entgegen, die ihre Haare mit Spangen an den Schläfen aus dem Gesicht hielt und deren Kinn vor Aufregung leicht zitterte.

Als Nelly an dem Tag nach Hause kam, empfing ihre Mutter sie mit ihrem Lieblingsessen: Wiener Schnitzel. Die machen viel Arbeit, aber vielleicht ahnte ihre Mutter, dass es ein schwerer Tag für sie war, denn sie begrüßte Nelly sehr zärtlich: »Und, Schatz? Wie war dein erster Tag?«

Nelly zog ihre Jacke aus und hängte sie an den Haken. »Gut.«

»Hast du nette Mitschüler?«

»Ich glaube, ja.«

»Was habt ihr denn gemacht?«

»Die Lehrer haben sich erst mal vorgestellt und über die einzelnen Fächer gesprochen.«

»Das war doch sicher interessant.«

»Ja.«

»Und in der Pause?«

»Da war nichts.«

Ihre Mutter hatte sie daraufhin nur merkwürdig angeschaut. Doch mehr hatte Nelly nicht erzählt. Schließlich war es der erste Tag und es konnte sich noch vieles ändern. Tatsächlich wurde es im Laufe der Zeit auch etwas besser, aber etwas änderte sich nicht: die feindliche Grundstimmung und eine Art Misstrauen, das alle Schüler gegeneinander zu hegen schienen.

Aber das hier war nicht die Schule, sondern ein Jugendklub.

Deshalb lächelt Nelly nun auch und ruft den beiden Mädchen ein ungezwungenes Hi entgegen. »Ich hab euch schon mal gesehen. Ihr geht auch auf die IGS, oder?«

Die zwei bleiben stumm. Nelly kennt so etwas aus ihrer Klasse nur zu gut, doch sie ist wild entschlossen, es heute Abend locker zu nehmen. Die beiden haben eben keinen Bock, sich zu unterhalten, denkt sie.

Der Typ mit den Tattoos an den Armen schnippt seine Zigarettenkippe auf den Boden und tritt mit seiner Schuhsohle die Glut aus, bevor er sagt: »Hast du dich verlaufen?«

Nelly wird rot. »Nein, wieso?«

»Die Kirche ist da drüben.« Das Ponymädchen deutet mit dem Kopf nach rechts.

»Ich will aber nicht in die Kirche«, sagt Nelly, tapfer lächelnd.

»So was wie ein Häkelklub ist hier auch nicht«, sagt das zweite Mädchen und da müssen die beiden lachen. Auch die Jungen sehen sie grinsend an.

»Ich bin hier mit Tomke verabredet«, sagt Nelly.

Die beiden Mädchen hören schlagartig auf zu kichern. Der Typ, der mit den leeren Dosen Fußball spielt, dreht sich ganz zu ihr um.

Keiner sagt was. Aus dem Innern des Klubraums kommt plötzlich ein hämmernder Beat.

»Einen Tomke gibt's hier nicht. Oder?« Das Mädchen mit dem Smartphone schaut den Tattoo-Typen auffordernd an. Der schüttelt auch den Kopf. »Wer soll das sein?«

»Tomke Schilling«, sagt Nelly etwas unsicher. »Der hatte bis vor Kurzem immer so einen roten Roller.«

»Ach, die meint Tommo«, ruft das Mädchen mit den grünen Fingernägeln seiner Freundin zu. »Dann bist du also die Neue.« Sie tauscht einen langen Blick mit dem Ponymädchen, ehe sie Nelly die Fingerspitzen hinstreckt. »Ja, dann hallo.«

»Ja, hallo«, sagt Nelly fröhlich.

»Ich bin Chantal«, sagt sie, »und das hier ist Mira.«

»Ich bin Nelly«, sagt Nelly.

»Wenn das so ist«, brummt der Junge, der an der Tür steht, »dann mal rein mit dir. Tommo wartet schon.« Er hält ihr die Tür auf und nickt ihr freundlich zu. »Es sind noch nicht so viele Leute da«, sagt er, »den findest du schon.«

Das Erste, was Nelly sieht, als sie die große Halle betritt, ist ein Billardtisch, an dem Tomke steht, mit einer grauen Wollmütze, die er tief in die Stirn gezogen hat, und einem Billardqueue in der Hand.

Tomke bemerkt sie in diesem Moment und sein Mund verzieht sich zu einem breiten Grinsen. Er umrundet den Billardtisch und redet auf einen Glatzkopf ein, der halb auf dem Billardtisch liegt, um eine Kugel zu stoßen. Der verharrt mitten in der Bewegung, hebt den Kopf und schaut zu Nelly rüber. Nelly lächelt. Da nickt er ihr kurz zu.

Tomke legt sein Queue weg und geht auf sie zu.

»Hi«, sagt er, als er vor ihr steht.

»Hi«, antwortet Nelly.

Tomke beugt sich vor und küsst sie, als würden sie sich schon seit Jahren so begrüßen. »Da bist du also.«

»Na klar«, sagt Nelly fröhlich.

»Wir waren gespannt, ob du tatsächlich kommst. Ehrlich gesagt war ich mir nicht sicher, sonst hätten wir die Billardpartie gar nicht erst begonnen.«

»Wir waren doch verabredet«, entgegnet Nelly, schon wieder ein bisschen verunsichert.

»Ja, schon. Aber ich weiß ja nicht, wie du das *No Comment* findest ...« Tomke blickt sie an, dann schaut er sich um, als versuchte er, den Klub mit ihren Augen zu sehen. »... und ob es dir hier gefällt.«

Nelly hat sich in diesen ersten Sekunden für nichts anderes interessiert als für Tomke. Nun schaut sie sich in dem dunklen Raum um. Was sie sieht, ist zwar nicht sonderlich einladend, aber auch nicht wirklich schlimm: zerschlissene, durchgesessene Sofas, ein paar versiffte Sessel und Klappstühle, dazu Tische aus Holz oder Plastik – ein wilder Möbelmix vom Flohmarkt. Zwei Mädchen in superkurzen Minis und Netzstrumpfhosen sitzen ganz eng zusammengekuschelt auf einem der Sofas und gucken kichernd etwas auf einem Tablet an. Weiter hinten steht ein

Flipperautomat, an dem ein ziemlich junges Pärchen sich feixend einen Kampf liefert. An der rechten Wand gibt es eine Bar, an der ein bärtiger Typ einen Cocktailmixer wie ein Profi schüttelt, während zwei Jungen ihm fasziniert dabei zuschauen. Dann gibt es noch eine Musikanlage, um die sich ein dünner Junge mit vielen Piercings im Gesicht kümmert.

Das einzig Unangenehme ist nur der Geruch in diesem Raum – eine ziemlich eklige Mischung aus Mottenpulver, Staub, kaltem Rauch, Bier und Schweiß. Vielleicht riecht es auch noch ein bisschen nach Gras, aber so genau kann Nelly das nicht sagen.

»Also?«, fragt Tomke, der sie die ganze Zeit beobachtet hat.

Nelly zuckt gleichmütig mit den Schultern, als sie sich ihm zuwendet. »Ich find's okay.«

»Echt? Ungelogen?«

Nelly nickt.

Tomke schaut immer wieder zu dem Glatzkopf. Als der endlich einen seiner Blicke auffängt, legt Tomke ihr die Hand auf den Rücken und raunt: »Warte hier, bin gleich wieder da.«

Nelly beobachtet, wie Tomke sich zu dem Typen hinüberbeugt und ihm etwas sagen will, der andere ihn aber abwehrt, weil er sich auf seinen Stoß konzentriert. Erst als die angepeilte Kugel versenkt ist, hört er Tomke zu. Der Glatzkopf ist groß, bleich und hager und trägt ein schwarzes T-Shirt mit dem Namen einer Gothicband auf dem Rücken. Das Auffälligste an ihm ist jedoch sein kahl rasierter Schädel mit dem Tattoo über dem rechten Ohr, das Nelly auf die Entfernung allerdings nicht genau erkennen kann. Sein Alter kann sie nicht schätzen. Irgendwie fehlen als Orientierungshilfe die Haare.

Tomke kommt lächelnd zu ihr zurück. »Ist alles klar. Ich hab ihm bloß Bescheid gesagt.«

»Wer ist das denn?«

»Das ist Crips. Wir kennen uns seit 'ner Weile und sind ganz gute Kumpel. Willst du was trinken? Wir haben heute so eine Art Bar improvisiert. Damit ein bisschen Geld reinkommt. Wir brauchen eine neue Anlage.«

»Was gibt es denn?«

»Vor allen Dingen Bier. Auch alkoholfrei. Und heute Cocktails, von Beppo gemixt. Der hat mal einen Ferienjob als Barkeeper gehabt. Macht er gut, oder?«

Sie schauen beide zu, wie Beppo geschickt zwei farbenfrohe Flüssigkeiten in den Shaker laufen lässt.

»Du trägst eine Wollmütze. Hast wohl kalte Ohren?«, sagt Nelly zu Tomke. Sie will ihn ein bisschen aufziehen.

Tomkes Hände wandern zu der dunkelgrauen Mütze auf seinem Kopf, tasten das grobe Strickmuster ab. Die Mütze sitzt ganz eng, nur hinten am Nacken ringeln sich ein paar seiner dunkelbraunen Locken hervor.

»Mein neues Markenzeichen. Ich finde, man sollte immer an irgendwas wiedererkannt werden. Künstler machen das heute alle so und die Hip-Hop-Typen zum Beispiel auch. Die haben alle ihren eigenen Stil.«

»Ich mag deine Haare«, sagt Nelly und beinah hätte sie hinzugefügt: und Coco auch. Aber sie beißt sich rechtzeitig auf die Zunge.

»War mir aber zu brav«, sagt Tomke. »Am liebsten würde ich sie abrasieren.«

»Du spinnst ja!«

»Man muss Zeichen des Widerstands setzen. Die Glatze ist ein Widerstand gegen die Gewohnheit des Sehens.«

Nelly grinst.

»So eine Frisur wie Crips sie hat, die ist doch cool, oder?«

Nelly macht eine unbestimmte Kopfbewegung. »Wie heißt er eigentlich richtig?«, fragt sie.

Tomke lacht plötzlich. »Weißt du, dass ich keine Ahnung habe?

Wahrscheinlich Egon Plaffke oder so. Egal, die nennen ihn alle nur Crips. Das ist der Name einer amerikanischen Straßengang und bedeutet *Community Revolution in Progress*. Passt wie die Faust aufs Auge, was?«

Nelly hat keine Ahnung, was Tomke damit meint, aber anstatt weiter nachzufragen, was es mit dem Namen genau auf sich hat, nickt sie einfach.

»Die haben alle mächtig Respekt vor ihm.«

»Du auch?«, fragt Nelly ungläubig. Bis jetzt war Tomke für sie immer der Star seiner Clique gewesen.

»Na ja, manchmal schon«, sagt Tomke. »Er ist hier so was wie der Boss. Er kennt diesen Schuppen schon, seit er ein Kind war. Der hat hier sein halbes Leben verbracht.«

Sie schauen beide zu, wie Crips selbstvergessen gegen sich selber spielt. Mal mit dem einen, mal mit dem anderen Queue, das Tomke abgelegt hat.

»Er war übrigens auch auf unserer Schule«, sagt Tomke. »Auf der IGS«

»Wieso war?«

»Er hat hingeschmissen, vor ein paar Monaten oder so. Da war er in der Zehnten, glaub ich. Ich find's cool. Weißt du, er hat so einen geilen Spruch drauf: ›Macht kaputt, was euch kaputt macht.‹ Der Satz ist zwar alt, aber immer noch gut.«

Nelly mustert Crips neugierig aus der Distanz. Irgendwie geht von ihm eine besondere Spannung aus. »Er sieht älter aus«, sagt sie.

»Das liegt wohl an dem Leben, das er führt.«

»Was führt er denn für ein Leben?«

Tomke grinst vieldeutig, sagt aber nichts.

»Und wie bist du hier in diesem Klub gelandet?«, fragt Nelly. »Ist doch ganz schön weit weg von der Neustadt.«

Tomke zuckt mit den Schultern. »Ich war auf der Suche nach neuen Freunden.«

»Und hier hast du sie gefunden?«

»Kann man so sagen, ja. Wir sind auf einer Wellenlänge. Und das tut gut.«

Sie schweigen eine Weile, ein paar neue Leute trudeln ein, werfen sich in die Sessel oder gehen gleich zur Bar. Die scheint an diesem Abend die Attraktion zu sein. In dem hohen Lärmpegel geht das Klicken der Billardkugeln völlig unter. Nelly hört dieses Geräusch eigentlich ganz gern. Im letzten Sommerurlaub hat sie mit Coco manchmal Billard gespielt. Das hatte Spaß gemacht, obwohl Coco nur der Jungs wegen gespielt hat, die immer an den Tischen rumhingen, das war Nelly nicht entgangen.

»Und du heißt hier also Tommo«, sagt Nelly schließlich.

»Richtig.« Tomke lässt seinen Billardkumpel nicht aus den Augen, aber der scheint nichts um sich herum wahrzunehmen.

»Ist das auch eine Abkürzung?«

Tomke starrt sie an. Seine Stirn legt sich in Falten. »Vielleicht so was wie *to overcome mental mediocrity* ... heißt doch geistige Mittelmäßigkeit, oder? Hm, nicht schlecht. Muss ich mir aufschreiben. Ich hab manchmal solche Geistesblitze«, sagt er grinsend. »Jedenfalls haben sie mir den Namen Tommo gegeben. Tomke war denen irgendwie zu abgehoben.«

»Wieso? Ich find deinen Namen cool.«

»Kann sein, aber die hier finden, das ist ein typischer Name für Kids aus reichem Haus.«

»Stimmt das denn?«

»Darauf kommt es doch nicht an.« Tomke zuckt mit den Schultern. »Tommo ist einfach cooler. Gefällt mir ganz gut. Liegt irgendwie auf einer Ebene mit Crips.«

Tomke will sich ein Bier holen und fragt Nelly, ob sie auch etwas trinken möchte. Und obwohl Nelly gern einen Cocktail probieren würde, sagt sie: »Für mich dasselbe.« Dabei ist Bier nicht wirklich ihr Geschmack, sie hat zu Hause schon mal einen Schluck aus dem Bierglas ihres Vaters getrunken.

»Ich stell dir jetzt Crips vor«, sagt Tomke, als er zurück ist und ihr eine Bierdose in die Hand drückt. »Komm.«

Nelly fällt auf, dass er es irgendwie feierlich sagt und dass er sich zweimal räuspert, bevor er Crips anspricht. »Hey, Crips, das ist sie. Das ist Nelly, von der ich dir erzählt hab.«

Crips spielt noch einen letzten Stoß, dann legt er das Queue vorsichtig auf den grünen Samt, der an vielen Stellen schon so abgescheuert ist, dass die Spanplatte durchschimmert, richtet sich langsam auf und wendet sich Nelly zu. Er ist einen Kopf größer als sie und mindestens so alt wie Tomke.

»Tach«, sagt er zu Nelly, und zu Tomke, indem er auf Tomkes Bier zeigt: »Ach. Und keins für mich?«

Tomke drückt ihm sein eigenes Bier, das er gerade geöffnet hat, in die Hand und meint eifrig: »Hier, nimm meins. Ich hol mir ein neues.«

Er geht in Richtung Bar davon und lässt Nelly mit Crips allein. Der trinkt in einem Zug die Dose leer. Anschließend zerdrückt er sie mit der rechten Hand und wirft sie gezielt über den Billardtisch hinweg in einen der Müllbehälter, die in der Halle überall herumstehen. Dann schaut er Nelly zum ersten Mal richtig an.

»Ich hab gehört, du gehst auch auf die IGS«, sagt er. »Auf diese Kaderschmiede.«

»Wieso Kaderschmiede?«, fragt sie.

»Weil die Lehrer da alle Nazis sind. Die betreiben Selektion.«

Nelly weiß nicht, was sie dazu sagen soll, und zuckt hilflos mit den Schultern. Der Glatzkopf mustert sie. »Und? Wie gefällt's dir da?«

»So mittel.«

»Was heißt das?«, forscht Crips weiter nach.

»Na ja. Ich komm zurecht.«

»Tomke sagt, du findest da keine Freunde.«

»Braucht man Freunde, um in der Schule zurechtzukommen?«, gibt Nelly zurück.

»Ich denke schon«, sagt Crips. »Ohne Freunde ist alles nichts. Aber die Schulen tun alles dafür, dass richtige Freundschaften nicht entstehen können.«

Nelly lächelt. »Vielleicht hab ich auch gar keine Freunde gesucht. Ich war immer viel mit meiner Schwester zusammen. Mir hat ganz lange nichts gefehlt.« Sie holt tief Luft. »Und jetzt ist Tomke ja da.«

»Du sprichst von Tommo«, meint Crips.

Sie sieht, wie ein Junge auf einem der Sofas erst seine Stiefel und dann seine Socken auszieht und sie sich an die Nase hält. Crips blickt zufällig auch gerade in die Richtung.

»Hey, du Clown, zieh die Socken entweder wieder an oder wirf sie in den Müll«, ruft er. Als Nelly grinsen muss, sagt er: »Die IGS ist scheiße.«

»Was?«, fragt Nelly. Der Themenwechsel war etwas zu abrupt.

»Die IGS. Die gehört kaputt gemacht«, sagt Crips.

Nelly denkt an die Geschichten, die sie in der Schule schon erlebt hat. Sie überlegt: »Wie war das noch? *Mach kaputt, was dich kaputt macht?*«

Crips mustert sie. Er nickt. »Die wollen mir mein Leben versauen«, sagt er. »Aber das lasse ich nicht zu.« Und plötzlich tritt ein weicher Zug auf sein Gesicht. »Ich will Kampfpilot werden. Das ist mein Lebenstraum. Schon seit ich zehn bin. Da hab ich mir gefühlte tausend Mal *Sky Fighters* und *Top Gun* reingezogen. Aber für den Kampfpiloten brauch ich das Abi, verstehst du? Nur für dieses Ziel. Hast du mal gesehen, wie so ein Kampfjet von einem Flugzeugträger aufsteigt? Oder senkrecht darauf landet? Einfach der Wahnsinn.«

Nelly lächelt. Crips strahlt wie ein kleiner Junge, der gerade sein Weihnachtsgeschenk auspackt. Er scheint wirklich für seinen Traum zu brennen.

»Aber die haben mich zweimal in der Zehnten hängen lassen.« Crips' Gesicht nimmt wieder diesen harten Zug an. »Das war reine Schikane von meiner Klassenlehrerin, von der Dobrindt. Hast du die auch?«

Nelly schüttelt den Kopf. »Klein und dürr und schlecht gelaunt. Gibt Deutsch und Gesellschaftskunde. Hat aber von echter Politik keinen blassen Schimmer. Kennst du die wirklich nicht?«

»Ne«, sagt Nelly. Sie findet es etwas albern, wie Crips sich da reinsteigert.

»Du musst sie kennen! Trägt immer so selbst gehäkelte Schals um ihren Putenhals. Die konnte mich nicht ausstehen, weil ich ihr einmal die Wahrheit über ihren Unterricht gesagt habe: Der sei wie eine Dröhnung Valium ... Das hat sie mir nicht verziehen. So schlecht war ich gar nicht, aber die hat meine Noten immer runtergerechnet, statt einer Vier minus immer eine Fünf, verstehst du? Weil sie mich loswerden wollten. In dieser Schule haben nur die Angepassten und Arschkriecher eine Chance.«

»Und der Realschulabschluss reicht nicht für den Kampfpiloten?«, fragt Nelly.

Crips schüttelt den Kopf. »Ne, damit kriegst du nur 'nen popligen Job als Safari-Pilot in Afrika. Ich flieg doch keine Touris rum, damit die sich an grasenden Nashörnern aufgeilen können.«

Nelly wundert sich, dass Crips solche Dinge so freimütig vor ihr ausbreitet. Er kennt mich doch gar nicht, denkt sie. Sie würde ihre Niederlagen jedenfalls nicht so offen bekennen.

Unerwartet wechselt Crips das Thema. »Du bist vierzehn?«

Nelly nickt. »Aber ich fühl mich älter.«

»Ach, und wieso das?«, fragt Crips interessiert. Er mustert sie jetzt noch genauer.

Nelly wird rot. Sie überlegt fieberhaft, wie sie es erklären soll. Und ist es denn überhaupt wahr, dass sie sich älter fühlt? Oder wäre sie einfach nur gerne schon weiter in ihrem Leben? Erwachsener?

»Es ist viel passiert in der letzten Zeit«, sagt sie ausweichend, »ich hab mich verändert.«

Crips nickt, als verstehe er sofort, was sie meint. »Ich versuch gerade, ein paar Leute aus der IGS zusammenzubringen. Wir haben die gleichen Ansichten über vieles. Im Augenblick sind wir zu fünft, aber die Gruppe ist erst im Aufbau«, sagt er. »Also, da bin erst einmal ich, dann Tommo, Shady und Chantal und Mira.«

»Die beiden Mädchen kenn ich aus meiner Schule«, sagt Nelly.

»Shady musst du auch kennen. Der geht in die Zehnte.«

»Keine Ahnung. Den Namen hab ich noch nie gehört.«

In dem Moment kommt Tomke wieder zurück, mit zwei weiteren Bierdosen in der Hand, eine davon reicht er Crips, der ihm gierig die Hand entgegenstreckt. Nelly hat von ihrem Bier erst wenige Schlucke getrunken, doch schon jetzt spürt sie, wie ihr vom Alkohol leicht flau ist. Es ärgert sie, dass sie zu Hause nicht noch etwas gegessen hat. Es wäre etwas von dem Nudelauflauf da gewesen, den ihre Mutter am Vortag gemacht hat. Bei dem Gedanken daran überfällt sie auf einmal eine diffuse Sehnsucht nach zu Hause.

»Hey, Tommo, ich hab ihr gerade gesagt, dass eure Schule beschissen ist«, sagt Crips.

Tomke lacht. »Es war auch mal deine Schule.«

»Ich finde, solche Schulen müssten verboten werden«, sagt Crips mit einer wegwerfenden Handbewegung.

Nelly überlegt, ob sie diese Meinung teilt.

»Du siehst das eben knallhart«, sagt Tomke. »Aber du hast recht. Der Laden ist keinen Deut besser als das Goethe.«

»In meiner ganzen Schulzeit«, sagt Crips, »ist mir nur ein einziger Lehrer begegnet, zu dem ich gern in den Unterricht gegangen bin. Der fuhr eine Harley Davidson. Leider ist er damit in eine Leitplanke gerast. Hirntot. Ausgerechnet der, dessen Hirn so gut funktioniert hat. Aber die anderen ...« Er lässt das Satzende in der Luft hängen.

»Ich seh das wie du«, sagt Tomke. »Die Guten kannst du echt mit 'ner Lupe suchen.«

Nelly denkt an Frau Rüfler, sagt jedoch nichts.

»Da muss man sich eben seine eigene Welt bauen, wenn die echte nichts taugt, was, Tommo?« Crips legt grinsend einen Arm um Tomkes Schulter.

Die beiden schauen sich in die Augen. Lange, ohne zu blinzeln. Nelly hat das Gefühl, dass zwischen den beiden etwas Wichtiges abläuft, das sie nicht stören darf, deshalb senkt sie den Blick und nippt an ihrem Bier.

»Und, hast du es ihr schon erzählt?«, fragt Tomke.

Nelly schaut auf und sieht, wie Crips den Kopf schüttelt. »Ich dachte, das wäre eine schöne Aufgabe für dich.«

Tomke verdreht die Augen. Stöhnt auf. »Mann, Crips. Das hatten wir anders ausgemacht.«

»Es gab keine Gelegenheit«, sagt Crips grinsend. »Du warst zu schnell mit dem Bier zurück.« Er wirft Nelly einen Blick zu, den sie nicht deuten kann. »Sie ist okay«, sagt er, »echt okay!«

»Redet ihr über mich?«, fragt Nelly unsicher.

Tomke und Crips schauen sich an und nicken feierlich.

»Ja«, sagt Crips. »Über dich, Nelly.« Er leert seine Bierdose und vollführt das gleiche Ritual wie eben. Mit einem gezielten Wurf landet die Dose in der Mülltonne. Dann wischt er seine Hände an seinen gefleckten Armyhosen ab und wirft noch einen abschließenden Blick durch den Raum. »Also, starten wir?«, sagt er und geht auf den Ausgang zu.

Nelly schaut Tomke verwirrt an. »Was passiert denn jetzt?«

»Wir gehen woandershin«, erklärt Tomke. »Gleich kommt dieser Typ, der heute Abend Dienst hat. Das ist so eine Art Streetworker, der aufpasst, dass hier keiner Drogen vertickt oder sonst irgendwie Stress macht.«

»Aha«, sagt Nelly mit schmalem Mund. »Und?«

Tomke windet sich. »Na ja. Freddie ist eigentlich in Ordnung, ich meine, er ist ziemlich cool und hat einen guten Draht zum Jugendamt, sodass die uns hier meistens in Ruhe lassen. Aber Crips macht eben gern sein eigenes Ding. Und jetzt komm.«

Sie gehen in Richtung Ausgang und ein paar Leute boxen Tomke wohlwollend auf den Oberarm. Nelly sieht durch die großen Fenster, wie draußen Chantal und Mira auf Crips zulaufen. Sie reden mit ihm, lachen. Crips schnorrt sich bei Mira eine Zigarette. Und dann schlendert auch der Typ mit den Unterarmtattoos zu der Gruppe. Jetzt beim zweiten Sehen kommt er Nelly vage bekannt vor. Ob das Shady ist?

An der Tür werden Tomke und Nelly von einer Gruppe lärmender Jugendlicher aufgehalten, die durch den engen Eingang drängen. Als endlich alle an ihnen vorbei sind, steht plötzlich ein etwa dreißigjähriger Typ mit Bart vor ihnen, die Hände tief in den Taschen seines Parkas vergraben.

»Hey«, sagt er gut gelaunt. »Tommo! Mensch! Schön, dich zu sehen. Sag nicht, du haust schon ab.«

Tomke grinst verlegen. »Hi, Freddie«, sagt er.

Das ist also Freddie. Sein Blick gleitet zu Nelly. Er lächelt auch Nelly an. »Du hast heute jemanden dabei«, stellt er fest.

»Das ist Nelly«, sagt Tomke, ohne weitere Erklärungen abzugeben. Und zu Nelly sagt er: »Das ist Freddie, von dem ich dir eben erzählt habe.«

Freddie streckt Nelly die Hand hin und lächelt gewinnend. »Freut mich, dich kennenzulernen. Du bist immer willkommen. Und falls du Fragen hast ...«

»Dann fragt sie mich«, sagt Tomke feixend.

Freddie wirft einen Blick auf Crips, der mit Shady, Chantal und Mira draußen auf dem Platz steht und auf sie wartet. Seine Miene verfinstert sich. »Geht ihr mit denen?«

Nelly nickt, bevor sie merkt, dass Tomke heftig den Kopf schüttelt.

Freddie schaut von einem zum anderen. »Heißt das Ja oder Nein?«

»Ja«, sagt Nelly. Irgendwie hat sie spontan Vertrauen zu Freddie gefasst, aber Tomke fährt ihr sofort über den Mund. »Wir haben nur dieselbe Richtung«, sagt er ausweichend.

Freddie scheint nicht wirklich überzeugt, doch er lächelt. »Gut, dann euch beiden noch viel Spaß heute Abend.«

Als sie sich umdrehen, ruft Freddie Tomke hinterher: »Pass auf sie auf.«

Nelly dreht sich kurz um und fängt Freddies Blick auf. Sie kann seine Besorgnis förmlich fühlen. Und da weiß Nelly, dass sie ihm die Sorgen nehmen muss. »Macht er bestimmt«, ruft sie und sucht, wie um das zu bekräftigen, Tomkes Hand. Die eiskalt ist.

5.
Das Ritual

Am nächsten Abend trifft Nelly sich wieder mit den anderen. Gestern waren sie nur noch eine Weile in dem Park, der hinter dem *No Comment* ist, und sie hat Crips und den anderen zugeguckt, wie sie einen Joint kreisen ließen, während sie über korrupte Politiker ablästerten. Nelly hatte in ihrem Leben noch nie etwas mit Drogen zu tun und sie war dankbar, dass sie nicht aufgefordert wurde, sich an dem Joint zu beteiligen. Es hätte sie in Panik versetzt. Was die politischen Themen betrifft, ist Crips jedenfalls bestens informiert und hat zu allem eine klare Meinung. Nelly hat sich ein bisschen geschämt, dass sie nicht wirklich mitreden konnte.

Heute sitzen sie unter der Friedrichsbrücke auf den Treibholzplanken, die das letzte Hochwasser angespült hat, und ziehen über die Schule her.

Auf der Wasseroberfläche des Flusses spiegeln sich die Bogenlampen der gegenüberliegenden Promenade. Das flackernde Licht wirft magische Schattenspiele gegen die Unterseite der Brückenbögen und lässt das Viadukt unwirklich erscheinen wie in einem Fantasyfilm, gespenstisch schön. Immer wenn eine Welle an die Brückenpfeiler schwappt, gluckst es bis in die Tiefen des Wassers und der Schaumkamm leuchtet weiß. Wenn es ganz still wäre, könnte man vielleicht sogar hören, wie die Feuchtigkeit aus dem Mauerwerk sich sammelt und als dicker Tropfen auf die Wasseroberfläche klatscht. Aber ganz still ist es nie, einer redet immer, oder es geht auf der anderen Flussseite ein Martinshorn oder ein Laster donnert über die Brücke.

Nelly versucht verzweifelt, an irgendetwas zu denken, was nichts mit der Rasierklinge zu tun hat, die auf der Kiste neben ihr auf einem Papiertaschentuch liegt und im Licht der Brückenlampe funkelt. Die anderen haben sich in den Schutz des Brückenbogens verzogen. Sie selbst sitzt auf einer Sperrholzkiste, von der sie sich beim Tragen einen Splitter in den Daumenballen gestoßen hat. Die anderen wollten, dass sie ihnen gegenüber Platz nimmt, gut sichtbar für alle. Außerdem braucht sie ja etwas Licht, um zu sehen, wo sie schneiden soll.

»Und warum habt ihr das alle gemacht?«, hat Nelly gestern Abend im Park gefragt, nachdem Tomke ihr das Aufnahmeritual für die Clique erklärt hatte.

»Weil Blut dicker ist als Wasser«, hat Crips gesagt. »Und weil wir nicht miteinander verwandt sind, müssen wir unser Blut eben teilen. Dann sind wir Blutsbrüder und Blutsschwestern und stehen immer füreinander ein, egal, was passiert.«

Mit zitternden Fingern rollt Nelly nun den rechten Ärmel ihres Pullovers hoch. Sie trägt wieder den von gestern mit den langen Ärmeln.

»Wieso nimmst du den rechten Arm?«, fragt Chantal, die das Licht ihrer Smartphone-App auf Nellys Arm gerichtet hat. »Wir haben alle den anderen genommen.«

»Ich bin Linkshänderin«, sagt Nelly.

»Okay. Gut«, sagt Crips. »Du musst ja nur die Oberfläche anritzen, mach dir nicht ins Hemd.«

Alle anderen haben ihren linken Arm entblößt. Sie haben ihr die Stelle gezeigt, in die sie eine Art Kreuz geritzt haben. Auch Tomke hat ihr seine Wunde gezeigt, die zwar schon verschorft, aber noch ziemlich frisch ist. So wie die der anderen.

»Wie gesagt«, erklärt Tomke und schlägt einen eindringlichen, aber beruhigenden Tonfall an, »du musst einfach entschlossen die Klinge reindrücken, und sobald Blut hervorquillt, weißt du, dass du tief genug bist. Dann tupft Chantal das Blut ab und du setzt die zweite Linie.«

Shady hat es ihr gestern bestimmt dreimal erklärt, aber Nellys Kopf nimmt die Botschaft einfach nicht auf. Sie fragt sich auf einmal, wie sie überhaupt hierhergekommen ist und was das alles soll.

»Ich hab Angst, dass es wehtut«, flüstert sie.

Sie sieht, wie Chantal mit den Augen rollt. »Mach es einfach«, sagt sie jetzt, »dann hast du es hinter dir! Das Schlimmste sind die Minuten davor, ich weiß. Aber es tut wirklich kaum weh.«

Nelly sucht Tomkes Blick. »Woran hast du gedacht, als du es gemacht hast?«

Tomkes Lider flackern. Er zögert, doch Nelly fixiert ihn und zwingt ihn so, ihr zu antworten.

»Wenn du es genau wissen willst, an meinen Vater und die ganze Scheiße, die er angerichtet hat. Da ging es ganz leicht.«

»Du hast nicht an Coco gedacht?«, fragt Nelly.

Tomke schüttelt den Kopf. »Das ist vorbei«, sagt er.

Nelly nickt, als hätte sie nun die Antwort, die sie braucht. Sie nimmt vorsichtig die Rasierklinge in die Hand und drückt sie leicht auf eine Stelle, etwa zehn Zentimeter über ihrem Handgelenk. »Hier?«, fragt sie.

»Lass mal sehen.« Chantal steht auf und leuchtet mit ihrem Handy die weiße Haut ab. »Ein bisschen weiter rechts«, sagt sie, »und dann rüberziehen nach links. Fünf Zentimeter.«

»Deine Familie ist doch auch kaputt«, sagt Tomke plötzlich, als sie gerade ansetzen will.

Nelly presst die Lippen zusammen. Sie nickt. Irgendwie stimmt es ja, irgendwie ist zu Hause alles kaputt.

»Jetzt hast du uns«, sagt Crips. »Jetzt sind wir deine Familie.« Er lächelt.

Nelly atmet tief durch und versucht, sich vorzustellen, wie es sein würde, wenn sie plötzlich fester Teil einer Clique wäre. So wie Coco früher. Wenn sie abends einfach weggehen und die anderen treffen könnte, so wie heute Abend. Wenn vielleicht Tomke sie irgendwann mit einem Zungenkuss begrüßen würde. Vor ihrem Haus. Mitten auf der Straße. Und von oben würde dann Coco aus dem Fenster schauen ...

Ihre Finger zittern jetzt nur noch ganz leicht. Über ihr, auf der Brücke, hupt ein Auto. Aber hier unten klingen auch die hohen Töne gedämpft. Eine kleine Welle schwappt gegen den Brückenpfeiler. Nelly fragt sich, ob die Fische, die in diesem Fluss leben, wohl nachts wach sind oder schlafen. Ob einer der Fische ihnen bei ihrem Ritual zuschaut. Bei ihrer Mutprobe.

Nelly ist fest entschlossen, das hier durchzuziehen. Warum hat sie ihre große Schwester eigentlich immer so beneidet? Nun kann sie ihre eigenen Freunde haben. Freunde, die immer zu ihr halten werden. Dann ist sie Nelly, die Coole. Die Starke. Die Unbezwingbare. Was schert es sie dann noch, ob sie Freunde in ihrer Klasse hat oder ob ihre Eltern sich für sie interessieren? Irgendwann wird sie tatsächlich in einer silbernen Kapsel zu einem fernen Planeten fliegen. Alles ist möglich, wenn sie das hier geschafft hat.

Irgendwie entspannt sie der Gedanke und sie drückt ganz plötzlich zu, entschlossen, und schon quillt das Blut hervor.

»Nicht so tief«, schreit Tomke erschrocken und sie zieht die Klinge wieder raus und starrt auf das Blut, das aus der Wunde quillt. Chantal wischt die dunkelrote Flüssigkeit weg und plötzlich ist Tomke ganz nah bei ihr und die anderen sagen: »Prima, das ist super geworden, jetzt nur noch der zweite Schnitt.«

Und sie setzt die Klinge ein zweites Mal an. Dieses Mal ist sie nicht so zittrig, nicht so ängstlich. Sie weiß jetzt, dass man den Schmerz gut aushalten kann. Später wird Shady ihr ein großes wasserdichtes Pflaster auf die Stelle kleben und Mira wird eine Mullbinde darum wickeln und dann wird sie ihren Pulli darüber streifen und von diesem Augenblick an wird sie ein eigenes Leben führen. Sie wird eine Geheimnisträgerin sein, wird etwas haben, von dem niemand in ihrer Familie etwas weiß.

Die anderen stehen jetzt im Kreis um sie herum. Die Lampe in Chantals Hand zittert leicht, als Nelly die zweite Linie in ihre Haut ritzt, dieses Mal nicht ganz so tief. Das Blut kommt nur zögerlich und schon hat sie Angst, dass es nicht reicht, aber da sagt Crips: »Cool, Nelly, und jetzt halt uns deinen Innenarm entgegen.«

Nelly, erhitzt und erregt, hebt triumphierend ihren Arm. Sie spürt, wie das Blut warm an ihrem Unterarm herunterläuft, sie weiß, dass es in ihren aufgekrempelten Ärmel sickern wird, aber das macht nichts, gar nichts.

Tomke ist der Erste, der seine aufgekratzte Wunde gegen ihren frischen Schnitt drückt und ihr dabei in die Augen schaut. »Auf immer miteinander verbunden«, murmelt er und Nelly errötet.

Dann folgt Crips. »Wieder ein neues Familienmitglied«, sagt er feierlich und Nelly kann sehen, dass er sich ehrlich freut. »Wir heißen dich willkommen.«

»Blutsgeschwister«, sagt Shady grinsend, als er seinen Unterarm gegen Nellys drückt.

Nach den Jungen kommen die beiden Mädchen und Nelly spürt, wie sie sich mit jedem Körperkontakt leichter und befreiter fühlt. Sie ist glücklich, dass sie es geschafft hat.

»Chantal«, sagt sie feierlich, als die beiden ihre Unterarme gegeneinanderdrücken. »Ich freu mich.«

»Yes, Baby«, erwidert Chantal fröhlich. »Und ich mich erst.« Es klingt, als meine sie es ernst.

Als Letztes steht Mira vor ihr. »Mann, das ging ganz schön schnell, oder? Wir haben es diese Woche erst erfahren, dass du zu uns kommst. Und, wie findest du's?«, fragt Mira, als sie ihren linken Arm gegen Nellys rechten Arm drückt und sie dabei mit einer Wärme anlächelt, die Nelly ihr gar nicht zugetraut hätte.

»Es ist cool«, sagt Nelly glücklich. »Das mit euch, das alles hier ... ist einfach cool.«

Nelly ist von der Ritzaktion ganz high. Als schwebe sie über dem Boden. Endlich weiß sie, was diese Redensart bedeutet. Sie kann sich nicht erinnern, wann sie das letzte Mal so glücklich war.

Als sie wenig später von der Brücke in Richtung Stadt laufen, immer auf die Lichter zu, und Shady einen Song summt und Chantal und Mira Arm in Arm gehen, sucht Nelly immer wieder Tomkes Hand.

»Das hier fühlt sich irre gut an«, meint Nelly und lacht.

Tomke nickt und wirft ihr auch ein Lächeln zu. Doch als Crips sich zu ihnen umdreht, entzieht Tomke ihr sofort seine Hand und vergräbt sie in seiner Jackentasche. Egal. Egal, egal, egal. Sie hatten alle Zeit der Welt. Jetzt, da sie eine große, eingeschworene Gemeinschaft waren.

»Das ist der großartigste Abend in meinem Leben«, flüstert sie.

Nur der Weihnachtsabend, an dem sie einen Hund bekommen hatte, war noch besser gewesen. Der Weihnachtsabend, an dem sie Flocki bekommen hat, dieses kleine, gefleckte, wuschelige Wollknäuel, das beinahe den Christbaum umgestoßen hätte vor lauter Energie und Freude. Flocki aus dem Tierheim, der es nicht fassen konnte, plötzlich Mitglied einer richtigen Familie zu sein.

Flocki hatte einen Spielknochen bekommen und ein Körbchen mit einer weichen, kuscheligen Schlafmatratze und dieses Körbchen wurde feierlich in Nellys Zimmer getragen, als sie alle an diesem langen Heiligabend endlich ins Bett gingen. Und Nelly hat den Wecker gestellt, und als er klingelte, stand dieser süße Hund wedelnd und mit aufgestellten Ohren an ihrem Bett. Und dann ist sie mit ihm morgens um sechs Uhr Gassi gegangen und das große Wunder war, dass es tatsächlich in der Nacht geschneit hatte und Flocki und sie die ersten Spuren in einer winterlich unberührten Welt hinterlassen haben.

Zwei Monate später kam Flocki zurück ins Tierheim. Es hatte sich herausgestellt, dass Coco eine Hundehaarallergie hat. Nelly hat Rotz und Wasser geheult und ihre Eltern angefleht, aber sie blieben hart. Als sie Flocki wieder zurückbrachten, hat Nelly sich eine Woche lang in ihrem Bett verkrochen. Und sich immer nur vorgestellt, wie der süße Hund in seinem Zwinger an den Gitterstäben auf und ab geht und darauf wartet, dass er Nellys Stimme hört, die ihn ruft ...

»Hey, Baby, träumst du?«, fragt Chantal.

Nelly schaut sich um, als frage sie sich, wie sie hierhergekommen ist. Sie sind in der Halle des Hauptbahnhofes und sitzen in der Nähe der Toiletten auf dem gefliesten Boden, die Rücken an die Wand gelehnt. Auf den Knien balancieren sie Pappschalen mit inzwischen kalten Pommes, die sie sich mit fettigen Mayonnaise-Fingern in den Mund stecken. Sie schmecken ein bisschen nach tranigem Öl.

Hin und wieder kommen Lautsprecherdurchsagen, die letzten Züge verlassen die Halle, ab und zu geht jemand an ihnen vorbei, ohne sie weiter zu beachten.

Chantal hat sich über Nelly gebeugt und schaut ihr forschend in die Augen. »Ist irgendwas?«

Nelly schüttelt den Kopf. »Mir ist nur gerade etwas eingefallen, an das ich lange nicht gedacht habe«, sagt sie.

»Und, was ist dir eingefallen?«

»Ach«, lächelt Nelly versonnen, »ich hatte mal einen Hund. Aber nur für ein paar Wochen. Den hab ich zu Weihnachten bekommen und dann ...« Sie schaut in die Runde. »Was habt ihr eben gesagt?«

»Wir haben über das zweite Ritual gesprochen«, sagt Chantal. »Wann das stattfinden soll«, fügt Tomke hinzu, nachdem er ihr grinsend die letzte Pommes in den Mund geschoben hat. »Wir müssen einen guten Termin finden.«

»Noch ein Ritual?«, fragt Nelly kauend. »Für mich etwa?«

Alle nicken.

»Hoffentlich dieses Mal nichts mit Blut«, sagt sie tapfer.

Crips schüttelt den Kopf. »Dass wir unser Blut vermischt haben, das war das körperliche Aufnahmeritual. Jetzt geht es um die Seele. Und dafür wirst du dich uns nackt zeigen.«

Nelly hat das Gefühl, als hätte Crips ihr einen Faustschlag in den Magen verpasst. Verständnislos sieht sie Crips an. Der wendet sich auffordernd an Chantal und Mira. »Na los, sagt ihr, dass es stimmt.«

Chantal nickt. »Ja, haben wir alle gemacht.«

»Aber ... wieso?«, bringt Nelly stotternd hervor. »Wofür soll das gut sein? Wir sind doch schon alle Blutsgeschwister ...«

Crips winkt ab. »Das ist noch mal was ganz anderes«, erklärt er. »So wie du nackt als Baby in eine Familie geboren wirst, so sollst du auch bei uns aufgenommen werden. Jedes einzelne Mitglied soll wissen, dass es von der Gemeinschaft beschützt wird. Du sollst dich bei uns sicher fühlen. Darum geht es mir.«

Es rauscht in Nellys Ohren, während sie versucht, Crips' Worten irgendeinen Sinn abzuringen. Es geht ihm also um das Gefühl einer Familie. Einer richtigen Familie ... Aber, fragt sich Nelly, während sie die erwartungsvollen Blicke der Gruppe auf sich spürt, hat sie die eigentlich nicht schon ...?

Teil III

Schwesterherzen

1.
Verdacht

Es ist Sonntag und seit zwei Tagen ist Coco wieder zu Hause. Doch Nelly hat Tomke und die anderen auch gestern getroffen. Erst waren sie im Jugendklub, danach sind sie einfach ziellos durch die Stadt gelaufen. Crips schmiedet immer wieder Pläne, wie er sich an den Lehrern der IGS rächen kann. Oft sind ihnen so alberne Sachen eingefallen, dass sie sich vor Lachen ausgeschüttet haben, und wenn die Leute auf der Straße sie genervt angesehen haben, dann sind Shady und Crips immer zur Höchstform aufgelaufen. Sie haben die pikierten Blicke der Passanten so geschickt nachgeahmt, dass alle erst recht anfingen, sich kaputtzulachen.

Jeden Tag betrachtet Nelly gefühlte hundertmal die Schnittwunden an ihrem Unterarm. Sie sind verschorft und bluten nur noch, wenn sie daran herumkratzt. Der Anblick erfüllt sie jedes Mal mit einer tiefen Befriedigung, weil sie sich den anderen dann so nahe fühlt. Es sind leuchtend rote Linien zurückgeblieben, zwei sehr gerade Schnitte, die fast ein perfektes Kreuz bilden. Nelly würde gerne irgendjemandem zeigen, wie mutig sie gewesen ist, zum Beispiel Coco, aber damit kämen automatisch die Fragen ... Wann und wo und mit wem und vor allem: Warum? Und natürlich könnte sie auf keine dieser Fragen eine Antwort geben.

Immer wenn Nelly Coco sieht, muss sie an Tomke denken und daran, dass er jeden Augenblick anrufen kann. Sie hat ihm das mit Cocos Entlassung noch immer nicht gesagt. Und sie weiß auch ganz genau, warum sie sich davor drückt. Sie hat Angst vor der Frage, wie alles weitergehen soll, wenn Coco es erfährt ...

Andererseits: Ist es nicht egal, was Coco denkt? Tomke ist ja jetzt ihre Familie. Tomke, Crips, Shady, Chantal und Mira. Ihre neue Familie.

Demnächst soll das zweite Ritual folgen. Aber sie fürchtet sich nicht davor. Wie sich herausgestellt hat, erwarten die anderen von ihr, dass sie ein kurzes Video dreht, in dem sie sich auszieht. Als Nelly das gehört hat, ist ihr ein Stein vom Herzen gefallen. So ist wenigstens sicher, dass niemand sie anfassen kann. Weder Shady noch Crips, die ihr mit ihren derben Sprüchen manchmal ziemlich auf die Nerven gehen. Trotzdem schlägt ihr Puls schneller, sobald sie sich das Ritual ausmalt. Die anderen haben es schon hinter sich. Jeder von ihnen musste sein Video der Gruppe präsentieren. Die Clique hat sich das Filmchen zusammen angesehen und dann wurde es gelöscht. Das war wichtig. Mit diesen Videos würde niemand Unsinn machen können. Es waren sozusagen Familienbilder.

Wie es sich wohl anfühlen würde, die Blicke der Jungen auf ihrem Körper zu spüren – auch wenn es nur auf dem Bildschirm passierte? Bisher hat Nelly sich noch nie vor einem Jungen ausgezogen. Und obwohl ihr dabei ja nichts passieren kann, weil sie es nicht live macht, kommt es ihr trotzdem so vor, als würde sie etwas von sich preisgeben, was sie nie wieder zurückholen kann.

Wenn jemand anderes als Crips das von ihr verlangte, würde sie mit Sicherheit Nein sagen. Aber Crips hat so etwas Bestimmendes, dem sie sich einfach nicht widersetzen kann. Ihm gehorcht sie einfach. Aber warum? Weil Tomke und die anderen es auch tun? Weil Tomke ihn bewundert, bewundert sie ihn auch? Sie fragt sich, was Coco ihr wohl raten würde, wenn sie davon wüsste.

Nelly liegt auf dem Bett und streicht mit der Fingerkuppe prüfend über die roten Schnittlinien. Drückt ihre Lippen dagegen. Wenn sie die Augen schließt, kann sie noch immer ihr Blut schmecken.

Schließlich steht Nelly auf und tigert nervös in ihrem Zimmer auf und ab, während sie aus Cocos Zimmer das Klappern von Schranktüren und das Auf und Zu von Schubladen hört. Vielleicht hätte Coco gern, dass Nelly ihr beim Aussortieren ihrer Kleidung hilft. Aber Nelly kann nicht. Weil sie vor ihrer Schwester etwas verbirgt. Etwas, das zu wissen, Coco eigentlich ein Recht hätte. Tomke war einmal ihr Freund. Sie waren mal ein Liebespaar gewesen.

Ich muss es ihr sagen, denkt Nelly verzweifelt. Es ist nicht richtig, es ihr zu verschweigen. Es ist gemein. Und eigentlich will ich nicht gemein zu ihr sein.

Sie öffnet ihre Zimmertür, geht in den Flur, bleibt vor Cocos Tür stehen – und schleicht mit gesenktem Kopf zurück in ihr Zimmer. Wirft sich wieder auf ihr Bett. Heute Abend soll sie Coco noch die Haare waschen. Nelly hatte ihr im Krankenhaus eine Kopfmassage versprochen, die sie nun einlösen musste. Vielleicht ergab sich da ja eine Gelegenheit ...

Nelly greift nach ihrem Handy, starrt mit leerem Blick auf das schwarze Display. Ob sie Tomke anrufen soll? Sie würde gerade so gern seine Stimme hören, aber sie traut sich nicht, ihn einfach so anzurufen. Wenn sie unbeobachtet sind, ist er immer superlieb zu ihr, doch sobald einer aus der Gruppe zuschaut, macht er einen auf unnahbar und Nelly weiß nicht, wie sie damit umgehen soll.

Immer und immer wieder denkt sie an die Szenen im *No Comment*, an ihr erstes Gespräch mit Crips, das so erwachsen war und sie irgendwie stolz gemacht hat, weil er sie in seine Gedanken eingeweiht hat. Und weil sie gerade sowieso nichts mit sich anzufangen weiß, steht Nelly auf, klappt ihren Laptop auf und googelt: *Macht kaputt, was euch kaputt macht.* Bei Wikipedia steht, dass dies der Titel eines Songs aus dem Jahr 1971 ist, aus der Zeit der Hausbesetzungen und Studentenrevolten, und dass der Titel des Albums *Warum geht es mir so dreckig* lautete.

Irgendwie gefällt ihr das und sie bewundert Crips dafür, dass er sich mit solchen Sachen auseinandersetzt.

Sie denkt an den Platz unter der Friedrichsbrücke und an ihre Mutprobe und dass sie nicht ohnmächtig wurde und daran, wie Chantal ganz zärtlich Baby zu ihr gesagt hat. Aber am liebsten denkt sie an Tomkes Hand, in die sie ihre Hand geschoben hat, auf dem Weg zum Hauptbahnhof, und wie sie sich gegenseitig die Pommes in den Mund gesteckt haben. Und daran, wie viel Spaß sie gestern zusammen in der Stadt hatten.

Sie kriecht mit ihrem Smartphone unter die Bettdecke und wählt mit unterdrückter Nummer Tomkes Namen. Lauscht mit klopfendem Herzen. Aber als sie sein verschlafenes »Hallo?« hört, drückt sie das Gespräch schnell weg. Ihr Herz flattert in ihrer Brust wie ein aufgescheuchter Vogel.

Schließlich entscheidet sie sich, ihm eine SMS zu schicken.

Hi, geht's gut? Coco ist übrigens wieder zu Hause. Wir sprechen uns morgen in der Schule, ja? Sie zögert – und fügt dann doch noch ein rotes Herz hinzu.

* * *

Als Coco an ihrem ersten Schultag morgens um halb sieben verschlafen ins Bad tapsen will, ist die Tür zugesperrt. Sie hört, wie Nelly drinnen gurgelt.

»Nelly! Mach auf!«

»Bin gleich fertig!«, ruft Nelly.

Coco hört, wie sie ausspuckt, wie der Wasserhahn aufgedreht wird. Entnervt geht sie aufs Gästeklo, und als sie zurückkommt, ist das Bad immer noch verschlossen. Coco trommelt mit den Fäusten dagegen.

»Hey, Schwesterchen. Ich muss auch zur Schule! Das ist doch bescheuert! Seit wann schließt du ab?«

In dem Augenblick wird die Tür aufgerissen und eine fertig angekleidete Nelly mault: »Mann, mach nicht so einen Stress!«, und rauscht an ihr vorbei in ihr Zimmer. Coco schaut ihr sprachlos hinterher.

Beim Frühstück bringt Coco das Thema zur Sprache. »Sag mal, wieso schließt du dich neuerdings im Bad ein?«

»Wieso nicht? Wofür ist der Schlüssel denn sonst da?« Nelly fixiert ihr Vokabelheft.

Hilfe suchend schaut Coco zu ihrer Mutter, die zur Feier von Cocos erstem Schultag Pancakes versprochen hat und nun mit erhitztem Gesicht am Herd steht.

»Mama, frag du sie, wieso sie mich nicht mehr mit ins Bad lässt.«

»Ach. Ist das so?« Cocos Mutter dreht sich mit der brutzelnden Pfanne um. Coco weicht erschrocken zurück, als ihre Mutter die Pfanne dicht an ihrem Gesicht vorbei über den Tisch hält und die Pancakes auf einen vorgewärmten Teller gleiten lässt.

»Frag sie!«, drängt Coco.

»Mann!« Nelly wirft das Vokabelheft hin. »Willst du den ganzen Vormittag darüber quatschen?«

»Vielleicht hast du ja Angst vor meinem Anblick?«, fragt Coco mit einem leicht bitteren Unterton. Der Satz, den Nelly ihr gestern vor dem Schlafengehen um die Ohren gehauen hat, hat sich tief in ihr Herz gebohrt.

»Unsinn, Coco!«, ruft die Mutter. »Du bist doch immer noch ein schönes Mädchen.«

Die beiden tun, als hätten sie den Einwand gar nicht gehört. Coco fixiert ihre Schwester und Nelly senkt ihren Kopf tiefer über den Teller.

Coco gibt nicht nach. »Ich bin, denke ich, nicht so ein unerträglicher Anblick wie deine benutzten Tampons, die im Badmülleimer liegen, weil du sie nie anständig einwickelst.«

»Coco!«, ruft die Mutter mahnend, »es reicht!«

Nelly greift wortlos nach dem größten Pancake, schnappt sich den Ahornsirup und beträufelt den fluffigen, duftenden Teig mit Hingabe. Sie trägt an diesem Tag einen Pulli mit weiten Ärmeln und ihre Mutter ermahnt sie ständig, darauf zu achten, dass ihr Ärmel nicht in der Kaffeetasse landet.

Nach der dritten Ermahnung wird es Coco zu dumm. Sie steht auf, stellt sich neben ihre Schwester und beginnt, ungefragt Nellys Ärmel hochzukrempeln. Nelly reagiert so heftig, dass fast eine Tasse zu Bruch geht.

»Spinnst du, Mann?«, schreit sie. »Ich zerr doch auch nicht an deiner Bluse rum, bis man deine Narben sieht!« Wütend zieht Nelly den Ärmel wieder über ihr Handgelenk und schiebt ihren Ethno-Armreif aus buntem Bast darüber.

Coco lässt sich wieder auf ihren Platz fallen. Während sich ein schmerzhafter Kloß in ihrer Kehle formt, starrt sie Nelly an. »Das war nicht fair«, sagt sie leise, »und das weißt du.«

Aber Nelly widmet sich scheinbar ungerührt ihrem zweiten Pancake, selbst als die Mutter sie in scharfem Ton zurechtweist und auffordert, sich bei Coco zu entschuldigen.

Als Coco wenig später in ihr Zimmer geht, um ihren Schulrucksack zu holen, steht Nelly plötzlich unerwartet demütig mit einem Kompromissvorschlag bei ihr im Zimmer.

»Also, du kannst es dir aussuchen. Wenn wir zur gleichen Zeit Schule haben, willst du dann zuerst ins Bad oder soll ich?«

Coco schaut sie verwirrt an. »Heißt das, du schließt das Bad jetzt immer ab?«

Nelly zuckt mit den Schultern. Nickt.

»Darf ich nicht wenigstens ins Bad, mich schminken, wenn du unter der Dusche stehst? Da kommen wir uns doch nicht in die Quere.«

Nelly schaut aus dem Fenster. »Ich hab das Bad einfach lieber für mich allein.«

»Aha. Und seit wann?«

»Seit du wieder zurück bist. Vorher ist ja keiner einfach reingestürmt, wenn ich drin war. Die Eltern respektieren meine Privatsphäre.«

Coco bekommt unwillkürlich einen Lachanfall. »Meine Privatsphäre!«, äfft sie Nelly nach. »Wer bist du? Heidi Klum? Gestatte, dass ich mich totlache.«

Nelly starrt ihre Schwester an, dreht sich um, geht zur Tür und schlägt sie mit lautem Krachen zu.

Coco läuft ihr sofort nach und will sich entschuldigen, aber als Nelly sich zu ihr umdreht, wirft sie ihr einen so kalten Blick zu, dass Coco mit erhobenen Armen den Rückwärtsgang einlegt.

Na, wenn das mal nicht der perfekte Auftakt für meinen ersten Schultag ist!, denkt Coco grimmig.

Die ersten Tage vergehen wie im Flug. Alle in ihrer Klasse sind extrem nett zu ihr, aufmerksam, beinahe zu rücksichtsvoll. Als wäre sie aus Zuckerguss. Doch auf dem Schulhof ist es anders. Immer, wenn es sich für sie fast normal anfühlt, kommt irgendjemand mit Kuhaugen auf sie zu und fragt mitleidstriefend, wie sie sich fühle. Dann zwingt sie sich zu einem strahlenden Lächeln und antwortet: »Gut. Und wie fühlst du dich?«

In fast allen Fächern muss Coco so viel Unterrichtsstoff nachholen, dass sie kaum Zeit und Gedanken für etwas anderes hat. Aber im Grunde findet sie das gut, es lenkt sie ab. So kann sie beim Aufwachen leichter die Albträume verdrängen, die sie in der Nacht gequält haben, wenn es gleich etwas zu tun gibt.

Sie will um keinen Preis das Schuljahr wiederholen. Daher hat sie mit ihrer Klassenlehrerin Frau Laux einen Plan ausgearbeitet, wie sie den Stoff nachholen und ihre Wissenslücken ausgleichen kann. Sie muss Arbeiten nachschreiben, haufenweise englische und französische Vokabeln pauken und sie lässt sich von Jan, dem Überflieger ihrer Klasse, Mathe und Physik erklären.

Es war Frau Laux' Idee, dass Coco mit Jan den versäumten Stoff nachholen könnte. »Dem fliegt das alles so zu«, hat sie gemeint, »und er kann auch gut erklären. Frag ihn doch mal. Er ist bekannt für seine Hilfsbereitschaft.«

Jan zählte für Coco immer zu den Überfliegertypen, die nach dem Abi mal an einer Eliteuni studieren würden, wo man gute Aussichten auf einen Nobelpreis hat. Mit seinen blonden Haaren, die ihm bis über die Ohren reichen, und den blauen Augen hinter den runden Hornbrillengläsern ist er optisch eher nicht Cocos Fall. Doch sie hat sich ein Herz gefasst und Jan gleich nach der ersten Mathestunde gefragt. Er hat sich sofort einen Stuhl herangezogen, sich neben sie gesetzt und ihr mit Hingabe den momentanen Unterrichtsstoff erklärt. Und sie hat es sofort verstanden. Es war wie eine Erleuchtung. Coco war begeistert.

»Mann, wär das toll, wenn du mir häufiger mal helfen könntest!«

»Kein Problem«, hat Jan lächelnd geantwortet. »Wann hast du denn Zeit?«

Trotz seiner unfassbar guten Noten ist Jan kein Typ, der irgendwelche Allüren hat. Das fand Coco an ihm schon immer gut. Trotzdem hat sie ihn nie als jemanden betrachtet, mit dem sie befreundet sein wollte. Er war eben das Mathegenie, mehr nicht. Er gehörte zu ihrem Schulalltag wie die Klassenarbeiten, der Linoleumgeruch in den Fluren oder ihr Milchshake in der großen Pause. Doch ganz selbstverständlich hat er mit ihr verabredet, dass sie sich nun einmal in der Woche nachmittags bei Starbucks treffen würden, um Mathe zu lernen. Gestern haben sie in dem Erker mit den gemütlichen Sesseln ihre Bücher und Hefte ausgebreitet und Latte macchiato geschlürft. Das Geld für Starbucks bekommt Coco zusätzlich zum Taschengeld von ihren

Eltern. Irgendwie findet Coco es angemessener, sich mit Jan, mit dem sie ja keine Freundschaft verbindet, an einem öffentlichen Ort zu treffen. Nach den Erfahrungen, die sie mit Tomkes Clique gemacht hat, hat sie ihr Zuhause für Nicht-Familienmitglieder zu einer No-Go-Zone erklärt.

Gleichzeitig zum Stress mit dem Schulstoff muss sie sich an die veränderte Atmosphäre und die neuen Gruppenstrukturen innerhalb der Klassengemeinschaft gewöhnen. In den zweieinhalb Monaten, in denen sie weg war, ist einiges passiert. Es sind jeweils zwei Hälften der beiden Parallelkassen zusammengelegt worden. Das war der Vorschlag des Schulpsychologen, der, wie er sagte, ernst zu nehmende Anzeichen von Mobbing an der Schule entdeckt hatte.

Zur gleichen Zeit war in Schweden eine berühmte Eliteschule geschlossen worden, weil man dort dem brutalen Mobbing der Schüler untereinander nicht mehr Herr wurde. Viele der Schüler waren sogar schwer traumatisiert, doch der Direktor hatte dennoch immer weiter steif und fest behauptet, an seiner Schule würde es so etwas nicht geben. Solche Negativschlagzeilen wollte man am Goethe-Gymnasium offenbar verhindern.

Durch die andere Aufteilung der Klassen haben sich neue Freundschaften und Arbeitsgruppen gebildet und auch manche Rivalitäten unter den Schülern der Parallelklassen, die früher normal waren, gibt es auf einmal nicht mehr. Es kommt Coco so vor, als wehe nun ein anderer Wind in ihrer Klasse.

Zu all diesen Erneuerungen kommt noch Cocos größtes persönliches Problem: Sie fühlt sich manchmal wie der Star in einer Freakshow. Sie wird angestarrt wie die Schönheiten der Schule, aber die sensationsgierigen Blicke, die ihr folgen, sind anders. Sie tun weh. Die Blicke derer, die sich nur zu gern ein bisschen gruseln würden beim Anblick ihrer verbrannten Brust, spürt Coco wie einen realen, brennenden Schmerz. Manchmal macht es sie so wütend, dass sie am liebsten hingehen und sagen würde: »Sind dir die Horrorvideos ausgegangen?«

Bislang hat sich allerdings außerhalb ihrer ehemaligen Klasse niemand getraut, sie direkt auf den Unfall und ihren langen Krankenhausaufenthalt anzusprechen. Und sie hat den Verdacht, dass die Lehrer die Schüler vor ihrer Rückkehr darauf eingeschworen haben, Coco ganz normal zu behandeln. Aber genau das kriegen sie nicht hin.

Manchmal ist es für Coco wie ein Spießrutenlauf, wenn sie sieht, wie Schüler die Köpfe zusammenstecken und tuscheln. Dabei trägt sie nur hochgeschlossene Baumwollblusen und darüber ein Tuch, das sie sich mehrfach um den Hals wickelt. So, von Kopf bis Fuß eingepackt, sieht Coco aus wie alle. Doch sie fühlt sich nicht so und sie ahnt, dass es nie wieder so sein wird wie früher. Diese Erfahrungen, die sie durchlebt hat, haben etwas in ihr verändert. Haben sie stärker gemacht. Man wächst nicht nur an seinem Glück, sondern auch an seinem Schmerz und seinen Niederlagen. Da hat der Therapeut ganz recht, wie Coco nun feststellen muss.

Doch manchmal, wenn sie im Bad in den Spiegel schaut, fühlt sie sich entsetzlich schwach und hässlich und dann passiert es doch, dass sie einfach losheult.

Und dann ist da noch ihre alte Clique. Minus Tomke, dem Feigling. Die Leute, mit denen sie früher jede freie Sekunde verbracht hat, halten sich seit ihrem ersten Schultag von ihr fern. Coco hat sie noch kein einziges Mal zusammen gesehen. Miriam ist jetzt mit einem Jungen aus der Zwölften zusammen und Eylin hat eine neue Freundin, die aus Jordanien kommt, sehr schön ist und reiche Eltern haben soll. Linus war der Einzige, der ihr flüchtig zugenickt und ihr ein kleines Lächeln geschenkt hat, als sie sich an Cocos erstem Tag in der Pause begegnet sind, aber ansonsten geht auch er ihr aus dem Weg. Doch Coco stört sich nicht daran. Es ist, als gäbe es zwischen ihr und der Clique eine stille Übereinkunft: nicht mehr über das zu sprechen, was an jenem Abend an der Elbe passiert ist. Und Coco hat auch kein Interesse daran, die Machenschaften der Clique öffentlich zu machen. Sie hat sich von ihnen losgesagt und teuer dafür bezahlt. Nun geht es einzig und allein darum, in der Schule und ihrem neuen Leben wieder Fuß zu fassen.

Cocos alte Freunde, mit denen sie vor Tomke ihre Zeit verbracht hat, haben erzählt, dass es nach der Sache mit dem Lagerfeuer wilde Spekulationen und Gerüchte gegeben hat, vor allem als Tomke freiwillig die Schule gewechselt hat. Coco ist so froh, dass ihre alten Freundinnen ihre Versuche, sich ihnen wieder anzunähern, nicht gänzlich abblocken.

Und plötzlich ist die erste Schulwoche vorbei. Als Coco am Freitag nach der letzten Stunde den Schulhof in Richtung Seitenausgang überquert, erstarrt sie: Unter dem Dach für die Fahrradständer stehen Jorek, Darian, Linus, Eylin und Miriam. Wie aufgereiht stehen sie einer neben dem anderen und schauen ihr entgegen. Sie scheinen auf Coco gewartet zu haben und wirken angespannt. An ihrer Körpersprache kann Coco klar erkennen, dass es die Clique als solche nicht mehr gibt. Sie wirken nicht mehr wie eine eingeschworene Gemeinschaft, die ihre Rituale pflegt. Und während Coco auf sie zuläuft, versteht sie plötzlich, wie die Clique es geschafft hat, sich bei anderen Respekt zu verschaffen – oder vielmehr ihnen Angst einzuflößen. Es war die Art, wie sich alle gleich bewegt, wie alle einander nachgeahmt haben, um so nach außen ihre Zusammengehörigkeit und damit ihre Macht zu demonstrieren. Man hatte es nicht mit einzelnen Personen zu tun, sondern mit einer homogen wirkenden Vereinigung. Coco versteht auf einmal, wie Robert so viel Angst vor dieser Gruppe haben konnte, dass er ihnen bereitwillig alles gegeben hat, sein Taschengeld, sein Fahrrad, seinen iPod. Sie erinnert sich, wie manche Schüler sich wegdrehten oder wegliefen, wenn sie als Clique auf dem Schulhof auftauchten und sich lärmend vorwärtsbewegten, oder wie andere sie still aus der Entfernung beobachteten.

Das Komische ist, dass Coco das alles erst jetzt erkennt, jetzt, da es vorbei ist, und dass sie, als sie sich innerhalb dieser Clique bewegte, gar nichts von dieser Außenwahrnehmung mitbekam. Oder anders gesagt: dass sie die Wirkung, die die Clique erzielte, wie etwas hinnahm, was selbstverständlich war und ihnen zustand.

Heute jedoch sind die fünf, die da auf sie warten, nur noch ein verstreuter Haufen. Sie wirken sehr verlegen, als Coco mit möglichst unbekümmerter Miene auf sie zukommt.

Linus blickt ihr entgegen und sagt: »Hi, Coco. Wir haben auf dich gewartet.«

Das sehe ich, denkt Coco, bleibt aber stumm.

»Ja, wir wollten mal Hallo sagen«, sagt Darian heiter.

»Hallo«, erwidert Coco, ohne jemand Bestimmtes anzusehen.

»Ja, also ... äh ... wie geht's dir denn jetzt so?«, fragt Miriam.

Hättet ihr mich das nicht längst fragen können?, denkt Coco, aber sie antwortet ruhig: »Ganz gut.«

»Tut es noch weh?«, fragt Eylin mit einem Röntgenblick auf Cocos rechte Brust.

»Es ist die linke«, korrigiert Coco sie mit einem leichten Gefühl des Triumphes, »und die Antwort lautet: Nein. Es tut nicht mehr weh. Nur wenn das Wetter umschlägt, dann zieht es im Narbengewebe. Aber das lässt sich aushalten.«

»Tapfer«, meint Eylin bewundernd. »Ich glaube, ich könnte mich mit so was nicht so gut arrangieren.«

»Ja, das glaube ich auch.« Coco fixiert Eylin, bis sie einen feuerroten Kopf bekommt und sich abwendet.

Jorek räuspert sich und kriegt schließlich auch seinen Mund auf. »Es war wohl ... na ja ... nicht ganz korrekt von uns, dass wir dich nicht im Krankenhaus besucht haben.«

Coco schaut ihn verwundert an. Sie hätte nicht gedacht, dass einer von ihnen sich bei ihr entschuldigen würde – sofern man Joreks Aussage als eine Entschuldigung bezeichnen konnte.

»Ich habe versucht, damit klarzukommen, es zu verstehen«, erwidert sie. »Aber es ist mir nicht gelungen. Ich finde es einfach nur feige von euch, dass sich außer Linus niemand hat blicken lassen.« Sie spürt, wie ihr Herz auf einmal schneller klopft. Es tat gut, diese Worte laut auszusprechen.

Betretenes Schweigen. Dann baut Miriam sich plötzlich vor ihr auf. *»Du* wolltest ja nicht mehr zu uns gehören. *Du* warst doch diejenige, die nichts mehr mit uns zu tun haben wollte. Etwa vergessen?« Ihr Ton hat eine spitze, aggressive Note.

Linus tippt Miriam an. »Jetzt komm mal wieder runter«, raunt er, doch Miriam wirft ihm nur einen vernichtenden Blick zu.

»Nein, das habe ich nicht vergessen«, sagt Coco ganz ruhig. »Genauso wenig, wie ich das mit Robert vergessen habe. Und ihr könnt von Glück reden, dass ich gerade mit anderen Dingen beschäftigt bin, als die Schule darüber aufzuklären, wer für diesen ganzen Terror hier verantwortlich war.«

»Soll das jetzt 'ne Drohung sein?«, fragt Darian auf einmal kampfeslustig. »Wo ist das Problem? An anderen Schulen werden die Kleinen auch abgezogen. Die werden von ihren Eltern doch förmlich mit Geld zugeschissen.« Er grinst. »Das ist eben Sozialdarwinismus.«

Coco muss sich Mühe geben, ihre Wut zu unterdrücken. Mit ruhiger Stimme zu sprechen, ohne Zittern, ohne Kiekser. »Roberts Eltern sind keine Millionäre«, sagt sie. »Die arbeiten hart für ihr Geld. Und überhaupt: Hast du diese schlauen Sprüche aus einem Buch oder hat Tomke dir die vorgebetet?«

Schweigen. Eylin verdreht die Augen. Jorek produziert mit seinem Kaugummi Blasen vor dem Mund. Coco überlegt, ob sie sich einfach umdrehen und gehen soll, als Miriam unvermittelt eine Frage abfeuert. »Apropos Tomke. Weißt du eigentlich, wie es ihm so geht?«

»Wieso sollte ausgerechnet ich wissen, wie es Tomke geht?«, fragt Coco irritiert.

»Na ja, mit uns redet er nicht mehr«, sagt Linus bitter. »Wenn wir ihn anrufen, drückt er das Gespräch einfach weg.«

»Genau«, bestätigt Miriam. »Und wir dachten, dass du vielleicht von irgendjemandem gehört hast, auf welche Schule er jetzt geht.«

Coco schüttelt den Kopf.

»Na ja, aufs Goethe hatte er nach dem ganzen Aufstand und dem Rumgeschnüffle jedenfalls keinen Bock mehr«, meint Miriam. »Von wegen verbrannte Erde und so.«

Eylin wirft den Kopf zurück und kichert. »Verbrannte Erde!«, wiederholt sie. Und erschrickt plötzlich, als Cocos entgeisterter Blick sie trifft.

»Manche von uns«, sagt Darian mit einem Seitenblick auf Jorek, »haben sich ja fast in die Hose geschissen vor Angst, dass irgendwas rauskommen könnte.«

»Ich hab mir nicht in die Hose geschissen, Alter«, sagt Jorek und Eylin kichert schon wieder.

Fassungslos fragt Coco sich, wieso diese Leute mal ihre Freunde waren. Wieso sie einmal alles dafür gegeben hat, in dieser Clique akzeptiert zu werden.

»Okay, das war's dann. Mir reicht's«, sagt Coco wütend. Alle verstummen und schauen sie überrascht an. Cocos Stimme bebt, aber sie hat sich dennoch unter Kontrolle. Nichts in den fassungslosen Mienen der anderen entgeht ihr. »Für mich bleibt es dabei: Ich bin fertig mit euch. Also, wenn ihr mich in Ruhe lasst, dann hört ihr auch von mir nie wieder was.«

Schweigen. Wie auf ein geheimes Kommando rücken alle ein bisschen weiter von Coco ab, einen halben Schritt nur, das ist ihre Antwort. Linus zeigt als Einziger seine Zerknirschung, aber bei Darian und Jorek ist davon keine Spur zu erkennen. Eylin zupft schon wieder an ihrem engen Rock herum und Miriam checkt verstohlen ihre Nachrichten auf dem Smartphone. Coco fühlt sich umso mehr bestätigt. Sie sieht jedem Einzelnen ein letztes Mal in die Augen und dreht sich dann ohne ein weiteres Wort um und läuft vom Schulhof.

Es ist vorbei, denkt sie, während sie den vertrauten Weg nach Hause einschlägt. Es ist wirklich vorbei. Und plötzlich spürt Coco, wie Zentnersteine von ihrem Herzen fallen und sie sich ganz leicht fühlt. Fast beschwingt. Am liebsten würde sie vor Freude die Arme in die Luft strecken und jubeln.

Vorbei, es ist vorbei!

Coco ist schon eine Zeit lang zu Hause, als Nelly Stunden zu spät von der Schule kommt. Mit zwei dicken Plastiktüten bepackt, will sie sich in ihr Zimmer verdrücken.

»Mann, wo warst du?«, fragt Coco verärgert und stellt sich mit verschränkten Armen in den Flur. »Ich habe mit dem Mittagessen auf dich gewartet. Und ich hab dir zwei SMS geschickt.«

»Ja, weiß ich.« Nelly quetscht sich an Coco vorbei.

»Und wieso hast du nicht geantwortet?«

»Ging gerade schlecht.«

Nelly strebt eilig in ihr Zimmer, aber Coco geht ihr einfach hinterher. Sie sieht, wie Nelly die Plastiktüten unter ihr Bett schiebt, als wäre es das Normalste der Welt. Als Nelly zu ihrem Schreibtisch geht, zieht Coco die Tüten wieder hervor und schaut in eine hinein.

»Neue Klamotten?«, fragt sie interessiert.

»He, was soll das?«, schreit Nelly wütend und versucht, Coco die Tüte wegzunehmen.

»Was regst du dich denn so auf? Zeig doch mal! Ich wusste gar nicht, dass du heute shoppen gehst, sonst wär ich doch mitgekommen.«

»Ich war nicht allein«, sagt Nelly.

»Mit wem warst du denn?«

»Kennst du nicht.«

Coco setzt sich auf Nellys Bett. »Wie, kenn ich nicht? Dann erzähl doch mal, mit wem du unterwegs warst.«

Coco zieht zwei Oberteile aus der Tüte, eins ohne Ärmel und eins mit langem Arm, beide schwarz, eines an den Rändern ausgefranst und das andere mit kunstvollen Löchern. Außerdem eine dunkelgraue Fleecejacke, an der die Nähte außen sind. Coco hat lange nicht so schräge Klamotten gesehen.

»Aha, Schwarz ist das neue Bunt«, grinst sie.

Nelly reißt ihr die Sachen aus der Hand und stopft sie in die Tüte zurück. Coco beobachtet sie amüsiert. »Früher konntest du Schwarz nicht ausstehen. Da musste immer alles schön bunt sein.«

»Na und? Früher hab ich auch mit Lillifee gespielt und Pampers getragen. Was willst du eigentlich von mir?«, sagt Nelly genervt.

Coco deutet auf die andere Einkaufstüte. »Und was ist da drin?«

Nelly schnappt sich blitzschnell die Tüte. »Geht dich nichts an.«

Coco atmet tief durch. »Okay, Nelly, jetzt mal Klartext. Ich weiß, dass nicht nur ich eine schwere Zeit durchgemacht habe, auch du hast darunter gelitten und musstest viel mit dir alleine ausmachen. Das tut mir auch leid. Mir ist klar, dass du jetzt Abstand von mir brauchst und Zeit für dich. Aber, verdammt noch mal«, Coco kann nicht verhindern, dass ihr ein paar Tränen in die Augen schießen und ihre Stimme bricht, »wir sind doch immer noch Schwestern!«

Nelly tut nichts weiter, als schweigend an die Zimmerdecke zu starren.

2.
Der Beweis

Es lässt Coco keine Ruhe, dass Nelly so verändert ist. So in sich gekehrt. So nachdenklich. Und abweisend. Deshalb nimmt Coco sich vor, am Abend einen weiteren Versuch zu starten, an Nelly ranzukommen. Aber auch dieser Versuch ist von vornherein zum Scheitern verurteilt, da ihre Schwester gar nicht erst zum Abendessen auftaucht.

»Sie hat eine SMS geschickt«, sagt ihre Mutter, die vollbepackt vom Supermarkt kommt. »Sie isst heute bei ihrer Freundin.«

»Bei welcher Freundin denn?«

»Hat sie nicht gesagt. Kannst du mir beim Gemüseputzen helfen? Es gibt heute Ratatouille. Ich weiß gar nicht, warum ich mir immer so komplizierte Gerichte ausdenke.«

»Schickt ihr euch neuerdings SMS?«

»Damit hat Nelly angefangen. Aber so weiß ich wenigstens, wo sie ist.«

»Sie fragt gar nicht mehr, wenn sie weggeht?« Coco wirft ihrer Mutter einen erstaunten Blick zu. »Das hättest du mir niemals durchgehen lassen.«

Ihre Mutter pustet sich eine Haarsträhne aus dem Gesicht. »Tja, die Zeiten ändern sich, was?«, meint sie lächelnd. »Aber falls es dich tröstet: Es war immer schon so, dass die älteren mehr kämpfen müssen und dass die jüngeren Geschwister davon profitieren. Ich weiß, wovon ich rede, ich war schließlich auch die Große!«

Coco hilft ihrer Mutter, die Einkäufe zu verstauen. »Und wo steckt Nelly immer?«

»Bei Freunden, Leuten aus ihrer Schule, was weiß ich. Sie stellt sie mir nicht vor«, sagt ihre Mutter schulterzuckend. Sie schaut Coco an. »Weißt du, früher hat sie mir immer etwas vorgeheult, wenn du mit deiner Clique losgezogen bist und sie allein zurückblieb. Dass sie niemanden hat. Dass sie sich langweilt. Aber das ist nun anders.«

Coco verdreht seufzend die Augen. »Ja, ich weiß. Trotzdem würde ich ihre Freunde gern mal kennenlernen ...«

»Ich freu mich einfach, dass Nelly nicht mehr so viel alleine ist«, sagt ihre Mutter und es klingt, als wäre das Thema damit vom Tisch.

Das Wochenende verbringt Coco damit, Stoff für die Schule nachzuholen. Zweimal ruft sie Jan an, um sich eine Aufgabe erklären zu lassen. Jedes Mal ist Jan sofort am Telefon, als hätte er auf ihren Anruf gewartet. Nelly bekommt sie allerdings kaum zu Gesicht. Und dann ist schon wieder Montagmorgen und die alte Routine schleicht sich ein.

Während Coco sich ihr Frühstücksmüsli zusammenrührt, ist die Mutter im Bad. Nelly schlurft schlaftrunken in der Küche herum. Dabei ist sie gestern Abend schon früh in ihr Zimmer verschwunden und hat sich bis zum Morgen nicht mehr blicken lassen. Dennoch macht sie den Eindruck, als hätte sie nicht mehr als eine Stunde Schlaf abbekommen.

Sie trägt ihr neues schwarzes T-Shirt und weite Cargohosen im Militarylook. Ihre Nägel hat sie blauschwarz lackiert. Coco, die ihre weiße Bluse bis zum Kinn zugeknöpft hat und darüber eine gestreifte Strickjacke trägt, kommt sich vergleichsweise vor wie ein bunter Papagei.

»Und, wie war dein Wochenende so?«, fragt Coco.

»Gut«, sagt Nelly einsilbig.

»Was habt ihr gemacht?«

»Nichts Besonderes. Wir sind durch die Stadt gelaufen.«

»Und wer ist das, *wir?*«

Nelly schaut nicht auf. »Ein paar Leute aus meiner Schule.«

»Nett?«, fragt Coco interessiert.

Nelly nickt.

»Vielleicht lern ich die ja auch mal kennen?«

Nelly zuckt nur mit den Schultern.

»Wissen die Eltern, dass du am Freitag erst um Mitternacht nach Hause gekommen bist?«, fragt Coco.

Nelly schaut erschrocken auf. »Hast du mich etwa gehört?«

»Ja, hab ich.«

»Aber ich war doch ganz leise.«

Coco zuckt mit den Schultern. »Ich schlaf nicht mehr so gut seit dem Krankenhaus.«

Nelly wirft ihr einen unsicheren Blick zu. »Ich hab Mama gesagt, ich war um zehn zu Hause ...«

Coco grinst. »Ich sag nichts.« Vielleicht konnte sie ja das Vertrauen ihrer Schwester zurückgewinnen, wenn Nelly merkte, dass sie nach wie vor auf ihrer Seite stand. Coco mustert ihre Schwester voller Mitgefühl, als sie sich ihr gegenüber am Küchentisch niederlässt. Blass, müde, Ringe unter den Augen.

»Du siehst scheiße aus«, sagt sie.

Nelly wirft ihr einen zornblitzenden Blick zu. »Du siehst auch scheiße aus.«

Coco reißt den Mund auf, um etwas zu erwidern, und klappt ihn stumm wieder zu. Warum bekam Nelly alles, was sie sagte, in den falschen Hals? Und warum war sie die ganze Zeit so gemein zu ihr?

Stumm löffeln beide ihr Müsli, als die Mutter hereinkommt, in ihren Bademantel gewickelt und mit einem Handtuch um die Haare.

»Na, ihr Süßen?«, sagt sie fröhlich. »Alles in Ordnung?«

Coco schaut auf. »Deine beiden Töchter sehen scheiße aus«, sagt sie.

Die Mutter schaut von der einen zur anderen, sprachlos.

Nelly steht auf, kippt den Rest ihres Müslis in den Mülleimer und drängt an ihrer Mutter vorbei aus der Küche.

Coco und ihre Mutter werfen sich einen Blick zu.

»Was ist hier los?«, will die Mutter wissen.

»Wieso trägt sie jetzt immer Schwarz?«, antwortet Coco mit einer Gegenfrage.

»Keine Ahnung.« Ihre Mutter geht zum Kaffeeautomaten und legt eine Kapsel ein. »Sie hat neulich gemeint, sie bräuchte ein paar neue Klamotten. Und deinen Kleidungsgeschmack habe ich früher auch nie kommentieren dürfen, falls du dich daran erinnerst, meine Liebe.«

Coco rollt mit den Augen.

»Ich habe ihr gesagt, dass sie die Sachen, die sie nicht mehr trägt, in die Arche bringen soll. Es gibt so viele Kinder, die nichts anzuziehen haben, und hier quellen die Schränke über vor Klamotten.«

»Mein Schrank quillt nicht über«, sagt Coco.

»Gut, wie du meinst. Jeder hat eine andere Vorstellung von Überfluss, nicht wahr?« Die Mutter drückt auf den Knopf und das Wasser läuft durch die Kaffeekapsel in ihre Espressotasse. Sofort erfüllt ein angenehmer Duft die Küche.

Coco hört, wie Nelly im Flur ihre Jacke anzieht.

»Nelly, musst du schon los?«, ruft ihre Mutter. »Hast du dir ein Pausenbrot gemacht?«

»Ich hol mir was in der Cafeteria«, ruft Nelly in die Küche.

Die Mutter wirft Coco einen Blick zu. »In Nellys Schule gibt es jetzt eine Cafeteria. Wir haben ein Rundschreiben bekommen: Sie suchen Eltern, die dort ehrenamtlich mithelfen.«

»Und?«, fragt Coco. »Macht ihr mit?«

Die Mutter schüttelt den Kopf. »Ich denke, da gibt es andere Eltern, die sich ihre Zeit besser einteilen können als wir. Mütter, die nicht arbeiten, die nur Hausfrauen sind und darauf warten, dass die Kinder und der Mann heimkommen.« Nellys Mutter war schon immer ein bisschen neidisch auf andere Frauen, *die nachmittags auf dem Sofa liegen, Illustrierte lesen und Konfekt essen,* wie sie gerne spöttisch bemerkt. »Außerdem haben wir in den letzten Monaten viel Kraft dafür gebraucht, unserer Tochter beim Gesundwerden zu helfen. Schon vergessen?«

Coco schüttelt den Kopf. »Hab ich nicht und das weißt du auch.«

Sie hören, wie die Tür hinter Nelly ins Schloss fällt. »Sie sagt nicht einmal mehr Tschüss«, stellt Coco fest.

»Sie kommt eben in die Pubertät.«

Coco starrt ihre Mutter an. »Mama! Das ist sie längst! Vielleicht solltest du mal mit Nelly reden. Ich komm an sie irgendwie nicht mehr ran.«

»Ach Schatz, ich finde es ja lieb, dass du dir so viele Gedanken um deine kleine Schwester machst. Aber glaub mir, du warst in ihrem Alter auch nicht anders.«

Und damit scheint das Thema für sie gegessen zu sein. Coco ärgert sich, dass ihre Mutter nicht versteht, worum es ihr geht: Sie macht sich Sorgen um Nelly. Und sie würde diese Gedanken gern mit jemandem teilen. Doch offenbar hat ihre Mutter an diesem Morgen andere Antennen ausgefahren, denn sie sagt mit einer fast philosophisch klingenden Feierlichkeit: »Jeder wird eben auf seine eigene Art erwachsen.«

»Du strotzt ja heute Morgen geradezu vor Binsenweisheiten.« Coco kann nicht verhindern, dass ihr Ton bitter klingt. Und in Gedanken fügt sie noch hinzu: Dann wollen wir mal hoffen, dass du mit deinen Sinnsprüchen recht behältst.

Als Coco am Nachmittag von der Schule nach Hause kommt, stößt sie auf Rolli, der gerade um die Ecke biegt und sein Fahrrad im Keller unterbringen will.

Coco freut sich, ihn zu sehen. »Hallo, Rolli«, sagt sie fröhlich.

»Robert«, korrigiert er vorwurfsvoll.

»Oh, entschuldige. Stimmt ja: Robert«, sagt sie und es tut ihr wirklich leid. »Also noch mal: Hallo, Robert. Ich hab dich heute wieder in der Pause gesehen. Du bist jetzt immer mit einem netten Typen zusammen. Dieser Junge mit den strohblonden Haaren.«

»Dominique und ich sind Freunde«, sagt er stolz.

»Spielt er auch Hockey?«

Robert nickt. »Er ist der Torwart. Er hat schon ganz viele Siebenmeter-Strafstöße gehalten.«

»Toll. Das steht dir echt gut, dass du so viel abgenommen hast.«

Coco spürt, dass Robert ungeduldig darauf wartet, dass Coco ihn endlich gehen lässt. Aber sie will ihn nicht gehen lassen. Sie würde ihm so gerne sagen, dass er der Auslöser für alles war, was passiert ist. Dass er in ihrem Leben eine wichtige Rolle spielt. Doch es fällt ihr trotz der Gespräche mit dem Psychologen immer noch sehr schwer, über das zu sprechen, was an jenem Abend passiert ist. Immer wenn sie das Wort Feuer laut ausspricht, fängt ihr Herz so stark zu rasen an, dass sie keine Luft mehr bekommt.

»Ich könnte nachmittags mal zu dir kommen«, sagt sie, »wir könnten irgendwas spielen.«

Robert lächelt schief. »Weiß nicht. Ich glaub, für Spiele und so bin ich zu alt.«

Coco versucht, nicht gekränkt zu wirken. Dabei ist sie enttäuscht über seine Abweisung. Früher haben Rolli und sie sich immer gut verstanden – bevor das alles passiert ist. Früher ... ja, früher war auch Nelly anders zu ihr.

»Oder du klingelst einfach mal bei uns, wenn du dich langweilst«, schlägt sie vor.

»Ich langweil mich jetzt eigentlich nicht mehr«, antwortet er.

Coco schaut ihn an und es fällt ihr schwer, ihm ein unbekümmertes Lächeln zu schenken. »Das ist schön«, sagt sie. »Dann wünsche ich dir noch einen schönen Tag.«

»Ja, ich dir auch.«

Coco kann Robert die Erleichterung förmlich ansehen, als er sein Rad an ihr vorbeischiebt und um die Ecke verschwindet.

Und so zieht eine weitere Woche an Coco vorbei, die sie mit Lernen und Nachhilfetreffen bei Starbucks verbringt. Jan hat ihr bei dieser Gelegenheit ein Lesezeichen geschenkt. »Eigentlich müsste ich dir etwas schenken«, hat sie verlegen gemeint. Jan hat gelacht. »Wieso du? Ich hab an diesen Stunden bestimmt mehr Spaß.« Dann ist endlich Freitag.

Coco hat sich das Mittagessen schon längst in der Mikrowelle warm gemacht und verspeist, als Nelly nach Hause kommt. Sie schleudert kommentarlos ihre Schultasche in die Ecke, holt sich eine Tüte Milch aus dem Kühlschrank und verschwindet in ihrem Zimmer.

»Schwesterherz?«, ruft Coco.

Keine Reaktion. Vielleicht würde sie ja in ein paar Minuten von allein bei ihr im Zimmer auftauchen.

Aber Nelly lässt sich nicht blicken. Es dringt kein Ton aus ihrem Zimmer. Es ist vollkommen still. Coco kann sich kaum auf ihre Hausaufgaben konzentrieren.

Mehrfach kämpft sie mit sich, ob sie zu Nelly gehen soll. Doch dann gewinnt jedes Mal ihr Stolz. Sie hat keine Lust mehr dazu, dass Nelly sie immer wieder abblitzen lässt.

Coco starrt nun schon seit einer gefühlten Ewigkeit in ihr Physikbuch. Mit einem ergebenen Seufzen schlägt sie es zu und schnappt sich ihr Smartphone. Dort hat sie eine Liste mit Läden angelegt, die sie demnächst abklappern will, um sich nach Samstagsjobs zu erkundigen. Sie will sich etwas zu ihrem Taschengeld dazuverdienen, um ihre Eltern ein wenig zu entlasten. Sie haben in letzter Zeit unheimlich viel Geld für sie ausgegeben.

Coco wirft einen Blick auf ihr Display. Sonderlich lang ist die Liste noch nicht. Ihr fallen eben nur die normalen Möglichkeiten ein. Weiter reicht ihre Fantasie nicht.

1. Wochenmarkt
2. Bäckereien
3. Zeitungen austragen
4. Babysitten

Dann fällt ihr plötzlich ein, dass sie ja auch bei ihren Eltern in der Firma jobben könnte. Kurz entschlossen ruft sie ihren Vater an, aber der ist auf Kundenakquise und ihre Mutter ist gerade in einem Meeting. Coco beschließt, das Gespräch beim Abendessen auf das Thema zu bringen.

Sie tippt:

5. Papa
6. Starbucks
7. McDonald's

Sie hat gerade ihre Liste beendet, als sie Schritte auf dem Flur hört. Sofort springt Coco auf. Und wartet. Dass Nelly klopft oder einfach reinkommt.

Sie hört, wie Nelly an ihrem Zimmer vorbeigeht, stehen bleibt und in der Messingschale nach ihrem Schlüsselbund sucht. Ein unverwechselbares Geräusch. Die Messingschale für die Schlüssel steht auf der kleinen Kommode im Flur, so lange Coco denken kann.

»Nelly?«, ruft sie.

Ein genervtes »Ja!« ist die Reaktion.

Coco geht in den Flur. Da steht ihre Schwester und blickt sie fragend an. »Was ist denn?«

»Nichts«, sagt Coco mit einem Schulterzucken. »Gehst du weg?«

»Wonach sieht das denn hier deiner Meinung nach sonst aus?«, erwidert Nelly patzig. »Dass ich in die Badewanne gehe?«

»Mann, Nelly!« Coco verdreht die Augen. »Was hast du bloß in letzter Zeit? Darf ich jetzt gar nichts mehr fragen? Wieso reagierst du so aggressiv auf meine Fragen? Hab ich dir was getan?«

»Nerv mich nicht. Ich muss los.«

»Kannst du mir vorher bitte auf meine Frage antworten?«

Nelly wirft ihr einen trotzigen Blick zu. »Wie war die gleich noch mal? Ich hab nicht zugehört.«

»Ich will wissen, warum du so aggressiv bist.«

»Bin ich gar nicht, kommt dir bloß so vor.«

»Okay.« Coco zuckt mit den Schultern. »Dann bilde ich mir das also alles nur ein.«

Sie mustert ihre Schwester. An diesem Nachmittag trägt Nelly eine dunkelgraue Wollmütze, die sie sich tief in die Stirn gezogen hat. »Die Mütze ist lustig«, sagt Coco, nur um irgendetwas Nettes zu sagen. »Woher hast du die denn?«

»Hat mir jemand geschenkt«, sagt Nelly ausweichend. Sie zieht die Mütze vom Kopf und stopft sie in ihre Jackentasche.

»Wer denn?«

»Coco, echt, merkst du nicht, dass du nervst? Ich muss dir doch nicht alles erzählen! Oder hast du mir vielleicht immer alles gesagt?« Sie öffnet die Haustür. Besinnt sich, holt ihre Sonnenbrille von der Kommode und steckt sie ein.

»Was willst du denn wissen?«, fragt Coco.

»Nichts.« Nelly dreht sich mit aufreizender Langsamkeit zu ihr um. »Ihr könnt hier in Zukunft alle machen, was ihr wollt. Ich bin raus aus der Nummer.« Und schon hat sie die Tür hinter sich zugeschlagen und poltert die Treppen nach unten.

»Aus welcher Nummer denn?«, ruft Coco ihr nach. »Spinnst du jetzt total?«

Durch das Wohnzimmerfenster beobachtet Coco, wie Nelly zu Fuß in Richtung Bushaltestelle läuft. Selbst ihr Gang ist anders als früher, denkt Coco. Irgendetwas ist passiert, irgendetwas hat sie so verändert. Aber liegt das wirklich nur an der Pubertät, wie ihre Mutter behauptet? Kann man sich innerhalb von drei Monaten von einer süßen, anschmiegsamen Schwester in so eine Kratzbürste verwandeln?

Langsam schlendert Coco zu Nellys Zimmer, bleibt an der Tür stehen, runzelt die Stirn. Zögert.

Früher hat sie nicht eine Sekunde gezaudert, Nellys Reich zu betreten. Da hat sie sich mit der gleichen Selbstverständlichkeit in Nellys Zimmer bewegt wie in ihrem eigenen. Umgekehrt hat Nelly es genauso gehandhabt. Aber früher hatte sie auch keinen Grund anzunehmen, dass ihre kleine Schwester irgendetwas vor ihr verbirgt.

Entschlossen drückt Coco die Klinke nach unten. Doch die Tür öffnet sich nicht. Sie drückt die Klinke ein zweites, dann ein drittes Mal.

Ungläubig starrt sie auf die verschlossene Tür. Warum zum Teufel sperrte Nelly ihre Zimmertür ab, wenn sie die Wohnung verließ?

Sie bückt sich und späht durch das Schlüsselloch.

Der kleine Ausschnitt, den sie von Nellys Zimmer sehen kann, wirkt vollkommen normal. Dennoch spürt Coco, wie eine Unruhe sie erfasst.

Sie holt ihren Türschlüssel und versucht, ob er auch bei Nelly passt: Fehlanzeige. Sie versucht es mit dem Schlafzimmerschlüssel, dem Badezimmerschlüssel, dem Speisekammerschlüssel. Vergeblich.

Als Letztes probiert Coco es noch mit dem Schlüssel der

Küchentür, der immer an dem kleinen Haken am Küchenschrank hängt. Und tatsächlich: Der Schlüssel passt!

Er lässt sich leicht in Nellys Schloss drehen, und als Coco schließlich im Zimmer ihrer Schwester steht, fühlt sie sich wie eine Einbrecherin.

Ihr Herz klopft und das Blut rauscht in ihren Ohren. Sie hält einen Moment inne und lauscht, aber im ganzen Haus ist nicht ein einziges Geräusch zu hören.

Coco sieht sich neugierig um. In Nellys Zimmer sieht es ziemlich chaotisch aus. Ihre Schulsachen, die man auf dem Schreibtisch vermuten würde, stapeln sich auf dem Fensterbrett, ihre Sneakers liegen auf der Tagesdecke, die sie nachlässig über ihr Bett geworfen hat, und ihre CDs liegen verstreut auf dem Fußboden herum.

Coco rührt nichts an. Sie macht einen großen Schritt über die CDs hinweg und öffnet Nellys Kleiderschrank.

Ganz hinten entdeckt sie die Einkaufstüte, die Nelly unter die Kleider und Hosen gestopft hat, die an Bügeln hängen. Einen Moment zögert Coco noch, dann greift sie nach der Tüte und schüttet deren Inhalt auf Nellys Bett aus: einen schwarzen BH, einen roten BH mit Spitze, einen schwarzen und einen roten Spitzentanga, schwarze, grobmaschige Netzstrümpfe, schwarze Wollstulpen.

Coco setzt sich aufs Bett und nimmt den roten Spitzentanga in die Hand. Sie weiß nicht, warum sie diese Einkäufe so merkwürdig findet, warum ihr Herz plötzlich heftiger schlägt.

Nelly kauft sich Spitzenwäsche! Tangas! Für wen?

Siedend heiß fällt Coco plötzlich das Gespräch wieder ein, das Nelly gleich nach ihrer Rückkehr aus dem Krankenhaus mit ihr führen wollte. Als Coco noch vollkommen neben der Spur war und sich erst einmal wieder in ihrer alten Welt zurechtfinden musste, da wollte Nelly ausgerechnet über Cocos Besuch bei der

Gynäkologin Bescheid wissen ... Was genau hatte sie eigentlich wissen wollen? Und wieso hatte sie, Coco, nicht nachgefragt, sondern das Gespräch abgeblockt?

Wahrscheinlich, weil sie immer wieder bei Tomke gelandet waren. Weil Nelly am Anfang, als Coco aus dem Krankenhaus zurück war, jeden Tag damit anfing. Immer wieder wollte sie wissen, warum Tomke und sie Schluss gemacht hatten, und sie konnte gar nicht oft genug hören, dass Coco diejenige war, die Schluss gemacht hatte und nichts mehr von Tomke wissen wollte.

Coco lässt sich rückwärts auf Nellys Bett fallen.

Sie denkt daran, wie müde Nelly diese Woche morgens ausgesehen hatte und wie sie abends immer in ihrem Zimmer verschwindet, gleich nach dem Abendessen, ohne sich an irgendeinem Familiengespräch zu beteiligen. Dabei geht es um die Weihnachtsferien und ob die Familie zusammen in den Skiurlaub fahren soll. Früher hat Nelly sich mit Leidenschaft in solche Gespräche gestürzt.

Coco setzt sich auf, legt die Sachen einzeln zusammen und packt sie zurück in die Tüte. Als sie die Tüte wieder verstauen will, zögert sie plötzlich und beugt sich tiefer in den Schrank. Hinten, ganz hinten, liegt zusammengeknüllt ein Klamottenhaufen.

Coco zieht die Sachen nach vorn. Und erstarrt.

Zusammen mit einem zerknüllten T-Shirt und einem hellblauen Pullover findet sie eine Mullbinde. Sie ist rotbraun verfärbt und auch der Pulliärmel starrt vor getrocknetem Blut.

Coco schaut voller Bestürzung auf die Sachen in ihrer Hand.

Was ist da passiert? Was macht Nelly bloß in ihrer Freizeit?

Und wieso versteckt sie diese Sachen in ihrem Schrank? Die Antwort ist klar. Weil niemand sie sehen soll.

Coco stopft schnell alles in den Schrank zurück, verschließt Nellys Zimmer sorgfältig, läuft in ihr Zimmer und schnappt sich ihr Handy.

Sie tippt Nellys Handynummer an, wartet. Nach einer Ewigkeit meldet sich Nellys Stimme. »Nelly ist gerade nicht da, wo ihr Handy ist. Hinterlasst einfach eine Nachricht nach dem PIEP.« Das war schon immer die Ansage auf ihrer Mailbox.

In einem ersten Impuls will Coco etwas draufsprechen, doch dann zögert sie. Sie beendet den Anruf und entscheidet sich, stattdessen eine SMS zu schicken.

Hi, Süße, wo bist du? Hab Sehnsucht nach dir :p

Sie legt das Smartphone weg, wirft sich auf ihr Bett, starrt gegen die Decke. Und wartet.

Aber Nelly meldet sich nicht.

Nach einer Stunde ungeduldigen Wartens ruft Coco bei Fiona zu Hause an. Fionas Mutter ist am Telefon und freut sich, als sie hört, dass Coco anruft. Sie reden erst ein bisschen über Cocos Genesung, bis Coco endlich dazukommt, ihre Frage zu stellen.

»Ich suche Nelly. Ist sie zufällig mit Fiona zusammen?«

»Mit Fiona?«, sagt ihre Mutter erstaunt. »Wie kommst du darauf?«

»Ähm ... weil sie befreundet sind?«, entgegnet Coco und wundert sich über die seltsame Frage. »Und weil sie doch immer –«

Fionas Mutter unterbricht sie. Ihre Stimme klingt ein bisschen spitz. »Ja, das war früher. Da war Nelly auch noch ein liebes, süßes Mädchen und Fiona und sie waren beste Freundinnen.«

»Und jetzt nicht mehr?«, fragt Coco verwirrt.

»Oh nein! Hat sie dir das nicht erzählt? Das ist schon eine Weile vorbei. Deine Schwester interessiert sich jetzt für ganz andere Dinge ...«

»Was denn für Dinge?«

Fionas Mutter lacht. »Also, das solltest du sie lieber selber fragen, oder? Ich bin schließlich nicht so nah dran an ihr wie du.«

Sie wechseln aus Höflichkeit noch ein paar Sätze, dann verabschieden sie sich. Coco legt sich wieder auf ihr Bett und schickt eine zweite SMS:

Nelly. Melde dich bitte. Coco >:O

Aber auch jetzt ist es, als hätte Coco die SMS irgendwohin ins Universum geschickt, wo sie einfach umherschwirrt und von niemandem beachtet wird.

Um kurz nach fünf ruft Jan an. Seine Stimme ist kaum zu verstehen, im Hintergrund ist Loungemusik und das Klirren von Geschirr zu hören.

»Hi, Coco. Wo bleibst du denn?«

Da erst fällt es Coco siedend heiß ein, dass sie um fünf mit Jan verabredet war. Jan hatte ein neues Café vorgeschlagen, in dem die Sessel angeblich noch bequemer sind. Und das Licht noch gemütlicher. Da wartet er jetzt.

»Oh Gott, Jan«, ruft sie, » entschuldige, das hab ich total vergessen!« Ihr schießt das Blut in die Wangen und es ist ihr unheimlich peinlich.

»Und? Was machen wir jetzt?«, fragt Jan.

»Keine Ahnung. Wollen wir es verschieben?«, schlägt Coco mit flehender Stimme vor.

»Meinetwegen, aber ihr habt doch nächste Woche den Physiktest.«

»Ja, ich weiß.« Coco seufzt. »Blöder Mist.«

»Also, ich habe heute nichts weiter vor«, sagt Jan. »Ich könnte warten, wenn du dich jetzt gleich auf den Weg machst.«

»Okay, gut.« Coco schaut hastig auf die Uhr. »Ich beeil mich. Ich schätze, ich kann in zwanzig Minuten da sein.«

»Gut, dann bis gleich.«

Jan hat wirklich einen guten Riecher für schöne Plätze, denkt Coco, als sie das neue Café betritt. Die Atmosphäre gefällt ihr auf Anhieb und Jan hat den schönsten Tisch im Erker erobert. Er sitzt da, die Arme ausgebreitet auf bunten Kissen. Vor ihm auf dem Tisch stehen zwei leere Kaffeebecher. Weil er Handball spielt, raucht er nicht und trinkt keinen Alkohol. Dafür ist er, wie er ihr mal grinsend erzählt hat, ein Kaffee-Junkie. »Für Latte macchiato könnte ich morden«, hat er Coco bei ihrem ersten Treffen gesagt. Coco mag Jan, aber es würde ihr auch nichts fehlen, wenn es ihn nicht gäbe. Doch an diesem Nachmittag ist es anders.

Coco ist in Gedanken immer noch bei Nelly.

Als Jan bemerkt, dass sie sich nicht richtig auf die Aufgabe konzentriert, fragt er ganz freundlich: »Irgendwelche Probleme?«

Und da bricht es aus Coco heraus. Wie eng sie früher mit ihrer kleinen Schwester gewesen sei, wie keine vor der anderen ein Geheimnis hatte, wie ihre jüngere Schwester ihr alles abgeguckt und nachgemacht habe, wie Nelly sie geradezu vergöttert und jede freie Minute ihre Gesellschaft gesucht habe. Und wie jetzt, nachdem Coco drei Monate im Krankenhaus war und Nelly sich an ein Leben als »Einzelkind« gewöhnt habe, alles anders sei. »Und das verwirrt mich echt«, sagt Coco. »Vor einem Jahr hat sie noch mit Barbies gespielt und jetzt sieht sie aus wie eine Mischung aus Grufti und Bundeswehrrekrutin.«

Jan hat ihr aufmerksam zugehört. »Ich habe keine Geschwister«, sagt er, »ich weiß nicht, wie man sich da fühlt. Aber ganz ehrlich, du würdest dich bestimmt auch über dich wundern, wenn du dir im Nachhinein selbst dabei zuschauen könntest, wie du dich vor ein paar Jahren verändert hast.«

Coco lächelt schwach. »Das sagt meine Mutter auch die ganze Zeit. Vielleicht habt ihr ja recht.«

In dem Moment muss Coco an die letzte Therapiestunde denken, bei der sie zusammen mit ihren Eltern war. Es ging um das Thema Vertrauen. Und plötzlich fühlt Coco sich ganz klein. Dass sie vor ein paar Monaten regelmäßig ihre Eltern bestohlen hat, fällt vielleicht in eine ähnliche Kategorie, wie blutige Mullbinden im Kleiderschrank zu verstecken ...

»Trinken wir noch einen Latte?«, reißt Jan sie aus ihren düsteren Gedanken. »Diesmal gebe ich einen aus.«

Als er mit dem Tablett zurückkommt und Coco sich schon artig über die Physikaufgabe gebeugt hat, sagt Jan: »Hast du mal in ihre Mails geguckt?«

Coco schaut auf. »Ne, wieso?«

»Oder ist sie nicht auf Facebook?«

»Klar ist sie das!«

»Ja und? Seid ihr nicht befreundet? Guckst du nie, was sie da so macht?«

»Eigentlich schon, aber ich hatte in letzter Zeit so viel um die Ohren ...«, sagt Coco ausweichend. Die Wahrheit ist, dass Coco nach dieser Katastrophe kein einziges Mal mehr auf Facebook war. Sie hat keine Nachrichten mehr gepostet, keine Fotos mehr ins Netz gestellt – welche auch? –, und seit sie wieder zu Hause ist, sind andere Dinge für sie wichtig geworden.

Doch jetzt starrt sie Jan an, als habe sie gerade zum ersten Mal von den vielfältigen Funktionen sozialer Netzwerke gehört.

»Du hast natürlich recht!«, ruft sie. »Oh Gott, ja! Wie blöd bin ich eigentlich?«

Jan grinst. »Ich weiß nicht?«

Da müssen sie beide lachen.

3.

Das zweite Ritual

Natürlich holt Tomke Nelly nicht zu Hause ab, so wie er früher Coco abgeholt hatte. Nie wird Nelly vergessen, wie Tomke und ihre große Schwester auf seinem roten Roller davonbrausten und sie zurückließen. Nach diesem langen, innigen Zungenkuss. Aber das war ja auch was anderes. Coco und Tomke waren ein Liebespaar. Nelly ist sich dessen bewusst und sie versucht auch nicht mehr, nach Tomkes Hand zu greifen, wenn er an der Bushaltestelle auf sie wartet.

Vor zwei Tagen hatte sich Crips bei ihr gemeldet und ihr mitgeteilt, dass es an diesem Freitagabend so weit war. Heute würde das zweite Ritual stattfinden. Nun sind Tomke und sie auf dem Weg zu ihm. Crips wohnt mindestens zwölf Busstationen von Nelly entfernt. Als sie aussteigen, stellt Nelly staunend fest, dass auch Crips in einer bürgerlich-spießigen Gegend wohnt, wo die Bürgersteige frisch gefegt und die Rasenflächen in den Vorgärten mit der Nagelschere gestutzt scheinen. Nelly kann es gar nicht fassen, als sie an den akkurat geschnittenen Hecken und gemauerten Müllbehälter-Häuschen vorbeigehen.

»Hier wohnt also Crips?«, fragt sie verwundert.

»Was hast du denn gedacht?«, gibt Tomke zurück.

»Weiß nicht.« Nelly zuckt mit den Schultern. »Ich hab ihn mir irgendwie immer in einer versifften WG vorgestellt, in so einem unrenovierten Altbau. Das sieht hier ja fast so aus wie bei mir zu Hause.«

»Und? Wie findest du das?«

Nelly lächelt. »Irgendwie beruhigt es mich. Komisch, oder?«

»Hast du Angst?«, fragt Tomke.

Nelly tastet nach dem USB-Stick in ihrer Jackentasche und schüttelt den Kopf. »Nein. Das Schlimmste liegt ja schon hinter mir. Und irgendwie freu ich mich auch darauf.«

Crips hat beschlossen, dass Nellys zweites Ritual in der Doppelgarage seiner Eltern stattfinden soll. Die sind nach Oberbayern gefahren, zur Beerdigung eines Verwandten.

»Erzähl mir was über Crips«, bittet Nelly. Obwohl sie inzwischen einige Male mit der Clique unterwegs war, hat sie das Gefühl, Crips nicht wirklich zu kennen. Es ist, als würde sie immer wieder an ihm abgleiten, als wäre er nur eine Fassade.

»Na ja, ich weiß bloß, dass er seine Eltern nicht mehr wirklich als seine Familie betrachtet«, beginnt Tomke zögernd. »Schon lange nicht mehr. Aber als er sich darüber im Klaren war, und das ist noch nicht lange her, hat er beschlossen, unsere Clique zu gründen – als eine Art Gegenfamilie.«

»Gegenfamilie«, wiederholt Nelly, »das klingt irgendwie cool. Besser als zum Beispiel Ersatzfamilie.« Ihr fallen sofort etliche Momente aus ihrem Leben ein, in denen sie auch gern eine Gegenfamilie gehabt hätte. Besonders in der Zeit, als sich alles nur um Coco und ihren Unfall drehte.

»Crips hat eigentlich zwei Schwestern«, erzählt Tomke. »Die beiden sind Zwillinge und am Vormittag ihres achtzehnten Geburtstags sind sie zusammen abgehauen, kurz vor dem Abitur. Sie haben alles dagelassen: den Geburtstagskuchen, die Geschenke. Nur ihre Klamotten haben sie mitgenommen.«

»Und warum sind sie abgehauen?«, will Nelly wissen, die unwillkürlich erschaudert.

»Das ist das große Rätsel, an dem Crips seitdem herumnagt. Er mochte seine Schwestern und er sagt, ihr Verschwinden habe ihn komplett aus der Bahn geworfen. Seine Schwestern haben weder ihm noch den Eltern einen Abschiedsbrief hinterlassen. Und sie waren nicht mehr zu erreichen, weder per Telefon noch per Internet. Sie waren einfach weg.«

»Wahnsinn«, haucht Nelly. Sie bekommt eine Gänsehaut, als sie sich vorstellt, dass ihre Schwester auf so eine geheimnisvolle Weise plötzlich verschwinden würde.

»Wie alt war Crips da?«

»Ich glaube, sechzehn. Und ich denke auch, dass er so eine Ahnung hat, warum die Schwestern abgehauen sind. Sein Vater scheint ein ziemlich brutaler Typ zu sein und Crips hat mal so Andeutungen gemacht, zum Beispiel dass seine Schwestern immer Angst hatten, wenn ihre Mutter sie mit dem Vater allein zu Hause gelassen hat, oder die Bemerkungen, die der Vater über ihre Titten gemacht hat, wenn sie enge Oberteile anhatten.« Tomkes Stimme klingt belegt und Nelly blickt verschämt zu Boden. »Na ja, seine Eltern haben ihm auf seine bohrenden Fragen wohl nie eine schlüssige Antwort gegeben.«

»Und das hat er dir einfach so alles erzählt?«

Tomke nickt. »Ja«, sagt er und stößt die Luft geräuschvoll aus. »Und danach haben wir uns die Kante gegeben.«

Die Location entpuppt sich als ganz akzeptabel. Die Garage ist zwar nicht so aufgeräumt wie der Vorgarten und riecht ein bisschen nach Diesel, aber da die Autos nicht da sind, hat Crips ein paar Plastikgartenstühle in einem Kreis aufgebaut. Hinter einem der Stühle steht eine Kiste Bier. Und daneben, auf einem Umzugskarton, eine Flasche Jägermeister und ein verbeulter Zinnteller mit einer dicken, brennenden Kerze, die nach Weihrauch duftet.

Die anderen sind schon da, als Tomke und sie die Garage betreten. Tomke wird mit einem Schulterschlag, Nelly mit einer feierlichen Umarmung begrüßt. Als Shady ihr seine offene Hand auffordernd entgegenstreckt, legt Nelly ihren USB-Stick hinein.

»Das ist heute dein Tag, Nelly«, sagt Crips. »Und es ist auch mein Tag. Unser Tag. Familientag, sozusagen.«

Nelly nickt, ihr ist ganz merkwürdig zumute. Angst hat sie nicht, obwohl sie, als sie sich die Szene ausgemalt hat, wie sie sich alle zusammen ihr Video ansehen würden, immer einen Kloß im Hals verspürte. Es hat sie am Anfang ja schon Überwindung gekostet, sich nur in Unterwäsche vor ihre Laptopkamera zu setzen. Einmal – gleich beim ersten Mal – war Coco in ihr Zimmer geplatzt. Seitdem hat sie immer abgesperrt, wenn sie dafür geübt hat, sich vor der Kamera zu bewegen. Nun ist ihr großer Auftritt gekommen.

Crips greift nach der Fernbedienung für das Garagentor. Sobald sich das automatische Tor geschlossen hat, ist es in der Garage stockfinster und Nelly braucht eine Weile, bis sich ihre Augen an die Dunkelheit gewöhnt haben.

Alle tragen ihre besten Sachen oder das, was sie dafür halten. Shadys Haare sehen aus, als hätte er sie frisch gewaschen. Miriam trägt ein schwarzes Samtcape mit rotem Seidenfutter, das glänzt und schimmert, wenn das Kerzenlicht darauf fällt. Und Chantal ist in einem tief dekolletierten Pulli gekommen, der die Schalen ihres BHs im Ansatz sehen lässt. Crips trägt echte Cowboystiefel mit Absatz und Eisenkappe. Behaglich streckt er die Beine aus, während Shady die Chipstüten aufreißt und weiterreicht.

Crips schiebt die Tüte weg. »Erst mal vorglühen«, sagt er und reibt sich die Hände. »Tommo, lass mal den Jägermeister kreisen.«

Tomke greift hinter sich, dreht die Flasche auf und reicht sie als Erstes an Crips weiter. Aber der winkt Nelly, die unsicher ganz vorn auf der Stuhlkante sitzt, zu sich heran. »Der erste Schluck ist für dich«, sagt er, als er ihr die Flasche reicht.

Er schaut Nelly dabei in die Augen und Nelly zwinkert nicht. Sie setzt die Flasche an und schluckt, aber als das feurige Zeug ihre Kehle hinabrinnt, kneift sie die Augen zusammen, weil es höllisch brennt.

Sie hustet verlegen und reicht die Flasche schnell weiter. »Boah«, krächzt sie, »ich bin das Zeug einfach nicht gewöhnt.«

»Macht nichts«, sagt Crips väterlich, »du bist ja unser Küken.« Er setzt die Flasche an, ohne Nelly aus den Augen zu lassen, und nimmt einen tiefen Schluck. Als die Flasche einmal die Runde gemacht hat, sagt Crips mit einem auffordernden Blick zu Chantal: »Und jetzt für alle ein Bier.«

Sie trinken feierlich. Schweigen feierlich. Stoßen die Flaschen gegeneinander und setzen sie wieder an die Lippen. Nelly trinkt mit geschlossenen Augen und denkt: Okay. Und wann geht es endlich los? Genau in dem Augenblick sagt Crips: »Bist du bereit, Nelly?« Und sie reißt die Augen wieder auf und nickt erschrocken. Plötzlich klopft ihr das Herz bis zum Hals.

Crips macht Shady ein Zeichen, der daraufhin einen kleinen Campingtisch aus der anderen Garagenhälfte holt, auf dem er einen Laptop und einen Beamer aufbaut. Danach macht Shady sich an einer Leinwand zu schaffen, die er geschickt auf einem Stativ befestigt und aufrollt. Die weiße Fläche reflektiert das Kerzenlicht und Nelly kann das Tattoo an seinem linken Unterarm erkennen, eine Art Drachen, in Grün, Rot und Schwarz, der einen riesigen Feuerschweif spuckt, der sich über die ganze Armbeuge zieht.

Nun ist es also so weit. Nelly hat lange überlegt, was sie für das Video anziehen soll. Sie hat sich extra neue Unterwäsche gekauft, echte Dessous. Denn ihr war irgendwann klar geworden, dass der Akt des sich Ausziehens würdevoll sein müsste, nicht verlegen, nicht stümperhaft. Doch wie soll man sich elegant aus engen Jeans herausschälen? Oder eine Strumpfhose über die Oberschenkel herunterrollen? Andererseits wollte sie auch nicht so billig rüberkommen wie eine Stripperin. Also hat Nelly sich ein

Kleid aus Cocos Schrank »geborgt«. Coco hat es sowieso nicht gemerkt, weil sie dieses Kleid neulich bei ihrer Aufräumaktion ganz nach oben in die hinterste Schrankecke verbannt hat. Es ist rot und hat einen tiefen V-Ausschnitt und im Rücken einen Reißverschluss, der bis zum Po reicht.

»Okay, kann losgehen«, sagt Shady in dem Moment und alle bringen ihre Stühle so in Position, dass sie eine gute Sicht auf die Leinwand haben. Wie gebannt sind alle Augen nach vorn gerichtet, als Shady die Playtaste auf dem Bildschirm drückt.

Und plötzlich erscheint Nelly in voller Größe auf der Leinwand. Sie steht in Cocos rotem Kleid in ihrem Zimmer, in dem sie mit ein paar Kerzen und ihrer Schreibtischlampe für angenehmes Licht gesorgt hat. Nelly verfolgt jede ihrer Bewegungen, als würde sie den Film gerade zum ersten Mal sehen. Dabei hat sie so lange dafür geübt und sich das Ergebnis danach immer wieder von Neuem angesehen.

Auf der Leinwand streift sie gerade ihre Schuhe ab – ihre einzigen Schuhe mit einem kleinen Absatz – und nimmt den rechten Arm nach hinten, um den Reißverschluss aufzumachen. Langsam, Zentimeter für Zentimeter, zieht sie ihn herunter. Sie schiebt das Kleid erst von der rechten und dann von der linken Schulter und lässt es langsam über ihr Dekolleté nach unten gleiten. Jetzt liegt es auf ihren Hüften. Ihre Hüften sind breiter als die ihrer Schwester. Coco hat definitiv die elegantere Figur von uns beiden, denkt Nelly. Und dann denkt sie: Nicht an Coco denken, und konzentriert sich wieder auf die Leinwand. Sie sieht, wie sie den Bauch einzieht und das Kleid langsam über die Hüften und den Po streift, mit schlängelnden Bewegungen, damit es ganz einfach aussieht.

Aus dem Augenwinkel nimmt Nelly wahr, dass Shady seine Sitzposition verändert. Er verschränkt die Arme vor der Brust und ein kleines Lächeln liegt auf seinen Lippen.

Das Kleid ringelt sich jetzt um ihre Füße. Als Nächstes bringt sie beide Arme nach hinten und öffnet die Häkchen von ihrem BH. Rote Seide mit Spitze. Die Verkäuferin hat ihr einen vielsagenden Blick zugeworfen, bevor sie das Teil in die Tüte legte. »Süß«, hat sie gemeint. Und Nelly hat strahlend genickt.

Sie schiebt die Träger des offenen BHs nacheinander von den Schultern, entblößt ihre Brüste und lässt ihn einfach auf das rote Kleid fallen. Jetzt erst fällt Nelly auf, dass die beiden Rottöne nicht zusammenpassen. Aber wen stört das schon?

Nelly weiß, dass sie jetzt gleich auch den Tanga ausziehen und mit einem Schritt aus dem Kleiderhaufen um ihre Füße heraussteigen wird. Dabei wirkt sie ganz ruhig und schafft es, aufrecht stehen zu bleiben. Und so steht sie dann da, splitterfasernackt, und man kann jedes Detail an ihr erkennen.

Das ist der Moment, in dem Shady auf die Pausetaste drückt. Das Bild auf der Leinwand friert ein. Nellys nackter Körper scheint wie für alle Zeiten auf die weiße Wand gebannt zu sein.

Plötzlich hört sie, wie Tomke etwas murmelt. Dann räuspert sich Crips und fordert Nelly auf, sich vor die Leinwand zu stellen.

Mit zitternden Knien läuft Nelly nach vorn und blickt unsicher zu den Leuten, die noch immer auf ihren Stühlen sitzen. Doch das Licht des Beamers ist so hell, dass sie nichts erkennen kann.

Nelly hört, wie jemand seinen Stuhl zurückschiebt, und sie erkennt Crips, der auf sie zukommt. Er bleibt vor ihr stehen und wirft einen langen Blick auf die Leinwand, ehe er Nelly schließlich in die Arme nimmt. Als Nächstes drückt er ihr einen Kuss auf die Stirn und sagt laut und deutlich: »Du bist nackt auf diese Welt gekommen. Du hast dich uns schutzlos gezeigt. Hiermit geloben wir hoch und heilig, dass wir dich immer beschützen werden. Du bist nun ein Teil unserer Gemeinschaft. Unserer Familie.«

Und dann lässt er sie los und Shady steht auf und kommt etwas steifbeinig auf sie zu, verbeugt sich und sagt mit einem schiefen Grinsen auf den Lippen: »Schwester? Das war gut.« Und sie lächelt und fragt, auf sein Tattoo deutend: »Ist das ein Drache?«

»Das ist ein Salamander«, sagt Shady. »Die bringen Glück. Wenn du willst, zeig ich dir den Laden, wo sie das machen. Das sind echt die Besten in ganz Hamburg.«

Nelly nickt, sie ist so dankbar, dass Shady, der ihr ein bisschen unheimlich ist, keinen anzüglichen Kommentar gemacht hat.

Und plötzlich fällt der ganze Druck schlagartig von ihr ab. Nelly spürt, wie ihr Tränen über die Wangen laufen. Es sind Tränen der Erleichterung, des Glücks. Tomke kommt zu ihr, nimmt sie in den Arm und streicht mit den Fingern zärtlich die Tränen weg. »Nicht weinen!«, murmelt er. »Du kannst stolz auf dich sein.«

Sie nickt und lacht und nickt, während immer neue Tränen über ihr Gesicht laufen.

Chantal umarmt sie und drückt sie ganz fest an sich. »Du hast das super gemacht, Baby«, sagt sie warm. Nelly möchte, dass Chantal sie gar nicht mehr loslässt. Aber Mira will sie auch umarmen. Sie gibt ihr einen Kuss auf beide Wangen. »Ich sage nur: Familie kann etwas Wunderbares sein«, flüstert sie und lässt sie wieder los.

Nelly würde sich wünschen, dass Shady den Beamer endlich ausschaltet. Doch ihr Bild erhellt noch immer die dunkle, kalte Garage, während sich alle an der Bierkiste bedienen.

Gerade als Nelly zu Tomke gehen will, kommt er mit Crips auf sie zu.

»Und jetzt wird gefeiert!« Er drückt ihr ein Bier in die Hand. »Magst du Sushi? Crips kennt da einen ziemlich coolen Laden.«

Nelly strahlt. »Ich liebe Sushi!«

»Und danach gehen wir in den Klub«, sagt Crips. »Da spielt heute Abend eine Punkband. Hier stehen alle auf Punk. Du hoffentlich auch?«

Nelly nickt glücklich. Dabei kennt sie keinen einzigen Namen einer Punkband.

»Cool.« Crips nickt zufrieden. »Und dabei besprechen wir die Aktion.«

»Welche Aktion?«

»Das Ding, das nächste Woche steigt.« Er schaut sie ernst an.

»Was für ein Ding? Klingt ganz so, als wäre ich mit von der Partie«, meint Nelly fröhlich.

Crips stimmt nicht mit in ihr Lachen ein. »Klar bist du dabei. Bisher konnten wir dich nur noch nicht einweihen. Da hast du ja noch nicht hundertprozentig zu uns gehört. Aber du wirst sehen: Das wird 'ne Hammeraktion, von der die Schule noch jahrelang reden wird!«

Crips nickt ihr kurz zu, dann dreht er sich um, um mit Shady zu reden. Nelly sucht fragend Tomkes Blick.

»Und?«, fragt sie. »Was ist das für 'ne Hammeraktion?«

»Lass dich überraschen«, sagt Tomke grinsend und setzt die Flasche an den Mund. »Wird ein ziemlich cooles Ding.«

4.
Die neue Familie

Als Coco nach dem Treffen mit Jan nach Hause kam, hat sie sich sofort Nellys Facebookprofil angeschaut. Doch ihre Schwester hatte seit Wochen nichts mehr gepostet und so hat Coco beschlossen, sich Nellys Laptop vorzunehmen.

Kaum dass ihre Eltern zu ihren Skatfreunden aufgebrochen sind, mit denen sie sich neuerdings immer treffen, hat Coco sich zurück in Nellys Zimmer geschlichen. Jetzt sitzt sie auf Nellys Schreibtischstuhl und fährt den Computer hoch.

Normalerweise benutzt ihre Schwester als Bildschirmhintergrund ein Foto, das ihr Vater letztes Jahr an Weihnachten gemacht hat. Da hatten Nelly und sie auf dem Sofa gesessen und ein Geschenk ausgepackt, über das sie sich so amüsiert hatten: eine Art Wackel-Elvis für das Auto.

Ihr Vater hatte auf den Auslöser gedrückt, als Nelly und Coco sich mit aufgerissenen Augen und Mündern angelacht haben, Nelly mit dem Elvis in der Hand und Coco noch mit dem Rest der Weihnachtsschokoladencreme an den Lippen. Ein Foto, bei dem einem automatisch das Grinsen kam.

Doch stattdessen erscheint nun das trostlose Bild eines alten Fabrikgebäudes mit hohem Schornstein, an dem ein gelbes Banner hängt, auf dem *No Comment* steht.

Coco beugt sich weiter vor, um das Foto zu studieren. Sie fragt sich, was Nelly an diesem Gebäude so fasziniert, dass sie es jeden Tag sehen will, wenn sie ihren Rechner hochfährt. Aber bevor sie sich über so etwas weitere Gedanken macht, öffnet sie rasch

Nellys Mailaccount. Ihre Schwester hat nie ein Geheimnis aus ihrem Passwort gemacht. Als Erstes gibt Coco Nellys Mailadresse ein, dann das Passwort: Händeweg#13

Nellys Rechner braucht eine Ewigkeit. Doch dann erscheint eine Fehlermeldung: *E-Mail-Adresse oder Passwort falsch,* steht da.

Geduldig gibt Coco die Daten ein zweites Mal ein. Vielleicht hat sie sich einfach vertippt. Wieder dieselbe Antwort. Coco starrt stirnrunzelnd auf den Bildschirm. Kann es sein, dass Nelly ihre Zugangsdaten geändert hat? Sie versucht es ein drittes Mal. Das Ergebnis bleibt dasselbe.

Verdammt! Coco flucht innerlich. Nach kurzem Nachdenken wirft Coco einen Blick auf die Dateien, die Nelly auf ihrem Desktop gespeichert hat. Sie überfliegt die wenigen Dokumente und stutzt, als sie eine Word-Datei mit dem Titel *Meine neue Familie* entdeckt.

»Was ist das denn?«, murmelt Coco, nachdem sie das Dokument geöffnet hat. Oben steht, wie bei einem Schulaufsatz, zuerst der Titel und darunter folgt fast eine ganze Seite Text.

Coco klickt noch einmal, um zu sehen, wann Nelly den Text verfasst hat: Er ist erst wenige Tage alt.

Irritiert liest sie weiter.

»Ich habe bislang immer geglaubt, dass meine richtige Familie auch die Familie ist, in der ich mich geborgen und beschützt fühle. Ich dachte immer, eine Familie, eine richtig echte Blutsverwandtschaft, kann durch nichts kaputtgehen. Leider musste ich die traurige Erfahrung machen, dass dies nicht der Fall ist. Nach Cocos Unfall interessieren sich meine Eltern überhaupt nicht mehr für mich, sondern nur noch für meine Schwester. Wochen-, ja monatelang gab es kein anderes Thema als Coco hier,

Coco da. Meine Hausaufgaben habe ich zwischen Überwachungsmonitoren und hektisch hin und her laufenden Krankenschwestern erledigt. Ich wurde in der Schule immer schlechter – aber hier zu Hause hat das niemanden interessiert. Es hat mich keiner auch nur ein Mal gefragt, wie ich mit der ganzen Situation klarkomme. Wichtig war nur, dass immer jemand bei Coco im Krankenhaus war. Ich hatte oft schreckliche Magenschmerzen und tagelang keinen Hunger, aber weder mein Vater noch meine Mutter haben gemerkt, dass ich überhaupt nichts mehr aß. Ich habe fünf Kilo abgenommen – aber keinem ist aufgefallen, dass mir die Kleidung am Körper schlotterte. Oft bin ich abends mit Kopfweh ins Bett und morgens mit dem gleichen Kopfschmerz wieder aufgewacht.
Und irgendwann musste ich mir eingestehen: Offensichtlich bin ich in dieser Familie überflüssig geworden.
Das hat mich eine Zeit lang ziemlich deprimiert. Aber nun kommt das Wunder: Ich glaube ganz fest, dass es Schicksal ist, dass Tomke in dieser Phase an meiner Schule aufgetaucht ist und wir unzertrennlich wurden. Das war mein erster Schritt zu der neuen Familie, zu der ich jetzt gehöre.«

Entsetzt schnappt Coco nach Luft. Tomke ist an Nellys Schule? Und sie hat ihr davon nichts erzählt? Und was meint Nelly mit *unzertrennlich?* Und *neue Familie?*

Coco spürt einen bitteren Geschmack im Mund. Sie muss aufstehen und sich aus der Küche ein Glas Wasser holen. Mit weichen Knien eilt sie in Nellys Zimmer zurück und liest weiter.

»Tomke hat mir gezeigt, dass ich mit meinen Gedanken nicht alleine bin. Auch er hat zu Hause Probleme, seit sein Vater zu seiner Geliebten gezogen ist. Aber auch Crips und die anderen haben mir geholfen. Sie verstehen mich, weil sie wie ich Sehnsucht haben, eine Sehnsucht nach ... das klingt jetzt vielleicht kitschig, aber ich meine es ziemlich ernst, wenn ich sage: eine Sehnsucht nach Geborgenheit, nach Zusammenhalt, nach Wärme. Auch sie suchen eine Heimat für sich. Eine Heimat für die Seele. Einen sicheren, behüteten Platz.
Und all das finde ich in meiner neuen Familie. Das erste Ritual, bei dem ich der Gruppe meine Zugehörigkeit demonstriert habe, war zwar schmerzhaft, doch vielleicht war dieser Schmerz gerade wichtig für mich. Es folgt noch ein zweites Ritual und dann, dann bin ich endlich für immer ein Teil der Familie. Ich freu mich wie verrückt auf diesen Tag!!!«

Hier endet der Text.

Coco starrt wie benommen auf die Zeilen, die ihre kleine Schwester da auf ihrem Computer getippt hat.

Wieso habe ich nicht gemerkt, wie es Nelly wirklich geht?, denkt Coco und spürt, wie das schlechte Gewissen entsetzlich an ihr nagt. Wieso ist mir nicht aufgefallen, dass Nelly etwas vor mir verheimlicht? Stattdessen sind mir nur ihre neuen Klamotten aufgefallen, die Wollmütze, die schwarzen Strumpfhosen ... Coco sieht ihre kleine Schwester wieder vor sich, wie sie am Tag ihrer Entlassung so weit wie möglich von ihr entfernt auf der Rückbank des Autos saß, eingewickelt in diesen schwarzen Wollschal, und aus dem Fenster starrte.

Da war Tomke offenbar schon an Nellys Schule und sie hatten bereits angefangen, »unzertrennlich« zu werden – was auch immer das bedeuten mochte.

Warum hatte sie die körperlichen Warnzeichen bei ihrer Schwester nur nicht bemerkt? War sie wirklich so sehr mit sich selbst beschäftigt gewesen, als sie aus dem Krankenhaus nach Hause kam? Wieso war sie nicht hartnäckig geblieben und hatte Nelly nach ihren Sorgen gefragt? Musste Nelly nicht zu Recht denken, dass sich niemand mehr um sie kümmerte?

Coco liegt angezogen in ihrem Bett und lauscht. Ein Sturm ist aufgekommen, der Wind schlägt die Zweige der Trauerweide gegen ihr Fenster, als wäre es ein Reisigbesen.

Wo ist Nelly jetzt?, denkt Coco verzweifelt.

An Tomke will sie lieber gar nicht erst denken. Tomke ist ein Feigling, der jede Menge Probleme mit sich selbst hat. Er ist eiskalt, denkt sie. Er hat sich nie wieder bei mir gemeldet. Er hat mich einfach abgehakt. Und jetzt macht er sich an meine kleine Schwester ran. Aber in was zieht er Nelly da rein? Wer sind seine neuen Freunde? Wer ist Crips? Und wer ist diese ominöse Familie, von der Nelly da spricht? Und was hat es mit diesen Ritualen auf sich?

Ihre Eltern sind vor ein paar Minuten nach Hause gekommen und Coco hat erst überlegt, ob sie ihnen von ihrem Fund erzählen soll. Doch dann hat sie sich dagegen entschieden und nur gefragt, ob die Eltern wüssten, wo Nelly sei.

Ihr Vater hat ihre Mutter fragend angeschaut, aber die hat nur mit den Schultern gezuckt. »Sie hat mir eine SMS geschickt und gesagt, sie sei bei Freunden.«

Allein das Wort Freunde hat Coco einen Stich versetzt und ihre Mutter hatte einen Blick auf die Uhr geworfen. »Es ist schon zwanzig nach zehn. Ich werde morgen mal ein ernstes Wörtchen mit ihr reden!«

Ihre Eltern haben sich wie immer früh schlafen gelegt und auch Coco ist ins Bett gegangen, mit hellwachem Kopf, und wartet seitdem darauf, dass Nelly nach Hause kommt.

Coco wacht auf, als sie das Rauschen der Toilettenspülung hört. Sie schreckt auf und begreift nicht, wieso sie eingeschlafen ist. Ein Blick auf ihr Handy verrät ihr, dass es halb zwölf ist.

Coco schleudert die Decke von sich und schleicht barfuß an ihre angelehnte Zimmertür. In ihrem Zimmer ist es stockdunkel, nur durch den schmalen Spalt unter der Badezimmertür fällt spärliches Licht auf den Flur.

Wenig später hört Coco den Badezimmerschlüssel und Nellys tapsende Füße auf dem Boden. Ihr Herz klopft, als Nelly im Abstand von fünfzig Zentimetern an ihr vorbeigeht, und sie weicht instinktiv etwas zurück. Dann öffnet und schließt sich Nellys Tür und sofort folgt Coco ihr und betritt, ohne anzuklopfen, Nellys Zimmer.

Nelly fährt herum, reißt die Augen auf und will etwas sagen, aber Coco hat schon die Tür hinter sich zugemacht und den Finger an die Lippen gelegt.

»Weck lieber nicht die Eltern«, wispert sie. »Die sind eh schon sauer auf dich!«

Nelly steht in Unterwäsche da und Coco sieht, dass sie tatsächlich hager geworden ist. Sie sieht sehr jung und sehr verletzlich aus. Sie reißt, wie um Coco abzuwehren oder ihr Gesicht zu verdecken, die Arme hoch. Und da sieht Coco die roten Linien an ihrem rechten Unterarm. Zwei einander kreuzende, dicke Narben.

Coco stürzt sich auf ihre Schwester, packt ihren Arm und hält ihn wie in einem Schraubstock. Sie starrt die Narben, die noch frisch wirken, fassungslos an.

»Was ist das?«, schreit sie. »Wer hat das gemacht?«

»Ich denke, wir sollen nicht schreien«, erwidert Nelly leise. Sie hat sich vollkommen im Griff, als sie sich von Coco losreißt, mit einem Sprung auf dem Bett ist, die Beine an den Körper zieht und Coco mit wildem Raubtierblick auf Abstand hält.

Diese wahnsinnige Situation lässt Coco mit einem Schlag alles vergessen, was sie sagen wollte.

Sie lässt sich einfach nur auf den Schreibtischstuhl fallen und dreht ihn so, dass sie Nelly im Blick hat. Sie kennt ihre kleine Schwester immer noch gut genug, um zu wissen, dass Nelly sie jetzt nicht auf ihrem Bett dulden würde.

Es stimmt also wirklich, was sie heute Abend auf Nellys Rechner gelesen hat. Nelly hat ganz magere Schultern und die Knie sind weiße, spitze Höcker.

»Du bist dünn geworden«, sagt sie, weil sie das für einen guten Anfang hält.

»Bin ich gar nicht«, entgegnet Nelly unwirsch.

»Nelly, bitte, hör auf, mich anzulügen«, sagt Coco. »Ich hab mich in letzter Zeit viel zu wenig um dich gekümmert. Und es tut mir leid.« Sie sagt das nicht nur so dahin. Sie meint die Entschuldigung wirklich ernst. Tomke hin oder her.

»Ist mir egal«, gibt Nelly patzig zurück. »Das stört mich nicht.«

Coco tut, als sei ihr diese Gemeinheit einfach entgangen. »Ich weiß nicht, ob dir das klar ist, aber dieser Unfall hat mich echt aus der Bahn geworfen. Verstehst du das?«

»Ja«, antwortet Nelly einsilbig, aber ihre Stimme klingt eine Spur versöhnlicher.

»Wir haben uns doch früher alles erzählt«, beginnt Coco von Neuem. »Wenn uns irgendwas belastet oder bedrückt hat –«

»Mich bedrückt nichts.« Nelly schlingt ihre Arme so um die Knie, dass die Wunde an ihrem Unterarm nicht mehr sichtbar ist. Dennoch kann Coco nirgendwo anders hinschauen.

»Tut das weh?«, fragt Coco.

Nelly wirft ihr einen fragenden Blick zu. »Was meinst du?«

»Na, die Stelle an deinem Arm, wo du dich geritzt hast.«

»Ich hab mich nicht geritzt! Ich bin doch kein Psycho!«, entgegnet Nelly aufgebracht.

»Sieht aber genauso aus. Hoffentlich hast du die Wunde wenigstens gleich desinfiziert. Das kann sich sonst höllisch entzünden. Wissen ... wissen die Eltern davon?«

Nelly reißt den Kopf hoch. »Wenn du ihnen auch nur ein Wort sagst, rede ich nie wieder mit dir!«

»Gut, ich sag nichts. Ich schwör's.«

Nelly schweigt. Coco ist mit ihrem Latein am Ende. »Bin ich denn nicht mehr deine Schwester?«, fragt sie hilflos.

Nelly zuckt nur gleichgültig mit den Achseln. Ein bedrücktes Schweigen breitet sich in dem Zimmer aus.

»Was denkst du jetzt?«, fragt Coco.

»Dass du aus meinem Zimmer verschwinden sollst«, sagt Nelly.

Nellys harsche Zurückweisung bringt Cocos Gesicht zum Glühen. Sie lacht, fast hysterisch. »Verstehe. Du hast ja jetzt eine neue Familie. Da brauchst du die alte nicht mehr.«

Sie sieht, wie Nellys Pupillen sich weiten, wie ihr Mund sich halb öffnet und doch kein Wort herauskommt. Verdammt! Wie konnte ihr das nur herausrutschen? Jetzt weiß Nelly, dass sie an ihrem Computer war, ihren Text gelesen hat.

Noch immer sitzt Nelly reglos da und sagt nichts. Sie sagt auch nichts, als Coco sie an den Schultern packt und sie rüttelt, sie wehrt sich nicht, als Coco sich immer wieder entschuldigt und ihr sagt, dass sie Nelly lieb habe und sich Sorgen um sie mache. Ihre kleine Schwester sitzt einfach nur da, als hätte eine böse Hexe sie in eine Statue verwandelt. Kaum dass man sieht, wie sie atmet.

Nach einer Viertelstunde inständigen Fragens, Flehens, Bettelns gibt Coco auf. Nelly starrt immer noch mit leeren Augen geradeaus. Es geht etwas so Feindseliges, Abweisendes von dieser Starre aus, dass Coco aufsteht und zur Tür geht.

Aber sie kann das Zimmer nicht verlassen, ohne noch diese brennende Frage zu stellen, die sie beschäftigt, seit sie Nellys Text gelesen hat. Also dreht sie sich noch einmal um. »Wieso verschweigst du mir, dass Tomke jetzt auf deine Schule geht? Und dass du … dass du mit ihm zusammen bist?«

Nelly senkt den Kopf und schweigt.

Coco spürt, dass sie ihre Erregung nicht mehr bändigen kann. Mit bebender Stimme fragt sie: »Kannst du mir wenigstens in die Augen sehen, wenn ich dich etwas frage?«

Da hebt Nelly den Kopf und versenkt ihren Blick in Cocos Augen. Doch dieser Blick ist vollkommen leer und emotionslos. Ihr Gesicht ist komplett ausdruckslos, so als ginge diese Unterhaltung sie eigentlich gar nichts an. Coco begreift nicht, was mit ihrer kleinen Schwester passiert ist. Es übersteigt einfach ihre Vorstellungskraft.

Coco zittert, als sie sagt: »Tomke ist nicht der nette Typ, den du immer in ihm gesehen hast, Nelly. Ich habe mich auch in ihm getäuscht. Ich könnte dir Geschichten über seinen wahren Charakter erzählen, die du wahrscheinlich nicht gerne hören würdest.«

»Dann lass es einfach«, platzt es aus Nelly heraus.

»Verstehe«, sagt Coco leise. »Für dich ist er wahrscheinlich eine Art Held. Aber ich würde gerne verhindern, dass er dir genauso wehtut wie mir.«

»Du bist doch bloß eifersüchtig«, sagt Nelly ganz ruhig. »Ich wusste schon, warum ich es dir nicht erzähle.«

Coco tritt einen Schritt näher. »Eifersüchtig? Warum sollte ich eifersüchtig sein? *Ich* habe Tomke verlassen, falls du das vergessen haben solltest! Und willst du wissen, warum ich mit ihm Schluss gemacht habe?«, fragt sie. »Warum ich ihm gesagt habe, dass ich ihn nie wiedersehen will?«

Da nimmt Nelly das Nachthemd, das auf ihrem Kopfkissen liegt, und schleudert es ihrer Schwester ins Gesicht.

»Nein!« zischt sie. »Will ich nicht! Und jetzt raus hier. Lass dich in meinem Zimmer nie wieder blicken.«

Coco ist wieder in ihrem Bett. Es ist weit nach Mitternacht und ihr Herz pumpt immer noch so, dass sie Probleme mit dem Luftholen hat. Als hätte sie Asthma und fürchte sich vor dem Ersticken. Ihr Puls rast.

Irgendetwas Furchtbares passiert gerade mit Nelly, denkt sie, und ich habe keine Ahnung, was.

Sie überlegt, ob sie ihre Eltern wecken soll, aber wenn sie Nelly gegenüber ihren Schwur bricht, ist definitiv auch die letzte Chance vorbei, ihr Vertrauen zu gewinnen, und ihre Schwester würde sich zu Recht verraten fühlen.

Ich muss das irgendwie alleine schaffen, denkt Coco. Meinetwegen ist sie dahinein gerutscht und deswegen muss *ich* sie da auch wieder rausholen. Ich muss es wiedergutmachen. Sie ist meine Schwester und ich liebe sie. Und dieser Gedanke bringt Coco schließlich so weit zur Ruhe, dass sie endlich Schlaf findet.

5.
Vorbereitung

Die Vorbereitungen haben das ganze Wochenende gedauert. Und in der Nacht auf Montag ist Nelly so aufgeregt, dass sie kaum schlafen kann. Die Stunden in der Schule ziehen sich wie Kaugummi. Doch endlich ertönt der erlösende Gong und Nelly beeilt sich, nach Hause zu kommen, um die letzten Sachen in ihren Rucksack zu packen.

Coco ist zum Glück noch in der Schule, sonst würde sie ihr wieder Löcher in den Bauch fragen. So muss sie nur noch ihrer Mutter eine SMS schreiben.

Wir müssen heute den ganzen Nachmittag für die Englisch-AG üben. Das geht bestimmt bis spätabends. Kann ich bei meiner Freundin schlafen? Nelly

Sie hat ziemlichen Ärger bekommen wegen Freitagabend, aber ihre Eltern haben gerade so viel um die Ohren, dass sie Nellys Beteuerungen schnell geglaubt haben, dass so etwas in Zukunft nicht mehr vorkommen würde.

Als Nelly zehn Minuten später noch keine Antwort bekommen hat, schickt sie eine zweite SMS hinterher:

Hallo Mami, hast du meine SMS nicht bekommen? Ich brauch dringend eine Antwort!

Eine halbe Stunde später, als Nelly sich gerade im Bad fertig macht, ruft ihre Mutter sie an. Nelly lässt das Handy klingeln und wartet, dass die Mailbox anspringt. Als sie die Nachricht abhört, hört sie die hektische Stimme ihrer Mutter: »Hier ist gerade die Hölle los, Nelly. In Ordnung, du kannst bei deiner Freundin schlafen. Aber leg einen Zettel mit ihrer Telefonnummer auf den Küchentisch, damit wir wissen, wo wir dich erreichen können.«

Gut gelaunt geht Nelly in die Küche, sucht in ihrem Handy nach Chantals Nummer und schreibt sie auf die Rückseite eines alten Einkaufszettels. Doch statt der Drei am Ende schreibt sie eine Fünf. Dann schnappt sie sich ihren Rucksack und macht sich auf den Weg.

Endlich ist es so weit. Morgen würde die große Aktion an der IGS steigen. Ein Schulstreich, den der Direktor so schnell nicht wieder vergessen wird. Für ihn soll es eine Lehre sein und für die Schüler der IGS ein tolles Erlebnis.

Nachdem sie im *No Comment* noch ein paar Runden Billard gespielt hatten, hatten sie sich vor etwa einer Stunde auf den Weg zur IGS gemacht.

Der Plan ist, dass sie durch ein Kellerfenster in die Schule einsteigen. Shady hat das richtige Werkzeug dafür mitgebracht. Anschließend wollen sie in einem der Kellerräume alles für den morgigen Tag vorbereiten. Dort haben sie bereits letzte Woche heimlich alles gelagert, was sie für ihre Aktion brauchen: eine Leiter. Ein Seil. Zwei Megafone. Flugblätter. Und das große Bettlaken, auf dem steht: *Diese Schule ist besetzt.*

Es ist kurz nach zehn Uhr abends, als Nelly sich als Erste durch das enge Kellerfenster zwängt und dann tapfer ins Dunkle springt. Chantal und Mira haben sichergestellt, dass der Platz unter dem Fenster leer geräumt ist. Sie hatten vorher gelost, in welcher Reihenfolge sie in die Schule einsteigen wollen. Nelly hat das Los mit der Nummer eins gezogen. Sie hat keine Angst, als sie nun mit federnden Knien auf dem Betonboden landet. »Alles okay!«, ruft sie zum offenen Fenster hoch.

Als Nächstes kommt Chantal. Dann folgen Tomke, Shady und

Mira. Crips springt als Letzter. Shady lehnt die Leiter an die Wand und zieht das Fenster wieder in die Öffnung. Es lässt sich nicht mehr festschrauben, aber wenn jemand nur flüchtig hinschaute, würde nicht auffallen, dass das Fenster einfach nur lose im Rahmen steckte.

Als alle beieinanderstehen, lässt Crips kurz seine Taschenlampe aufblitzen. Er leuchtet jedem einmal ins Gesicht und fragt: »Bereit?«

Alle nicken. Nellys Wangen glühen, was nicht nur an dem Alkohol liegt, den sie im *No Comment* getrunken haben.

»Wir müssen nur noch diese kurze Nacht durchstehen, bevor hier volle Action angesagt ist«, sagt Crips und Nelly kann die Aufregung in seiner Stimme hören. »Mira, Chantal, haben wir alles? Proviant für die Nacht? Decken?«

»Yes, Sir«, sagt Chantal fröhlich.

Crips nickt. »Okay«, sagt er. *»Let's go.«*

Wie jeden Morgen um 10.15 Uhr ist das alte Hauptgebäude der IGS praktisch leer, bis auf die Lehrer, die sich ahnungslos im Lehrerzimmer aufhalten.

Über dem Pausenhof hängt die übliche Lärmglocke, als auf einmal eine herrische Stimme über den Platz schallt: »Achtung! Achtung! Es folgt eine wichtige Mitteilung für sämtliche Schüler der IGS.«

Alle Köpfe wenden sich zum Gebäude um und schauen in den dritten Stock hinauf. Hier steht Nelly, verdeckt vom offenen Fenster, und beobachtet gespannt, wie Crips neben ihr in sein Megafon brüllt: »Ab sofort ist schulfrei für alle.«

Während ihre Mitschüler unten auf dem Hof in Jubelgeschrei ausbrechen, wandert Nellys Blick zum Dach, von wo Tomke massenhaft Flugblätter hinuntersegeln lässt, auf denen Crips' Lieblingsslogan steht. Für einen Moment sieht es aus, als würde es schneien. Gleichzeitig lässt Shady das große Bettlaken über dem Eingang heruntersegeln.

Alles läuft nach Plan: Sie haben die Schule besetzt. Freudestrahlend dreht sich Nelly zu Crips. Doch der starrt unverwandt auf den Pausenhof. Er tritt vor das offene Fenster und ergreift erneut das Megafon: »Aus Sicherheitsgründen werdet ihr aufgefordert, unverzüglich das Schulgelände zu verlassen. Eure Sachen müssen hierbleiben, also geht NICHT wieder in eure Klassen zurück, sondern direkt nach Hause.«

Der Jubel unter den Schülern ebbt sofort ab. Die Situation ist zu unheimlich. Auch Nelly wird bei Crips' Anblick mulmig. Seit gestern Nacht wirkt er wie unter Drogen. Seine Pupillen sind weit aufgerissen, seine Gesichtshaut ist voller roter Flecken.

Mit einem Mal wird der Tumult auf dem Hof größer. Alle schwirren orientierungslos durcheinander, ein paar Mädchen beginnen zu schreien, andere stürzen schon zum Ausgang. Immer mehr schließen sich den ersten Flüchtenden an. Nelly beobachtet, wie sich einer der Lehrer mit ausgebreiteten Armen vor den Ausgang stellt. Es ist ihr Sportlehrer Herr Hartmann. Aber er hat keine Chance.

* * *

Im Goethe-Gymnasium macht in der ersten Pause unter den Schülern ein Gerücht die Runde: In der IGS soll es irgendeinen Vorfall geben. Als auch Coco davon hört, bekommt sie sofort eine Gänsehaut. Ihr fallen die Albträume wieder ein, die sie in der Nacht hatte und die sie seit dem Aufwachen abzuschütteln versucht.

Beunruhigt geht Coco in den Physikraum. In wenigen Minuten würde sie über den Klausuraufgaben brüten und Coco hat so ehrgeizig dafür gelernt, dass sie die Arbeit nicht in den Sand setzen will. Und auch Jan würde sich freuen, wenn sie eine gute Zensur bekäme. Es wäre ein Erfolgserlebnis für sie beide.

Eine Viertelstunde später versucht Coco, sich auf die Aufgaben zu konzentrieren. Jan wirft ihr einen fragenden Blick zu und macht verstohlen ein Siegeszeichen mit den Fingern, woraufhin Coco ihm lächelnd zunickt.

* * *

Nelly sitzt neben Crips auf dem schmalen Dachfirst des alten Schulgebäudes und zittert. Sie weiß nicht, ob vor Kälte oder vor Angst. Der Dachfirst ist schmal und die Dachpfannen sind noch schlüpfrig vom letzten Regen. Sie findet es furchtbar, dass sie sich keinen Zentimeter bewegen kann, weil Crips ihr auf dem Rücken die Arme zusammengebunden hat und sie nur stocksteif dasitzen kann.

Crips hat sie erst am Morgen darüber informiert, dass sie eine Geisel spielen soll. Sie war völlig überrumpelt, genau wie die anderen aus der Clique. Eigentlich hatten sie doch nur vorgehabt, ein wenig Chaos zu stiften. Doch Crips hatte so entschlossen gewirkt, seinen Plan in die Tat umzusetzen, dass Nelly sich nicht getraut hat, die Spielverderberin zu geben. Sie hat ihm noch nicht mal gebeichtet, nicht schwindelfrei zu sein. Deshalb schaut sie jetzt möglichst nicht nach unten, sondern beobachtet die Wolken, die grau und schwer über ihr vorüberziehen. Aber auch davon wird ihr irgendwie übel. Sie versucht, sich etwas bequemer hinzusetzen.

»Schön aufpassen«, sagt Crips besorgt und fügt grinsend hinzu: »Hier geht es überall steil bergab.« Ihm macht die Höhe offenbar nichts aus.

Am Schlimmsten aber findet Nelly diese Pistole, mit der Crips die ganze Zeit herumfuchtelt. Auch das war nicht abgesprochen gewesen. Sogar Tomke hatte besorgt gewirkt, als Crips sie aus seiner Tasche gezogen hatte, bevor sie auf das Dach gestiegen waren – zusammen mit der schwarzen Strumpfhose mit den zwei Löchern drin.

»Wozu brauchst du das Zeug?«, hat Nelly ihn gefragt.

Crips hat nur lakonisch gemeint: »Ohne so was funktionieren solche Operationen nun mal nicht, man muss maximalen Druck ausüben. Sonst glauben die doch gar nicht, dass du meine Geisel bist. Und nachher schön zittern, ja?«

Das Zittern fällt Nelly jetzt leicht, sie spürt, wie ihre Zähne heftig gegeneinanderschlagen.

Irgendwie kann sie sich auf einmal nicht mehr vorstellen, dass hier wirklich alles nach Plan läuft.

Als sie gesehen hat, wie die Schüler in Panik vom Schulhof geflüchtet sind, wäre sie am liebsten mitgelaufen – nach Hause, in ihr Haus, in ihre Wohnung, in ihr Zimmer, in ihr Bett und hätte sich dort unter der Decke verkrochen. Sie versteht nicht, dass Crips das hier so genießt. Die ganze Zeit über trägt er eine Art diabolisches Lächeln auf dem Gesicht, das von hektischen roten Flecken überzogen ist.

* * *

In der Elf-Uhr-Pause, als Coco gerade zum Lehrerzimmer will, rennt Robert sie fast über den Haufen.

»Ich such dich schon die ganze Zeit!«, stößt er aufgeregt hervor. »Es ist Nelly! Er hat Nelly!«

Automatisch denkt Coco an Tomke.

Robert schnauft und starrt sie mit weit aufgerissenen Augen an. »Sie ... ist ... oben auf dem Dach! Der Gangster und Nelly ... Er hat sie als Geisel!«

Coco schluckt. »Was?«, flüstert sie. »Was erzählst du da?«

»Ja. Ich hab es selbst gesehen! Sie zeigen es im Fernsehen.« Rollis Gesicht glüht vor Aufregung. »Ich hab Nelly sofort erkannt! Die Feuerwehrleute breiten ein Sprungtuch aus und die Polizisten haben die ganze IGS umstellt!«

Coco ist ganz weiß geworden. »Bist du sicher?«

Rolli nickt.

Coco atmet tief durch und schiebt ihn zur Seite. »Ich muss los!«, ruft sie.

6.
Showdown

Nelly hat vom Dach aus eine fabelhafte Aussicht über das ganze Schulgelände. Crips hat zweifellos den besten Platz für seine Operation ausgesucht. Hier oben sind sie für alle auf dem Pausenhof gut sichtbar.

»Schau mal«, Crips deutet nach unten. »Sie haben uns endlich entdeckt.«

Jetzt erkennt auch Nelly die kleine Gruppe von Lehrern, die sich in der Nähe der Tischtennisplatte zusammengerottet hat und nach oben starrt.

Einer der Lehrer hat sogar ein Fernglas auf sie gerichtet.

Während Nelly noch mit angestrengten Augen direkt in das Objektiv des Fernglases schaut, hört sie auf einmal die Polizeisirenen. Laut und aufgeregt. Gehört das etwa auch zu Crips' Plan?

Mindestens drei Streifenwagen nähern sich in atemberaubendem Tempo der Schule und kommen nur Sekunden später mit quietschenden Reifen vor dem Gebäude zum Stehen. Polizisten springen heraus und starren zu ihnen hoch.

Crips grinst breit. »Aber hallo, das läuft ja wie am Schnürchen.«

Nelly starrt ihn entsetzt an. Ihr Rücken tut weh und die Fesseln schnüren ihr das Blut in den Händen ab. So hat sie sich das wirklich nicht vorgestellt.

»Crips?«, bringt sie krächzend hervor, während sie ihm den Rücken ein Stück zudreht.

»Was ist?«, fragt er gereizt. »Zu eng?«

Als Nelly heftig nickt, stöhnt Crips auf. »So was muss man doch aushalten können! Mann, wie sieht das für die Leute da unten aus, wenn ich hier die Krankenschwester für dich spiele? Da musst du jetzt durch, okay?«

* * *

Coco stürzt zurück ins Klassenzimmer, schnappt sich ihren Sportbeutel, kramt nach ihrem Schlüsselbund und rennt wieder in den Flur. Zwei Stufen auf einmal nehmend, hastet sie die Treppen hinunter und springt vom letzten Treppenabsatz aus auf den Boden, als ihr ein stechender Schmerz in den Knöchel fährt. Verdammt!

Humpelnd eilt sie über den Schulhof, schließt mit zitternden Händen ihr Fahrrad auf und schwingt sich auf den Sattel.

Wenn sie nur wüsste, was passiert ist. Was da abläuft.

Coco tritt in die Pedale und jedes Mal, wenn sie das rechte Fußgelenk belastet, fährt ein glühender Schmerz durch ihr Bein. Aber sie achtet nicht darauf. An Schmerzen ist sie mittlerweile gewöhnt.

Ein Übertragungswagen von RTL rast an ihr vorbei. Überhaupt kommt es Coco so vor, als wären alle Autos und Menschen nur in ihrer Richtung unterwegs. Mopedfahrer, Motorräder, Radfahrer. Schneller, feuert Coco sich selbst an, sie muss schneller fahren. Es war nun ihre Aufgabe, Nelly beizustehen. Sie musste ihre kleine Schwester retten.

* * *

Crips sieht zufrieden aus. Immer noch hat Nelly keine Ahnung, was er vorhat, und sie traut sich auch nicht, ihn zu fragen. Aber offensichtlich geht sein Plan auf. Ängstlich lässt Nelly den Blick nach unten wandern.

Drei Übertragungswagen von Fernsehsendern stehen mittlerweile vor der Einfahrt zur Schule, Reporter mit Mikros und Kameramänner schwirren über den Platz. Es wirkt alles so surreal.

Nelly erkennt ein paar ihrer Lehrer, die in kleinen Gruppen zusammenstehen. Cornelius Hartmann, der Direktor, läuft aufgeregt zwischen ihnen herum und redet gestenreich auf sie ein. Auch Crips hat ihn entdeckt.

»Na, dann können wir ja loslegen«, erklärt er Nelly strahlend. Er greift zum Megafon und Nelly spürt, wie sie vor Anspannung erstarrt.

»Tja, Herr Hartmann«, ruft Crips ins Megafon, »dass so etwas an Ihrer Schule passiert, hätten Sie wohl nicht gedacht, was? Dass es einmal ans Licht kommt, wie es hier wirklich zugeht. Ich steh hier oben, weil ich etwas ändern will. Und diese Schülerin hier, Nelly Rossi, hat das Pech, dass sie mir gerade im Weg war, als ich nach oben wollte.«

Nelly wird übel, als sie ihren Namen hört. Was, um Himmels willen, hat Crips nur vor? Halb wünscht sie sich, endlich zu erfahren, wo das Ganze enden soll, halb fürchtet sie sich davor. Ihre Gedanken wandern zu Tomke. Seit er die Flugblätter vom Dach geworfen hat, hat sie nichts mehr von ihm gesehen. Sie zuckt zusammen, als Crips noch lauter als zuvor brüllt: »Also, selbst wenn Ihnen mein Leben scheißegal sein sollte, Herr Direktor, wie Sie es ja immer wieder bewiesen haben, dann haben Sie vielleicht Mitleid mit dem Leben von Nelly Rossi. Aber wenn sie sterben sollte, weil einer von Ihnen da unten eine Dummheit macht, dann ist das ganz allein Ihr Problem, Herr Hartmann. Dann haben Sie offensichtlich etwas falsch gemacht.«

Nelly zittert am ganzen Körper. Hat Crips eben wirklich gesagt: *Wenn Nelly sterben sollte?*

Nelly kann nicht länger nach unten schauen. Alle paar Sekunden muss sie die Augen schließen, um den starken Schwindel zu unterdrücken. Wenn sie sich nicht konzentriert, fühlt sie sich wie in einer Achterbahn.

»Hier an dieser Schule mobben sich nicht nur die Schüler untereinander, sondern die Schüler werden auch von den Lehrern gemobbt! Und darüber redet niemand!«

Nelly hält die Augen geschlossen. Wie durch eine dicke Watteschicht gedämpft dringt eine andere Stimme zu ihr.

»Geben Sie das Mädchen frei!«, tönt es von unten. »Das Gebäude ist umstellt. Sie haben keine Chance.«

Crips lacht und drückt die Pistole gegen Nellys Schläfe. Nelly zuckt zusammen, aber sie bringt keinen Ton heraus. Stattdessen hört sie andere Menschen schreien. Weit unter ihr. Während sie stocksteif auf dem Dach sitzt, rasen ihre Gedanken.

Crips scheint von alldem nichts mitzubekommen. »Ich gebe Nelly erst frei, wenn ihr meine Forderung erfüllt. Und ich würde euch raten, mich nicht allzu lange hinzuhalten. Sonst könnte es passieren, dass mir schneller die Geduld ausgeht, als euch lieb ist.«

* * *

Als Coco die Schule erreicht, sieht sie überall die rot-weißen Absperrbänder, die Streifenwagen mit rotierendem Blaulicht, mehrere Mannschaftswagen der Polizei, deren Fenster vergittert sind, Übertragungswagen der Fernsehsender und zwei Krankenwagen. Sie sieht vermummte und bewaffnete Polizisten in schusssicheren Westen, die geduckt um die Gebäude schleichen. Sieht, wie einer nach dem anderen durch eine Luke ins Gebäude klettert. Und einen Mann, der ihnen über Funk Anweisungen gibt. Es ist wie im Film. Coco kommt es vor, als habe sie genau diese Szene schon hundertfach gesehen.

Hinter der Absperrung laufen Menschen hektisch hin und her.

Coco lässt ihr Rad einfach fallen, klettert über die Absperrungen und stürmt auf den Schulhof.

Sofort sind zwei Polizisten bei ihr. Es dauert keine zwei Sekunden, da haben sie Coco in den Klammergriff genommen. »Kannst du nicht lesen?«, herrscht einer der beiden Polizisten sie an. »Hier ist Zutritt verboten!«

Coco schaut sich gehetzt um. Da entdeckt sie Nelly. Auf dem Dach.

»Nelly!«, schreit Coco in Panik. Sie kann an nichts anderes denken. »Ich bin hier!«

Alle drehen sich jetzt zu ihr um, Schaulustige, Polizisten, die Reporter. Irgendjemand läuft auf sie zu. Coco aber starrt immer nur auf Nelly. Sie kann nicht glauben, was sie da sieht. Das dort oben auf dem Dach ist wirklich ihre Schwester!

»Ich bin Nellys Klassenlehrerin«, sagt die Frau, die jetzt vor Coco steht und so bleich ist wie ein Totentuch. »Kennst du Nelly?«

»Sie ist meine kleine Schwester«, schreit Coco. »Natürlich kenn ich sie!« Sie formt die Hände zu einem Trichter und schreit: »Nelly! Alles wird gut! Ich bin hier!«

Die Lehrerin legt kurz den Arm um Coco, dann läuft sie zu dem Mann mit dem Megafon in der Hand und redet mit ihm. Der Mann dreht sich um und kommt auf sie zu.

»Ich bin der Polizeipsychologe, ich heiße Fabian Jankewitsch«, stellt er sich vor. »Du bist die Schwester von dem Mädchen da oben?«

Coco nickt. Sie kann nicht sprechen. Ihr ist ganz schlecht.

»Dieser junge Mann da oben auf dem Dach ist Volker Hartung, ein ehemaliger Schüler der IGS, der zweimal sitzen geblieben ist. Kennst du ihn?«

Coco schüttelt den Kopf. »Hat er gesagt, was er will?«, presst sie hervor.

Der Psychologe nickt grimmig. »Er will, dass die Schule ihm die Möglichkeit gibt, seine Prüfungen zu wiederholen, damit er seinen Abschluss machen kann. Außerdem soll der Direktor sich öffentlich bei ihm entschuldigen.«

Der Psychologe mustert Coco aufmerksam. »Bist du sicher, dass du ihn nicht kennst? Er nennt sich Crips.«

In Cocos Kopf arbeitet es. Crips? Hat Nelly so einen Typen nicht in diesem Text auf ihrem Rechner erwähnt?

Sie holt tief Luft. »Ich glaube, er ist einer von ihren neuen Freunden. Aber, ich ... wieso fragen Sie nicht Tomke?«

»Wer ist das?«

»Tomke Buhrow.« Coco lässt unruhig die Augen über die Menge schweifen. »Der ist bestimmt hier irgendwo. Der gehört auch zu Nellys neuer ›Familie‹.«

»Wie bitte?« Der Psychologe runzelt die Stirn.

»Ja, ich habe so einen Text von Nelly gefunden, in dem sie schreibt, dass sie jetzt Teil einer neuen Familie sei, und ...« Coco stöhnt verzweifelt auf. »Mann, ich weiß es doch auch nicht!«

»Das ist interessant«, sagt der Psychologe. Es klingt, als komme wieder Leben in ihn. Er spricht irgendetwas in ein winziges Mikrofon, das an seinem Revers steckt.

Coco kann ihm nicht zuhören, stattdessen starrt sie an ihm vorbei aufs Dach, zu Nelly. Der Typ scheint langsam unruhig zu werden, er beugt sich immer wieder über Nelly, aber Coco kann nicht genau erkennen, ob er nur mit ihr spricht oder sie bedroht.

Der Psychologe reißt sie aus ihren Gedanken.

»Was weißt du noch über diese seltsame ›Familie‹? Je mehr Informationen wir haben, desto leichter ist es, ihn weichzukochen.«

Coco überlegt, denkt nach, zermartert sich das Gehirn, bis sie Kopfschmerzen bekommt. »Nelly hat heute Nacht nicht zu Hause geschlafen«, sagt sie schließlich. Mehr fällt ihr nicht ein.

»Wo war sie?«

»Angeblich bei einer Freundin.« Coco zuckt mit den Schultern. »Sie war jedenfalls komisch in letzter Zeit.«

»Was meinst du mit *komisch?«*

Coco zögert. »In letzter Zeit hat sie kaum mehr was erzählt. Hat immer alles für sich behalten.«

»War das sonst anders?«

»Ja. Vollkommen anders.« Coco presst die Handflächen gegeneinander. »Wir waren so eng, meine Schwester und ich. Früher haben wir uns alles erzählt. Ich kannte sie in- und auswendig.« Coco holt tief Luft. »Deshalb glaube ich auch, dass diese Sache hier geplant war. Ich hatte in letzter Zeit immer das Gefühl, dass Nelly irgendein Geheimnis mit sich herumträgt, dass sie in irgendetwas verwickelt ist, über das sie nicht reden wollte. Etwas Schlimmes.«

Plötzlich knackt es in dem Mikrofon des Psychologen. Er nickt ihr kurz zu, ehe er sich abwendet und leise mit jemandem spricht. Als er sich wieder zu Coco umdreht, wirkt er noch angespannter als vorher. Er legt seine Hand auf Cocos Schulter und sagt: »Kommst du bitte mit?«

Ohne zu zögern, folgt sie ihm. Im Gehen schaut sie immer nach oben, als wollte sie allein durch ihre Blicke Nelly Sicherheit geben, aber plötzlich ist da dieser Dachvorsprung im Weg und dann ist Nelly auf einmal nicht mehr zu sehen.

* * *

Für einen Moment hat Nelly Hoffnung geschöpft. Einen winzigen Augenblick hat sie geglaubt, ihre Schwester da unten zu sehen. Coco, die auf die Schule zuläuft und dabei zu ihr hochschaut. Wie ihr Herz gehüpft ist. Wie sie da auf einmal wieder denken konnte: Alles wird gut. Jetzt ist sie sich allerdings nicht mehr sicher, ob sie sich das mit Coco nicht nur eingebildet hat in ihrer Hysterie, ihrer Panik. Sie kann kaum noch richtig Luft holen. Sie fühlt sich völlig ausgeliefert.

Nellys Angst nimmt von Minute zu Minute zu. Sie zittert, schnappt nach Luft, keucht, schließt die Augen, reißt sie wieder auf und sieht: einen schwindelerregenden Abgrund. Noch nie in ihrem Leben hat sie eine solche Hilflosigkeit verspürt, nicht einmal, als sie nachts mit ihrem Fahrrad ins Elisabethkrankenhaus gefahren ist und nicht wusste, was mit Coco ist. Nicht einmal da hat sie sich so bodenlos verloren gefühlt wie jetzt. Als wäre alles ins Wanken geraten. Als gäbe es keine Sicherheit mehr, nirgendwo.

Crips hat seine Forderung, eine Prüfung fürs Gymnasium machen zu dürfen, schon dreimal wiederholt, aber nichts ist passiert. Dabei hatte er geschworen, dass »die sofort wie die Kaninchen losrennen würden«, um seinen Wunsch zu erfüllen.

Doch keiner hat sich bislang gerührt.

Und deshalb wächst Nellys Panik und deshalb ist es ihr, als würde sie langsam ersticken. Crips scheint von alledem nichts mitzubekommen. Überhaupt scheint er den Ernst der Situation nicht zu begreifen, in die er sie beide hineinmanövriert hat.

»Siehst du, wie die da unten rumwieseln?«, feixt er. »Wie sie sich den Arsch aufreißen, um das wieder hinzubiegen?«

Er wedelt mit den Armen. Er schreit: »Hey, ihr Ärsche!«

Nelly nickt zu allem, was er sagt, weil sie begreift, dass es keinen Sinn hat, anderer Meinung zu sein. Es ist nur gefährlich. Crips ist gefährlich. Niemals hätte sie mit ihm auf dieses Dach steigen dürfen. Schon der erste Plan, die Schule zu besetzen, war Wahnsinn gewesen. Aber es hatte sich irgendwie auch gut angefühlt – wie sie alle gemeinsam der IGS eins auswischen und dabei Crips helfen würden. Es sollte doch alles ganz harmlos sein.

Doch harmlos ist schon lange nichts mehr. Nicht die Clique, nicht die elenden Mutproben und eigentlich nichts, was geschehen ist, seitdem sie Tomke wiedergetroffen hat.

Es tut ihr auf einmal so leid, dass sie sich Coco gegenüber so kalt und abweisend verhalten hat.

»Coco!«, fleht sie leise, während ihr heiße Tränen über die eiskalten Wangen laufen. »Hilf mir! Hol mich hier weg!«

* * *

Sie stehen im Flur an der Wand. Sie tragen Handschellen und blicken trotzig geradeaus. Coco sieht nur Tomke.

Er steht neben einem tätowierten Jungen, den sie nicht kennt, und einem schwarz gekleideten Mädchen mit pechschwarzen Haaren und pechschwarzem Kajalstift. Coco schätzt sie auf ungefähr sechzehn, ebenso wie das andere Mädchen, das auch ganz in Schwarz gekleidet ist.

Tomke trägt wie immer seine ausgebeulten Jeans. Auf dem Kopf hat er eine dunkelgraue Wollmütze, die ihm bis zu den Augenbrauen reicht. Sein Gesicht ist fahl und schlaff, als trinke er immer noch zu viel Alkohol. Coco wundert sich, wie sie diesen Jungen mal so lieben konnte.

Der Psychologe lässt Coco keine Sekunde aus den Augen. »Und, kennst du die Leute?«, fragt er.

Coco hat einen trockenen Mund. Sie kann kaum sprechen. »Ich kenn nur den einen«, krächzt sie.

»Welchen?«, fragt Herr Jankewitsch.

»Den in der Mitte.«

»Mit den Tattoos?«

»Nein, den anderen. Mit der Mütze.«

»Ist das dieser Tomke?«

Coco schluckt. Sie nickt. »Ja.«

Der Psychologe gibt einem der Polizisten ein Zeichen. Der schnappt sich Tomke und führt ihn in ein Zimmer, das nicht wie ein Klassenzimmer, sondern eher wie ein Besprechungsraum aussieht.

Der Psychologe zieht für sie beide Stühle nach vorn; Tomke fordert er auf, stehen zu bleiben.

Coco schiebt ihre Hände zwischen die Knie, um ihr Zittern zu verbergen. Ihre Därme grummeln, aber dagegen kann sie nichts tun. Der Psychologe hat ihr gesagt, sie solle Tomke zwingen, ihr in die Augen zu schauen. »Dann lügen sie nicht so leicht«, hat er gemeint.

Coco gibt sich Mühe, doch sie hält es kaum aus, Tomke so nah zu sein und ihm ins Gesicht zu sehen. Sie kann ihn riechen, ja, es ist, als könnte sie ihn sogar schmecken. Die Erinnerungen, die hochkommen, sind übermächtig, aber gleichzeitig ist da der Druck, die Verantwortung, die auf ihr liegt. Und ihre unbändige Wut auf Tomke, der das hier nicht verhindert hat. Der offenbar nichts gelernt hat aus dem, was damals an der Elbe passiert ist.

»Also, du sagst, Nelly sei freiwillig da oben?«, fragt Herr Jankewitsch. Seine Stimme ist scharf.

Tomke nickt.

»Nie im Leben!«, entgegnet Coco aufgebracht. »Wer macht so was schon freiwillig?«

»Na ja, sie denkt, es sei ein Spiel«, murmelt Tomke und wirkt plötzlich verunsichert. »Wir wollten doch bloß ein paar Botschaften verteilen, ein paar Flugblätter unters Volk bringen und ein bisschen Chaos stiften. Mehr nicht. Es sollte nur ein Scherz sein. Aber dann hatte Crips plötzlich diese Waffe in der Hand und ist mit Nelly aufs Dach.«

»Und keiner von euch konnte das verhindern?«, fragt der Psychologe.

Tomke senkt den Kopf. »Was Crips da macht – das war so nicht abgesprochen.«

»Ach, und deshalb hast du sie einfach gehen lassen?«, ruft Coco. »Und du hast nichts getan, um ihn aufzuhalten, oder? Du Feigling hast Nelly einfach im Stich gelassen, stimmt's?« Sie funkelt Tomke wütend an. Der schaut kurz zu ihr auf, senkt aber sofort wieder den Blick, als wäre ihr Anblick zu viel für ihn.

»Was ist dieser Crips für ein Typ?«, will Herr Jankewitsch wissen. »Ist er brutal?«

Tomke windet sich. »Nicht direkt.«

»Was heißt das?«, hakt der Psychologe nach.

»Na ja, er kann schon Druck ausüben. Man unterwirft sich ihm irgendwie ganz leicht.«

»Du auch?«

Tomke schweigt.

»Hat Crips erklärt, wie er sich das Ende dieser Aktion vorstellt?«

Tomke nickt. »Er will eine Aufnahmeprüfung machen, um wieder aufs Gymnasium zu kommen, und dann will er sein Abitur machen und Kampfpilot werden.«

»Und das ist alles?«, fragt Coco fassungslos. »Deshalb ist Nelly dort oben mit ihm auf dem Dach?«

»Ja, das hat er gesagt.« Tomke nickt. Runzelt die Stirn. »Crips hat gesagt, es sei nur ein Spiel.«

»Und das hast du geglaubt.« Coco kann das Zittern, das ihren Körper erfasst hat, kaum noch bändigen. »Ein Spiel, ja?!«

Sie springt vom Stuhl auf, geht einen Schritt zurück und reißt erst ihre Jacke und dann ihre Bluse auf, so heftig, dass die obersten Knöpfe abspringen und über den Boden kullern. Für einen Augenblick ist es das einzige Geräusch im Raum.

»Und das? War das für dich auch nur ein Spiel?«

Tomke wendet den Blick ab, aber das lässt Coco nicht zu. »Guck es dir an! Guck hin, was du gemacht hast!«, brüllt sie. »Und du hast dich noch nicht mal entschuldigt. Hast dich nie bei mir gemeldet. Ich hab zwölf Operationen hinter mir und war drei Monate im Krankenhaus, du verdammter Feigling! Also schau, verdammt noch mal, wenigstens jetzt hin!«

Tomke hebt den Blick. Starrt auf das Narbengewebe an Cocos Hals und Dekolleté. Diese Haut, die wie eine Geröllllandschaft aussieht und die Coco sonst nie jemandem zeigt.

Während sie mit zitternden Händen Bluse und Jacke wieder notdürftig zuknöpft, spürt Coco, wie wichtig dieser Augenblick für sie war. Wie wichtig es war, dass Tomke sieht, was er ihr angetan hat.

»Es tut mir leid. Ich weiß, dass ich ein Arschloch war«, murmelt er.

»Das bist du doch immer noch«, sagt Coco verächtlich. »Du versteckst dich immer hinter den anderen!«

Tomke senkt hilflos den Kopf. Er presst die Lippen zusammen.

»Was ist das überhaupt für ein Schwachsinn mit dieser neuen ›Familie‹?«, fragt Coco. »Was soll das?«

Tomke verdreht die Augen. Er stöhnt auf. »Ich weiß es doch auch nicht. Das war Crips' Idee.«

Coco muss an Nellys Text denken. »Und du?«, fragt sie. »Warum machst du da mit?«

Tomke schaut sie an. »Ich brauchte einen neuen Anfang«, sagt er leise.

»Und in diesen neuen Anfang ziehst du ausgerechnet meine kleine Schwester mit rein? Ich fass es einfach nicht!«

Mit glühenden Wangen dreht Coco sich zu Herrn Jankewitsch um. »Ich will da hoch, ich will zu Nelly. Jetzt sofort. Sagen Sie diesem Crips oder wie auch immer der heißt, dass ich mich gegen meine kleine Schwester austauschen lassen will.« Coco hat die Worte ausgesprochen, bevor sie groß darüber nachdenken kann. Sie weiß, dass es der richtige Weg ist. »Ich habe keine Angst«, versichert sie dem Psychologen mit ruhiger, fester Stimme. »Ich kriege das hin. Aber Nelly muss da runter! Sie hat Höhenangst.«

Herr Jankewitsch macht ein besorgtes Gesicht und verschwindet nach draußen.

Tomke und Coco schauen sich an. Keiner spricht. Aber Cocos Blick spricht Bände. Irgendwann senkt Tomke den Kopf, und da kommt der Psychologe auch schon zurück.

»Okay«, sagt er, »wir versuchen es. Und du bringst uns da hoch.«

Tomke zögert, er räuspert sich. »Ich glaub nicht, dass Crips das gefallen wird. Ich meine, dass ich mich mit den Bullen verbünde ...«

»Jetzt sag ich dir mal was«, erwidert Herr Jankewitsch ganz leise und macht einen Schritt auf Tomke zu. »Wenn du dich mit den ›Bullen‹ verbündest, kommst du vielleicht noch mit einem verringerten Strafmaß aus dieser Nummer hier heraus. Ansonsten kann ich für nichts garantieren.«

»Ja, aber was soll ich ihm denn sagen?«

»Du kennst ihn, du weißt, wie er tickt. Sag ihm, dass er bessere Karten hat, wenn er die Geisel freilässt. Wir dürfen ihn nicht unnötig reizen. Also versuch, dabei ganz ruhig und gelassen zu bleiben, ja?«

Gelassen!, denkt Coco, während Tomke die Lippen aufeinanderpresst.

»Und jetzt sollten wir besser keine Zeit mehr verlieren. Ich geh runter auf den Hof. Wir haben Sprechkontakt zu euch. Keine Panik, ja?« Er schaut Tomke aufmunternd in die Augen. »Auf dich kommt es jetzt an.«

Während der Psychologe im Laufschritt zur Tür hinauseilt, packt der Polizist Tomke am Arm.

»Wie seid ihr aufs Dach gekommen?«, will er wissen. »Über den Dachboden und dann durch die kleine Luke neben dem Schornstein?«

Tomke nickt. »Wir haben da eine Leiter versteckt.«

* * *

Plötzlich hört Nelly ein Geräusch. Sie wendet den Kopf und glaubt kaum, ihren Augen zu trauen, als Tomkes Gesicht in der Dachluke auftaucht.

»Hey, Crips, ich bin hier!«, zischt Tomke.

Da wird auch Crips auf ihn aufmerksam. »Was willst du, Mann? Kopf runter.«

»Die wollen Nelly austauschen«, sagt Tomke.

»Was wollen die? Wer will das?«

»Die Bullen«, sagt Tomke. »Sie sagen, es sei zu gefährlich. Nelly ist nicht schwindelfrei.«

Crips wirft einen kurzen Blick auf Nelly, die ihn flehend anschaut. »Das klappt doch super, oder?«

Nelly schließt die Augen, schüttelt den Kopf. Sie bringt kein einziges Wort mehr über die Lippen. Sieht er denn nicht, dass ich weine?, denkt sie.

»Sie sagen, du hast echt eine Chance, gut aus der Sache hier rauszukommen«, erklärt Tomke, »wenn du Nelly gehen lässt.«

»Bist du bescheuert?«, schreit Crips. »Dann hab ich ja kein Druckmittel mehr!«

»Du kriegst Ersatz.«

»Ha! Vielleicht einen Polizisten?«, höhnt Crips. »Für wie blöd halten die mich?«

»Es ist Coco«, sagt Tomke. »Sie kommt hoch und bleibt bei dir, wenn du Nelly freilässt.«

Nelly spürt, wie ihr Herzschlag für einen Moment aussetzt. »Coco«, stammelt sie. Coco ist wirklich hier. Gott sei Dank. Zum ersten Mal seit Stunden hat sie das Gefühl, dass doch noch alles gut werden kann.

Crips schaut sie stirnrunzelnd an. »Willst du das?«

Nelly bejaht heftig. Wenn irgendjemand diese Situation retten kann, dann ist es ihre Schwester.

Crips zögert.

Unten auf dem Schulhof ist es so still, als würden alle Zuschauer den Atem anhalten. Nichts bewegt sich, nichts rührt sich, kein Laut dringt nach oben.

»Coco sagt, sie will auch dafür kämpfen, dass du eine Prüfung machen kannst, um wieder aufs Gymnasium zu kommen.«

Nelly fleht, dass Crips sich überzeugen lässt. Ängstlich registriert sie die Falten auf seiner Stirn. Da redet Tomke weiter auf ihn ein: »Dein Plan führt zu nichts, die werden keinen Millimeter nachgeben, solange du eine Geisel hast, das ist eine Straftat, Mann!«

Crips denkt nach. Nelly hält die Luft an. Sie sucht Tomkes Blick, aber der zieht im gleichen Moment den Kopf aus der Luke zurück.

Plötzlich erfasst Nelly ein heftiger Schwindel. Sie beginnt zu schwanken, ihr Oberkörper fällt gegen Crips' Schulter, und dann sieht es für Sekunden so aus, als verliere sie das Gleichgewicht und stürze vom Dach. Crips packt sie und hält sie fest. Als Nelly wieder ihr Gleichgewicht zurückgewonnen hat, ruft er in Richtung der Luke: »Okay. Okay. Wir machen das so. Nelly kann gehen, aber ihre Schwester kommt her. Und dann muss diese Sache hier langsam mal in Gang kommen. Ich fordere drei Dinge.« Er räuspert sich und erhebt seine Stimme. »Erstens: Der Direktor soll vor eine Kamera treten. Ja, er soll im Fernsehen ein Statement abgeben, dass es ihm leidtut, dass die Lehrer mich falsch beurteilt haben.«

Nelly starrt auf die Dachluke. Da bleibt alles ruhig.

»Zweitens!«, brüllt Crips. »Ich will eine schriftliche Zusage, dass ich eine Prüfung machen darf, um aufs Gymnasium zurückzugehen. Diese Prüfung wird von einem Lehrer von einer anderen Schule begutachtet, weil ich diesen hier nicht traue.

Drittens: Wenn ich hier runtergehe, bleibe ich ein freier Mann!«

Nelly bekommt die Antwort der Polizisten nicht mit. Ihr ist so schrecklich übel, dass sie fürchtet, sich übergeben zu müssen. Der Boden unter ihren Füßen beginnt, sich zu drehen. Und dann sind da auf einmal Crips' Arme, die sie auffangen und zur Luke schleppen, und andere Arme, die sie in Empfang nehmen und die Leiter hinuntertragen und unten auf eine Decke legen. Und dann schneidet jemand ihre Fesseln auf, beugt sich über sie und flüstert: »Alles wird gut! Ich bin bei dir«, und als sie die Augen öffnet, ist Coco da.

* * *

Sekunden später steht Coco neben diesem Typen mit der Glatze hoch oben auf dem schmalen Dachfirst. Wenn sie ihre Füße bewegt, dann bewegen sich auch die Dachziegel unter ihr. Die Menschen unten auf dem Schulhof sind klein wie Playmobilfiguren. Über den Streifenwagen rotiert immer noch das Blaulicht. Crips scheint keine Schwindelgefühle zu kennen. Er sitzt wie ein Buddha auf seinem Platz, während er sie misstrauisch mustert.

»Warum machst du das?«, will er wissen.

»Nelly ist meine Schwester«, sagt Coco und ist sich sicher, dass das alles erklärt.

Crips starrt sie an. »Hast du keine Angst?«, fragt er.

»Wovor?«, fragt Coco zurück.

»Na ja, dass was passiert. Ziemlich steil hier oben, oder?«

»Ich will Bergsteigerin werden«, sagt Coco cool. »Ich liebe die Höhe.«

Crips' Blick wird immer misstrauischer. Er fuchtelt mit der Pistole vor ihrem Gesicht herum. »Und davor hast du auch keinen Schiss?«

»Nein«, lügt Coco.

»Die ist geladen!«

Coco dreht vorsichtig den Kopf. Da entdeckt sie auf dem gegenüberliegenden Dach zwei Scharfschützen, die ihre Gewehre auf sie gerichtet haben. Sekundenlang schließt sie die Augen und wartet darauf, dass ihr Herz ruhiger schlägt.

»Wenn sie geladen ist, dann sei vorsichtig mit dem Ding«, entgegnet sie ruhig. Sie fragt sich selbst, woher diese Ruhe kommt.

»Du willst Abi machen, oder?«, fragt sie.

Crips nickt.

»Du willst Kampfpilot werden.«

»Und nichts anderes«, brummt Crips. »Kein anderer Scheißberuf interessiert mich.«

»Wenn du vorbestraft bist, wird das schwer«, sagt Coco.

»Weiß ich selbst. Bist du hier raufgekommen, um mir noch mehr Stress zu machen? Ich denke, du hilfst mir.«

»Okay, ich helfe dir.« Coco hält sich mit einer Hand am Dachfirst fest, die andere streckt sie nach dem Megafon aus. »Okay, gib mir das Ding.«

Crips schaut sie misstrauisch an. »Was willst du damit?«

»Denen da unten Bescheid sagen, dass du aufgibst.«

Crips wird feuerrot. »Ich gebe nicht auf!«, brüllt er. »Die haben meine Bedingungen noch nicht erfüllt!«

»Die lassen sich nicht unter Druck setzen«, sagt Coco. »Kapierst du das nicht? Weder die Schule noch die Polizei. Die sind die Stärkeren. Aber du hast jetzt deinen Standpunkt klargemacht. Morgen werden die Zeitungen voll sein von der Geschichte eines Jungen, der einen Traum hat, den seine Schule kaputt gemacht hat. Sie werden auf deiner Seite sein, weil du ein Ziel verfolgst. Weil du etwas aus deinem Leben machen willst!«

Coco weiß selbst nicht, woher sie diese Sätze nimmt. Aber sie spürt, dass sie Crips damit zum Nachdenken bringt.

»Gib mir das Megafon«, sagt sie eindringlich, »bitte.«

»Ich bin doch nicht blöd und geb hier die Kontrolle ab!«

»Dann nimm diese verdammte Pistole weg und richte sie nicht auf meinen Kopf. Hast du eine Ahnung, wie das da unten bei der Polizei ankommt?«

»Es kommt genauso an, wie es ankommen soll«, sagt Crips selbstbewusst.

Coco holt tief Luft. Sie ändert den Tonfall, wird einfühlsamer. »Ich verstehe, was du denkst«, sagt sie.

»Ha!« Crips lacht höhnisch. »Du verstehst, was ich denke?«

»Ja, ich weiß, was du erreichen willst. Aber so erreichst du es nicht. Die Waffe muss weg. Sonst sieht es für die da unten so aus, als würde hier oben alles nur unter Druck passieren.« Sie überlegt. »Wirf sie am besten weg, und zwar so, dass alle es sehen.«

Crips schüttelt den Kopf. »Ne, ne, so nicht.« Doch er senkt die Pistole und legt sie sich auf die Knie.

Coco atmet auf. »Gibst du mir jetzt das Megafon?«

Crips zieht die Augenbrauen zusammen. »Und wozu soll das gut sein?«, fragt er argwöhnisch.

»Ich will genau wie du heil von hier wieder runterkommen«, sagt sie. »Ich möchte, dass du aus dieser Sache rauskommst, ohne im Knast zu landen. Mit einem Bein bist du schon fast drin, das ist dir klar, oder?«

Crips schweigt.

»Gib mir das Ding«, sagt Coco und klingt dabei selbstbewusster, als sie sich fühlt. »Das ist deine letzte Chance.«

Widerstrebend reicht Crips ihr das Megafon.

Coco räuspert sich, schließt für ein paar Sekunden die Augen, um sich besser konzentrieren zu können. Sie hat das hier nicht geübt, sie hat keinen Plan. Es ging alles so schnell. Der Psychologe hat ihr nur ein paar kurze Hinweise gegeben, bevor sie aufs Dach geklettert ist. Aber jetzt kommt es auf jedes Wort an.

»Hier spricht Coco Rossi«, sagt sie laut und deutlich. Ihre Stimme klingt so fremd, blechern und verzerrt, dass sie im ersten Moment den Faden verliert, aber dann spricht sie ruhig weiter. »Crips ist unter gewissen Umständen bereit, die Pistole wegzuwerfen.«

»Dann soll er sie vorher sichern!«, schallt es unverzüglich aus dem Polizeilautsprecher zurück.

Coco wirft Crips einen Blick zu. Der tut so, als fingere er an der Pistole herum, und wirft sie dann in hohem Bogen auf den Schulhof. Sofort stieben die Leute auseinander.

Crips grinst. »Die haben immer noch nicht gemerkt, dass es eine Spielzeugpistole ist. Sie ist wirklich täuschend echt.«

Coco starrt ihn an. »Eine Spielzeugwaffe?«

Aus dem Augenwinkel sieht Coco, wie zwei Polizisten zu der Waffe laufen und sie aufheben.

Und ich hab mir vor Angst fast in die Hosen gemacht, denkt sie.

Crips lacht selbstgefällig. »Ich bin doch nicht doof. Illegaler Waffenbesitz würde mich hinter Gitter bringen. Und da will ich nicht hin.«

Coco atmet insgeheim auf. Allmählich scheint auch Crips zu begreifen, dass dieses Spiel schon viel zu ernst geworden ist. Sie will das Ganze hier zu einem guten Ende bringen. Also hebt sie das Megafon an den Mund und sagt: »Das war nur eine Spielzeugpistole. Crips will niemandem etwas tun. Er will nur, dass sein Problem ernst genommen wird. Er will eure Aufmerksamkeit.« Sie wendet sich zu Crips. »Stimmt doch so, oder?«

Crips reckt das Kinn. Er nickt.

»Also«, ruft Coco, »wenn er sicher sein kann, dass es eine faire Überprüfung seiner Noten gibt, kommen wir runter.«

Unten entsteht Bewegung. Der Direktor nimmt das Megafon. »Ich verspreche es«, sagt er heiser.

»Und was ist mit meinen anderen Forderungen?«, fragt Crips,

aber Coco gibt ihm mit einem Kopfschütteln zu verstehen, dass er im Moment nicht mehr erwarten kann.

Da erklingt wieder die Stimme eines Polizisten. »Volker Hartung verlässt zuerst das Dach. Dann folgt Coco Rossi.«

Crips schaut kurz zu Coco hin und sie weiß, dass sein Widerstand gebrochen ist. Die Flamme, die bis eben in seinen Augen gelodert hat, ist erloschen. Er krabbelt auf allen vieren zur Luke. Coco verfolgt jede seiner Bewegungen. Ihr ist ganz flau.

Als er mit dem Fuß die erste Eisenstufe erreicht hat und immer mehr von seinem Körper unter dem Dach verschwindet, ruft es aus dem Polizeilautsprecher: »Coco, jetzt du, ganz langsam, schön vorsichtig, vorsichtig!«

Sie gehorcht, sie macht alles ganz langsam.

Der Dachfirst ist so schmal und die Ziegel knacken unter ihren Tritten. Was hat sie sich nur dabei gedacht, freiwillig hier hochzuklettern?, fragt Coco sich. Doch dann wird ihr klar, dass es Augenblicke im Leben gibt, in denen die Gefahr nicht so groß ist wie der Wille, sie zu überstehen.

Als sie durch die Luke blickt, schauen die Polizisten anerkennend zu ihr hoch.

»Gut gemacht!«, ruft Herr Jankewitsch ihr strahlend zu.

Coco kann Nelly nirgendwo sehen. »Wo ist meine Schwester?«, fragt sie.

»Keine Sorge. Alles in Ordnung. Ein Arzt untersucht sie, aber es geht ihr gut.«

Während Coco die letzten Stufen der Leiter hinuntersteigt, sind ihre Knie so weich, dass sie Angst hat, sie könnte jeden Augenblick zusammenbrechen. Aber die Polizisten greifen ihr sofort unter die Achseln und heben sie behutsam herunter.

Jetzt erst sieht Coco, dass Tomke nicht mehr da ist.

»Wo ist er?«, fragt sie.

»Meinst du Tomke?«

Coco nickt.

»Der wird von der Polizei verhört. Genauso wie die anderen aus dieser Clique. So einfach kommen die nicht davon. Das hier war ein Großeinsatz. Aber du hast es wunderbar gemacht.« Herr Jankewitsch lächelt sie an und Coco fühlt, wie sie innerlich wächst unter diesem Blick. Sie hat selbst das Gefühl, dass ihr etwas gelungen ist, was sie sich nicht zugetraut hätte.

Der Psychologe nimmt sie in den Arm. Und sofort legt sie ihren Kopf an seine Schulter und bricht in Tränen aus.

»Komm, ich bring dich zu deiner Schwester. Sie hat schon nach dir gefragt.«

In der Nacht öffnet sich leise Cocos Zimmertür. Nelly schleicht mit ihrer Bettdecke im Schlepptau an Cocos Bett. »Schläfst du schon?«, flüstert sie.

Coco brummt nur etwas verschlafen und rückt automatisch näher an die Wand.

Sofort kuschelt sich Nelly an ihren Rücken. »Ich kann nicht einschlafen«, wispert sie. »Dann kommen immer sofort die Bilder.«

»Das geht vorbei«, murmelt Coco.

»Glaubst du wirklich?«, fragt Nelly. »Meinst du nicht, dass wir bis an unser Lebensende daran denken müssen?«

Coco dreht sich langsam um. In der Dunkelheit kann sie Nellys Gesicht nicht erkennen.

»Es geht vorbei«, wiederholt Coco beschwörend. »Glaub mir, ich weiß es ganz genau.«

Ihr ist an diesem Abend plötzlich aufgefallen, dass sie schon seit Tagen nicht ein einziges Mal mehr an diesen Lagerfeuerabend denken musste. Und dann reden Nelly und sie die ganze Nacht und Coco nimmt ihre Schwester fest in den Arm, während Nelly ihr alles erzählt, was in den letzten Wochen passiert ist.

Epilog

Als Coco am nächsten Tag das Goethe-Gymnasium betritt, kommt es ihr vor, als würden die Schüler respektvoll einen Schritt vor ihr zurückweichen. Viele lächeln oder nicken ihr freundlich zu.

Vor dem Klassenzimmer wartet Jan auf sie.

»Weißt du schon«, ruft er aufgeregt und wedelt mit seinem Smartphone in der Luft herum, »was heute Nacht los war?«

Sie kommt näher, schüttelt den Kopf.

»Jemand hat einen Twitteraccount über euch eingerichtet, unter dem Schlagwort *sisteracts.*«

»Ja, und?«, fragt Coco ganz ruhig.

»Ihr habt schon fünfzehntausend Follower! Das ist unglaublich!«

Coco starrt Jan fassungslos an. »Echt jetzt?«

»Ja, Mann!« Jan strahlt über das ganze Gesicht.

»Und wieso freust du dich so darüber?«, will Coco wissen.

»Weil ich jetzt behaupten kann, dass ich einem Star der Netzgemeinde Nachhilfe gebe«, sagt er und grinst frech. »Nein, im Ernst, Coco, du und deine Schwester, ihr seid nicht nur Stars, ihr seid Helden. Das ist doch cool!«

Coco überlegt nur eine winzige Sekunde. »Noch cooler allerdings«, sagt sie, »wäre jetzt das.« Und dann beugt sie sich vor und drückt dem verdutzten Jan einen Kuss auf den Mund.

Brigitte Blobel

Party Girl

Mirko lächelte und zog Mona zu sich heran. »Wir müssen das Gleiche fühlen«, flüsterte er ihr ins Ohr, »wir müssen im gleichen Augenblick den Kick kriegen. Du wirst sehen, das ist das Größte, was du je erlebt hast.« »Glückspillen« nennt Mirko die kleinen bunten Smarties, die vieles so viel leichter machen. Mirko, der Mona nie wehtun würde. Viel zu spät erkennt sie, wie falsch das Spiel ist, das Mirko mit ihr spielt.

272 Seiten • Arena-Taschenbuch
ISBN 978-3-401-50291-5
www.arena-verlag.de

Drama Princess

Für die 15-jährige Amelie geht ein Traum in Erfüllung, als sie die Chance erhält, an einem deutschlandweiten Modelwettbewerb teilzunehmen. Für die ganz große Karriere verlässt sie sogar ihre Familie und zieht in eine neue Stadt. Doch schon bald muss sie erkennen, wie hart der Alltag eines Topmodels in Wirklichkeit ist.

232 Seiten • Arena-Taschenbuch
ISBN 978-3-401-50177-2
www.blobel-lesen.de

Arena

Angela Mohr

Vergiss nicht, dass du tot bist

Sabina hat ein zweites Leben geschenkt bekommen. Das neue Herz, das in ihrer Brust schlägt, ist wie ein Wunder. Doch seitdem gehen unheimliche Veränderungen in ihr vor. Veränderungen, die ganz normal sind, sagen die Ärzte. Aber Sabina spürt mit jeder Faser ihres Körpers, dass etwas nicht mit ihr stimmt. Dass jemand hinter ihr her ist – und ihr Kampf ums Überleben noch lange nicht vorbei.

Arena

280 Seiten • Arena-Taschenbuch
ISBN 978-3-401-02777-7
www.arena-verlag.de

Jessica Gehres

Euer Hass hat kein Gesicht

Mein Leben im Schatten des Cyber-Mobbing

»Du bist dumm. Du bist fett. Du bist hässlich.« Jessica war zwölf Jahre alt, als die Beschimpfungen anfingen. Nur weil Jessica sich schützend vor ein anderes Mädchen gestellt hatte. Jahrelang war sie den Anfeindungen ihrer Mitschüler ausgesetzt. Viele Schüler machten mit, aber durch die Anonymität des Internet blieben einige der Täter unentdeckt. Jessica schämte sich, glaubte die Lügen irgendwann selbst. Erst als Jessica die Schule wechselt, haben die Demütigungen ein Ende.

Arena

160 Seiten • Klappenbroschur
ISBN 978-3-401-60115-1
www.arena-verlag.de

Ilona Einwohlt

Meine Clique und ich

Sina möchte unbedingt dazugehören zu der Clique der Edlen. Und sie ist so stolz darauf, dass Xenja, Maximiliane und Katharina-Sophie sie als neues Mitglied auserkoren haben. Aber muss sie auch um jeden Preis Designerklamotten tragen? Vorglühen, bevor es auf eine Party geht? Und was für bunte Pillen soll sie da nehmen? Sinas anfängliche Begeisterung für die Clique schlägt bald in Ratlosigkeit um.

256 Seiten • Arena-Taschenbuch
ISBN 978-3-401-50447-6
www.arena-verlag.de

Meine Ökokrise und ich

Als Sina in den Sommerferien einer Robbe das Leben rettet, kapiert sie: Die Sache mit dem Plastikmüll im Meer muss ein Ende haben! Aber es gibt ja noch viel mehr Umweltprobleme: Lebensmittelskandale, Klimakatastrophen, Wassermangel, Waldsterben ... Wieso ist eine nachhaltige Lebensweise nur so schwer? Sina steckt in der Krise. Bis sie beginnt, Stück für Stück die Welt zu retten.

200 Seiten • Klappenbroschur
ISBN 978-3-401-06987-6
www.sinasblog.de

Arena